파도가
바다의 일이라면

파도가
바다의 일이라면

김연수
장편소설

문학동네

"파도가 바다의 일이라면
너를 생각하는 것은 나의 일이었다."

제1부

카밀라

카밀라는 카밀라니까 카밀라

앤이 죽고 난 뒤, 나를 위로한 건 해가 완전히 저문 뒤에도 여전히 푸른빛이 남아 있는 서쪽 하늘, 쇼핑몰에서 나이 많은 여자들을 스칠 때면 이따금 풍기던 재스민 향기, 해마다 7월이면 어김없이 돌아오는 앤의 생일인 24일, 신발가게에서 유독 눈이 가던 치수 6.5, 마음만 먹으면 언제라도 누를 수 있는 앤의 휴대폰 번호 열 자리 같은 것들이었다. 어떤 일이 있어도 변하지 않는 것들, 늘 거기 남아 있는 것들, 어쩌면 내가 죽고 난 뒤에도 여전히 지구에 남아 있을 그런 것들에서 나는 위안을 얻었다. 그런 것들 중 하나가 교정 한쪽에 서 있던 레드우드 한 그루였다.

그 레드우드 앞에서 유이치를 처음 만났다. 그는 안내판 앞에 서서 "고양이 작은 발로 안개는 온다. 묵묵한 엉덩이로 앉아 항구와 도시를 바라보다가……"라며 칼 샌드버그의 「안개Fog」를 읊고 있었다. 칼 샌드버그는 유독 안개를 좋아해서 여러 편의 시를 남겼는데, 짧고도 인상적이라 나도 그 시는 기억하고 있었다. 그다음은 마지막 행인 '이윽고 다른 곳으로 움직인다And then moves on'였는데, 좀체 그 부분을 읊지 않아서 나도 모르게 그를 힐끔거리다가 그만 눈이 마주치고 말았다.

"왜 뒷부분을 마저 읊지 않나요?"

어색한 마음에 내가 물었다.

"안개에게 항구와 도시를 충분히 바라볼 시간을 줘야죠. 레드우드를 보니까 안개 생각이 났어요. 이렇게 키가 큰 나무들은 땅에서 물을 끌어올리는 게 꽤 힘들어요. 그래서 위쪽은 안개로 수분을 공급받지요. 레드우드는 안개를 먹고 자라요."

키가 백 미터도 넘는다면, 과연 어느 정도의 흡입력이 있어야 우듬지까지 물을 끌어올릴까? 레드우드를 보며 그런 의문이 들지 않은 건 아니었지만, 워낙 날 때부터 키가 큰 나무니까 물도 쉽게 끌어다 쓰리라고만 생각했지, 안개를 먹고 자라리라고는 생각하지 못했다. 나는 고개를 끄덕였다. 우리는 약속이라도 한 것처럼 우듬지를 한번 올려다봤다. 그리고 시의 마지막 구절처럼, 이윽고 각자의 길을 향해 움직였다.

그후로 며칠 동안 유이치의 말들이 불쑥불쑥 머리에 떠올랐다. 안개에게 항구와 도시를 충분히 바라볼 시간을 줘야 한다는 말. 레드우드는 키가 너무 커서 안개를 먹고 자란다는 말. 그럴 때면 당연히 그의 목소리도 함께 들렸다. 레드우드 발치에서 주운 나무껍질처럼 두텁고 축축한 목소리였다.

며칠 뒤, 에릭에게서 전화가 왔다. 잠에서 덜 깬 내게 에릭은 몇 달 전부터 만나기 시작한 서른한 살의 대학원생과 새로운 인생을 시작할 계획으로 집을 내놓았다고 말했다. 시애틀에서 걸려온 전화지만 바로 옆에서 말하는 것처럼 에릭의 목소리는 또렷했다. 하지만 두 사람의 친밀함과 앞날에 대한 희망이 고스란히 느껴지는 그 말들을 듣는데, 이상하게도 거리감이 느껴졌다. 서른한 살의 대학원생을 사이에 두고 에릭과 나는 점점 멀어지고 있었다. 양모인 앤이 죽은 지 채 이 년도 지나지 않았다. 한 남자의 삶 속에서 아내라는 존재가 그토록 빨리 잊히다니! 그 사실이 나를 외롭게 만들었다.

이사와 재혼에 대한 내 시큰둥한 반응을 비난으로 여겼는지 에릭은 앤이 죽은 뒤 자신이 얼마나 빨리 늙어버렸는지, 또 리치먼드의 이층집에서 혼자 잠드는 일이 얼마나 쓸쓸한지 설명했다. 나는 외로움 같은 것으로 에릭과 경쟁하고 싶지 않았기 때문에 그 말들을 가만히 듣고만 있었다. 심지어 그는 이따금 유령을 본다는 말까지 덧붙였다. 교수들 사이에서는 일찌감치 이단자로 여겨졌지만, 그래도 평생 조류潮流를 연구한 해양학자인데 유령이라니. 너무나 생뚱맞은 단어였다. 매일 밤 혼자서 유령을 보는 것보다 젊은 여자를 안고 자는 일이 더 행복하리라는 건 두말할 나위가 없겠지.

And then moves on. 사람은 나고, 또 죽는다. 어쨌든 남은 사람의 인생은 계속된다. 유령을 볼 수도 있고, 젊은 여자를 안고 잘 수도 있다. 그렇다면 대부분은 젊은 여자를 안고 자는 쪽을 선택하겠지. 에릭이 그 대부분에 속한다고 해서 내가 비난할 이유는 없다. 하지만 나라면 유령을 보는 쪽을 선택하겠다.

"에릭에게는 에릭의 인생이 있는데, 내 반응이 무슨 상관이야?"

정말 궁금해서 내가 물었다.

"평생 앤이 가장 사랑한 사람이 너였으니까. 네가 우리에게 온 뒤로 그녀에게는 항상 나보다 네가 먼저였지. 그래서 뭐랄까, 너한테는 미리 말해야만 할 것 같았어."

에릭이 말했다. 외로움이 사람을 약하게 만들기도 하나? 의아했다. 나는 늘 더 강해져야만 한다고 생각했으니까.

"그렇다면 나는 아무래도 상관없어."

"좋아. 그리고 이층 방을 정리했더니 네 물건들이 많이 나왔어. 이건 어떻게 처리할까?"

에릭이 물었다.

"일단 쓰레기통에 다 넣어. 그다음에 그 쓰레기통을 비워."

"그러기에는 너무 많아. 네게 보낼 테니까 버리든지 말든지 네가 알아서 해."

그리고 에릭은 전화를 끊었다. 이로써 다시 나는 이 세상 누구와

도 연결되지 않는 완전한 자유의 몸으로 돌아왔다. 이십일 년 전에 그랬듯이.

　이번에는 내가 먼저 전화를 걸었다. 에릭의 목소리가 어딘지 어색했다. 옆에 그 여자가 있는 것 같았다. 문득 그가 함께 여생을 보내려는 그 여자의 생김새가 궁금했다. 물어볼 말이 있어서 전화했다고 말하니 에릭은 내가 재혼 문제에 대해 심각한 이야기라도 하려 한다고 여겼는지 금방 다시 전화하겠다고 말하고는 전화를 끊었다. 곧 전화벨이 울렸다. 다른 방으로 자리를 옮겼는지 완전히 다른 목소리였다.

　"뭘 물어보겠다는 거지?"

　젊은 여자와 자더니 덩달아 젊어진 것일까? 그 목소리에서 뻔뻔함마저 느껴졌다. 벌써 치매가 온 거 아니야? 어떻게 앤을 그렇게 빨리 잊을 수가 있느냔 말이야! 혹시 에릭은 내가 그런 말을 해주기를 원했던 게 아닐까? 그렇다면 나를 몰라도 너무나 모른다고 말할 수밖에.

　"재혼하고 나면 다시 물어보기 힘들 것 같아서. 두 사람은 왜 내이름을 카밀라라고 지었던 거지?"

　뜻밖의 질문이었던지 에릭은 잠시 망설였다.

　"그건 네 생김새랑 그 이름이 어울리기 때문이 아닐까?"

　자신 없는 목소리로 에릭이 말했다.

"내가 꽃처럼 예뻐서?"

"그래, 동백꽃처럼."

그런 말은 어려서부터 자주 들었다. 근데 그게 나는 늘 의아했다.

"두 사람, 동백꽃을 제대로 본 적이 한 번이라도 있어?"

에릭은 또 당황하는 눈치였다.

"동백꽃? 글쎄, 우리가 그 꽃을 보긴 봤을까? 한 번쯤은 보지 않았을까?"

"왜 하필이면 그런 꽃 이름을 내게 붙인 거지? 왜 나는 카밀라가 된 거야? 다른 꽃도 많잖아!"

"카밀라는 카밀라니까 카밀라인 거지."

한결 푸근해진 목소리로 에릭이 말했다. 뭐 틀린 말도 아닌 것 같아서 나도 웃었다. 카밀라는 카밀라니까 카밀라지.

"그렇게 이름을 짓자고 주장한 건 앤이니까 솔직히 나는 잘 모르겠어. 난 끝까지 너한테는 도움이 안 되는 사람이네. 어렸을 때, 그 이름이 마음에 안 든다고 그런 적 많았잖아. 이젠 앤도 없으니까 이름이 마음에 안 든다면 다른 이름으로 바꿔. 이젠 너 혼자니까 뭐든 네 마음대로 하면 되는 거야."

"큰 기대는 없었어. 그리고 됐어. 카밀라는 카밀라니까 카밀라인 거지."

내가 말했다.

"그래. 그렇다면 다행이고. 내가 보낸 상자들은 도착했니? 네 물

16

건들, 모두 담았더니 페덱스 이십오 킬로그램짜리로 여섯 상자나 되던데?"

"아니, 아직. 내 물건들이 그렇게나 많아?"

다 버릴 것들일 텐데. 그렇지 않다고 해도 그런 상자들일랑 중간에서 분실되든가, 다른 주소로 배달돼 아예 내게 오지 않으면 좋으련만. 상자 속에 든 물건들을 보면 분명히 앤 생각이 날 테고, 그럼 또 눈물이 나올 텐데. 앤을 생각하니 마음이 먹먹해졌다.

"에릭이 결혼한다니……"

나는 더 강한 사람이 되고 싶었다.

"나도 기뻐. 내가 이 세상에 혼자 남았을 때, 그때 내게는 에릭과 앤이 있어서 나를 꽉 안아줬지. 그 일 평생 잊지 않을 거야. 그랬으니까 에릭에게도 인생에서 가장 외로운 지금, 에릭을 안아줄 사람이 나타난 거라고 생각해."

"그렇게 말해주니 가슴이 찡하네."

전화를 끊고 나니 묘하게도 엄마 생각이 났다. 앤말고, 진짜 엄마. 삶에서 가장 외로운 순간의 아이를 안아줄 수 없는 처지가 된 엄마라면 과연 어떤 심정일까? 누군가 다른 사람들이, 그러니까 머리색과 피부색과 눈동자색이 다른 사람들이 그 아이를 달래고 위로하는 걸 먼발치에서 바라보기만 해야 한다면? 하긴 그런 일들이 전혀 아프지 않았으니까 갓 태어난 아이를 입양 보냈겠지. 증오할 가치도 없는 나쁜 여자. 하지만 그렇지 않다면? 그 여자에게 입양을 막을 방법이 없었다면? 그랬다면 그 감정이란 나로서도 상상할 수 없을 것 같았다.

밤에 침대에 누워 어두운 천장을 바라보는데 병상에서 죽어가던 앤의 모습이 떠올랐다. 그때 앤은 내게 고백할 말이 있다고 했다. 언젠가 한국에서 편지가 왔었다는 말, 거기에는 내 친모에 대한 이야기가 적혀 있었다는 말, 하지만 그 편지를 내게 보여주지 않고 없애버렸다는 말. 앤의 고백은 너무나 충격적이어서 차라리 듣지 않았다면 좋았을, 그런 말들이었다. 그럼에도 죽어가는 앤을 미워할 순 없었다. 그때의 고백을 생각하다가 나를 낳을 당시에 열일곱 살이었다던 친모를 상상했다. 어떤 열일곱 살도 나쁜 여자일 수는 없으리라. 그녀가 나와 같다면. 그렇다면 또 그녀는 나와 닮았겠지. 나는 그 얼굴을 상상하며 두 눈을 뜨고 어둠을 응시했다.

다시 며칠이 흐르고, 내 은밀한 바람과는 달리 에릭이 보낸 상자 여섯 개가 분실 사고 없이 올버니의 공동주택으로 배달됐다. 아무 생각 없이 첫 상자를 열었더니 맨 위에 턱받이를 한 테디 베어 인형이 누워 있었다. 솜이 죽고 손때가 잔뜩 묻은 그 인형을 보자마자, 아니나다를까 눈물이 쏟아지기 시작했다. 슬픔을 처리하는 일이라면 어려서부터 일가견이 있다고 자부했는데, 소중한 것을 잃어버린 듯한 이 상실감은 낯설기만 했다. 눈물이 제풀에 그치도록 그냥 내버려두다가 마음이 좀 진정됐을 때, 두 손으로 눈두덩을 문질렀다. 해가 저물고 어둠이 내릴 때까지 그렇게 가만히 앉아 있었다. 그러다가 함께 집을 나눠 쓰는 두 친구 중 하나인 마리안이 산책하자고 해서 외투를 입고 밖으로 나섰다. 근처 쇼핑몰까지 걸어가서 따뜻한 음료를 마시고 돌아올 생각이었다.

눈물이 안구를 정화시켰는지 사위가 맑고도 투명하게 보였다. 북쪽 하늘에 에메랄드빛으로 서늘한 밤이 찾아오고 있었다. 업타운 언덕의 불빛들이 푸른 주단에 흩뿌린 보석처럼 영롱하게 반짝였다. 인디언 서머였다. 서늘한 저녁 그림자로 따뜻한 바람이 밀려들면서 먼 불빛들이 한결 가까워졌다. 길을 걸어가는데 문득 의료기구를 진열한 쇼윈도에 내 모습이 비쳤다. 고양이처럼 작은 몸집, 물이 흐르듯 창을 스치는 그림자, 이제는 어둠만이 유일한 친구인 미스 론리. 거기서 조금 더 걸어가니 거리의 불빛이 환해졌다. 조명이 눈부신 건물들 중 한 곳은 극장이었다. 극장의 앞에는 '낭송회: 당신의 얼굴. 입장료 무료'라고 쓴 입간판이 서 있었다. 호기심 많은 프랑스 여자인 마리안이 들어가보자고 내 손을 잡아끌었다.

극장의 문을 열자, 안에서 한여름의 햇살처럼 환하고 날카로운 웃음소리가 우리에게 쏟아졌다. 그 요란한 웃음소리에 비해 청중의 숫자는 많지 않았다. 우리는 객석에 방해가 되지 않도록 뒤쪽 벽에 등을 대고 서서 무대를 바라봤다. 시인과 래퍼와 스탠딩 코미디언과 아카펠라 가수 들이 순서대로 무대에 올라가 시를 읊거나 랩을 중얼거리거나 개그를 들려주거나 노래를 불렀다. 대개 정치

적인 블랙 유머나 음담패설이었다. 그들 중에는 시인이자 래퍼이
자 코미디언이자 가수인 남자도 있었다. 그는 모든 장르를 다 소화
하는 익살꾼이었다. 나는 그가 무대에 오를 때마다 뚫어져라 그를
쳐다봤다. 다른 청중들이야 아까 올라왔던 사람이 또 올라왔다고
생각할 뿐이겠지만, 나만은 그럴 수가 없었다. 낭송회가 끝난 뒤
찾아본 바에 따르면, 그 남자의 이름은 하세가와 유이치였다. 그는
무대에서 「숲」이란 시를 읊었다.

　　　눈동자 속에 숲으로 가는 길이 있다 너의
　　　시선 속으로 들어가면 아무도 모르는 새벽이 있다

　　　서늘한 달이 자신을 감추고 있는 곳, 그곳에서
　　　모든 신비는 시작되고 그리고 다만 하나의 숲

　　　숲속으로 들어가 너는 나올 줄을 모른다 하늘은
　　　푸르게 바뀌고 공기는 점점 더 투명해지는데 너는

　　　너의 어두운 숲으로 들어가 나오지 않는다 다만
　　　검은 머리칼처럼 나뭇잎, 숲속을 가리고

　　　내가 알지 못하는 그곳에서 너의 비밀은

나를 바라보고 불빛처럼 반짝이는 너의 눈동자

눈동자 속에 숲으로 가는 길이 있다 너의
시선 속으로 들어가면 아무도 모르는 새벽이 있다

무대 전면을 밝히던 조명이 "불빛처럼"이라는 말과 함께 갑자기 꺼졌다. 스포트라이트가 그의 얼굴로 떨어지면서 빛과 어둠이 명멸했다. 나는 그의 얼굴이 달라지는 순간을 놓치지 않았다. 어둠 속에 머물던 수십억 개의 얼굴들 중에서 불쑥 하나의 얼굴이 장막을 밀치며 튀어나왔다고나 할까. 아주 오래전부터 그를 알고 있었던 것 같은 느낌. 그 이상한 기시감과 친밀감이 아니었다면 낭송회가 끝난 뒤 극장 로비를 서성이며 다른 이들에게 둘러싸인 그에게 다가가 내가 이렇게 묻는 일은 없었을 것이다.

"이제쯤은 안개가 항구와 도시를 충분히 바라봤을까요?"

"아마도, 지금쯤은……"

내가 멀리 서서 자신을 바라볼 때부터 그는 나를 알아봤다고 했다. 레드우드 앞에서 처음 만난 뒤, 많은 시간이 흘렀다. 하지만 우린 어제 본 사람들처럼 안개를 먹고 자란다는 그 나무 얘기를 나눴다. 레드우드에 대해서 말하고 난 뒤에도 우리는 뭔가 계속 말하고 싶었다. 이런 기분이 사랑의 시작이라는 걸 나는 알고 있었다.

에릭이 보낸 여섯 개의 상자 속에는 내 과거의 유물이 고스란히 담겨 있었다. 그러나 상자들이 배달되던 날, 테디 베어 인형을 보고 눈물을 흘린 뒤로 상자를 더이상 열어보지 않고 방 한쪽 벽에 쌓아놓았다. 시간이 흐르면서 차츰 그 상자들 위로 읽다 만 책과 새로 산 화장품과 먹고 난 주스 병 같은 게 올라가기 시작했다. 그렇게 한 달쯤 지나자 상자들은 마치 원래 그 방에 있던 붙박이 가구처럼 익숙해졌다.

그 한 달은 유이치라는 남자를 탐구하는 기간이었다. 페루에서 태어난 유이치는 십대 초반에 가족과 함께 샌디에이고로 이민을 왔다고 했다. 나는 한국에서 태어나 육 개월 뒤에 시애틀로 이주했다고 말했는데, 그는 내가 가족들과 함께 이민 온 것이겠거니 생각했다. 남미인 특유의 단순함이 몸에 밴 유이치는 나의 과거 같은 것을 시시콜콜 캐묻지 않았다. 그에게는 현재의 삶, 지금 살아가는 삶이 가장 중요했다. 나는 그런 것들이 꽤 부러웠다. 내게는 과거의 삶이 여전히 중요했으니까.

젊은 여자의 방에 전혀 어울리지 않는 페덱스 이십오 킬로그램짜리 배송 상자를 보면서도 유이치는 별로 신경쓰지 않았다. 대신에 그 방에서 그는 오직 나만을 바라봤다. 나의 눈과 나의 얼굴과 나의 가슴과 나의 다리를. 그는 내게 아름답다고 말했다. 그 말들은 모두 거짓말처럼 들렸는데도 나는 기뻤다. 그는 내 귀에다가 대고 나를 만난 뒤 새로 쓴 시들을 들려주곤 했다. 그럴 때면 폐 안의 공기가 유이치의 목젖을 울려서 음파를 발생시키는 장면을, 그리고 그 음파가 내 귀에 들어와 고막을 흔드는 장면을 상상했다.

지극히 단순한 그 과정이 지난 이십일 년 동안 나를 괴롭혔던 고통과 고독과 절망과 분노를 말끔히 치유했다. 넌 대단해. 넌 멋져. 넌 아름다워. 넌 소중해. 난 네가 너무나 좋아. 머리부터 발끝까지. 이 세상 전부와도 바꿀 수 없어. 평생 너만을 사랑할 거야. 난 너의 모든 걸 다 가지고 싶어. 말들이 그렇게 달콤할 수가 있을 줄이야. 그 달콤함 때문에 내 몸이 촛농처럼 완전히 녹아버릴 줄이야. 나란 존재가 흔적도 없이 사라지는 것 같았다. 마치 죽음처럼. 그런데 그 일이 나를 살렸다.

손가락 끝과 발가락 끝이 일시에 짜릿짜릿, 온몸이 녹아내리는 듯한 그런 밤들이 여러 번 지나간 뒤에야 비로소 유이치는 그 상자들에 대해서 물었다. 엄마가 암으로 죽은 뒤, 젊은 여자와 사랑에 빠진 아빠가 새 인생을 찾아 거처를 옮기면서 고향집 이층 방에 있던 내 물건들을 담아 내게 보낸 상자들이라고 말했다.

"와우! 여섯 개의 상자로 남은 유년이라니, 끝내주는걸. 대단해. 이건 정말 대단한 거야."

유이치가 침대에서 뛰어내려 그 상자 쪽으로 갔다.

"뭐가 있는지 봐도 돼?"

나는 고개를 끄덕였다. 유이치는 상자 안에서 작은 지구의를 하나 꺼냈다.

"뭐, 이런 게 다 나오는 거야? 이게 언제 적의 물건이지?"

나는 기억을 더듬었다.

"열 살 때, 아빠한테 생일 선물로 받은 거야."

"그게 몇 년이지?"

"1997년. 받고 싶은 선물이 따로 있어서 사달라고 여러 번 졸랐는데, 막상 포장을 뜯어보니까 지구의가 나온 거야. 당연히 실망했지. 왜 하필이면 지구의인지 지금은 짐작이 가지만, 그때야 진짜 이딴 것 갖고 싶지 않았거든. 난 열 살에도 여자이고 싶었단 말이지. 무슨 탐험가 같은 게 되고 싶은 게 아니라. 하지만 선물을 받고서는 싫은 기색을 할 수는 없어 진짜 멋진 선물을 받았다는 듯, 지구의를 손으로 돌리면서 좋아했지. 왼손으로 돌렸어. 그랬더니 아빠가 막 화를 내는 거야. 오른손을 사용하라는 거지. 아직도 잊히지 않는 나쁜 기억이야."

"지구가 오른쪽으로 도니까 그랬던 거 아닐까?"

유이치가 말했다. 나는 그런 건 생각조차 해본 일이 없었다.

"정말 그런 거야? 그래서 아빠가 내 손을 때렸던 거야? 지구는 오른쪽으로 도니까 오른손으로 돌리라고? 정말 그랬던 걸까? 난 집안에서 나만 왼손잡이여서 그런 줄 알았거든."

"아마 그런 게 아닐까? 그게 아니라면 지구의를 오른손으로 돌리든 왼손으로 돌리든 그게 무슨 상관이야?"

"역시 나의 오해였단 말인가? 어쨌든 그 바람에 더욱 싫어하게 됐다는 아픈 추억이 담긴 지구의야. 아빠는 이걸 상자에 담으면서 무슨 생각을 했을까? 왜 거기 보면 전선도 연결돼 있잖아. 밤에 불을 켜면 지구의 표면에 별자리가 나타났는데, 지금은 어떨지 모르겠네."

유이치는 지구의를 바닥에 내려놓더니 플러그를 콘센트에 꽂았다. 당연히 불이 들어올 리가 없다고 생각했는데, 뜻밖에도 불이 들어왔다. 유이치는 방안의 불을 껐다. 어둠 속에서 둥근 원이 점점이 빛을 발하고 있었다.

"이 상자를 보내면서 네 아빠가 새 전구로 갈아끼웠나보네."

"그랬나보다. 무슨 마음이었을까?"

"글쎄, 내가 선물 사준 일 절대로 잊지 마라. 곧 내 생일이 다가온다."

나는 웃었다.

"그러고 보니 그즈음에 엄마가 부엌에서 부르던 노래가 갑자기 떠오르네. 〈Dreams〉라는 노래. Oh, my life is changing everyday in every possible way."

내가 노래를 흥얼거리자, 유이치가 "And, oh, my dreams it's never quite as it seems, never quite as it seems"라며 따라 불렀다.

"난 이 노래라면 산타페가 생각나는데. 거기 놀러갔다가 어떤 카페테리아에서 처음 들은 노래거든."

"내 기억이 맞는 걸까? 아니면 지나갔으니 그저 좋았던 것으로 착각하는 걸까? 그때의 하늘은 지금보다 훨씬 더 파랬던 것 같아. 밤하늘에는 별들도 지금보다 훨씬 많았고. 엄마는 그때 사십대 중반에서 후반으로 넘어가고 있었어. 스페인어를 배우겠다며 커뮤니티 센터에 다닌 것도 그 무렵이야. 그때 엄마가 참 좋아하던 오렌지색 원피스가 있었는데. 지금 생각하면 그때 엄마, 젊고 예뻤는데."

"지금 막 좋은 생각이 떠올랐어. 카밀라, 글을 써보면 어떨까?"

유이치가 말했다.

"글을 쓴다고?"

"그 상자를 이용해서 유년에 대해 쓰는 거지. 작가처럼."

"작가? 지금까지 단 한 번도 작가가 되고 싶다는 생각을 한 적이 없었는데."

"나 역시 시인이 되겠다는 생각을 해본 적은 한 번도 없었어. 어느 날, 자다가 깨어서 뭔가를 쓰기 전까지는 말이야. 시인이든 작가든 되고 싶다는 생각만으로 될 수 있는 게 아니야. 뭔가 쓰는 순간, 되는 거지. 처음 본 순간부터 넌 작가라고 생각했어."

유이치의 말은 늘 그렇게 흥미로웠다.

"왜?"

"첫번째, 자기 자신을 너무 사랑해. 고독을 즐기지. 그러니까 레드우드의 에너지에 끌려서 거기까지 걸어간 거야. 내면적이고 달의 영향권 안에 있어. 두번째, 그래서 자신의 것을 지키기 위해서

라면 가장 강한 사람들과도 투쟁하는 일을 마다하지 않아. 세번째,
무엇보다도 네게는 쓸 이야기가 너무나 많아."

"첫번째와 두번째는 그렇다고 치고, 세번째는 네가 어떻게 알
아?"

"이걸 보고도 모르겠어? 이 상자들. 무려 여섯 개나 되잖아! 내
경우엔 집에 있는 걸 다 끌어모아도 한 상자도 못 채울 거야. 네 아
빠는 어마어마한 걸 네게 선물한 거야. 이걸로 우린 뭔가 근사한
일을 할 수 있어. 나를 믿고 내 말대로 하기만 하면 돼."

나는 유이치의 말대로 한번 해보기로 했다. 그가 제안한 방법은
다음과 같았다. 일단 매일 시간을 정한다. 한 시간 정도라면 가장
좋겠고, 삼십 분이라도 상관없다. 매일 정해진 시간에 글을 쓰기
시작하는 게 가장 중요하다("기억해. 뭔가 쓰는 순간, 넌 작가가
되는 거야."). 그 시간이 되면 노트와 연필을 들고 그 상자 앞으로
간다. 눈을 감은 뒤, 상자에 손을 넣고 무엇이든 처음에 잡히는 물
건을 꺼낸다. 그걸 책상 위에 올려놓고 바라본다. 그런 물건은 태
어나서 처음 본다는 듯("갓 태어난 아이의 시절로 돌아가서 모든
걸 다시 시작하는 거지."). 우선 모든 감각을 동원해서 사물의 표
면을 관찰한다. 그다음에는 기다린다. 자기 내부에서, 겹겹이 쌓인
기억의 지층 아래에서, 무의식의 짙은 어둠을 뚫고, 마그마가 꿈틀
대듯이 어떤 일들이 떠오를 때까지.

그러다가 번쩍하면서 그 일이 언제, 어디서, 어떻게 일어난 일인

지 알아차리는 바로 그 순간, 노트에다가 글을 쓰기 시작한다. 글을 쓴다기보다는 받아 적는다고 생각하는 게 좋다. 받아쓰는 것이니 순서나 논리 같은 건 신경쓸 필요가 없다. 언뜻 보기에 그 물건과 아무런 관련이 없는 생각이라도 떠오르는 건 모두 노트에 적는다. 쉬지 말고 계속 적는다. 문법 같은 건 맞지 않아도 상관없으며 진부한 표현도 가리지 않는다("질보다는 양이야. 모든 재능이 그렇듯이."). 하루에 최소한 세 페이지는 반드시 채워야만 하며, 더 쓰고 싶다면 얼마든지 더 쓸 수 있다. 다음날 그 시간이 될 때까지 계속 써도 된다. 만약 정해진 시간에 세 페이지를 채우지 못했다면 그날 중에 시간을 내어 다시 책상 앞에 앉는다. 충분히 썼다는 생각이 들면 노트를 덮은 뒤, 지정된 장소에 둔다. 한번 쓴 글은 다시 펼쳐서 읽지 않는다("말하자면, 숙성과정이 필요한 거야.").

그렇게 하면 작가가 된다고 믿은 건 물론 아니다. 하지만 적어도 그렇게 하면 상자 속에 든 물건들을 정리할 수는 있겠다는 생각이 들었다. 그래서 유이치의 권유대로 매일 아침마다 시간을 내 상자 속에 든 물건들을 하나씩 꺼내놓고 그에 얽힌 기억들을 노트에 적었다. 모든 것이 한때 나의 것이었던 것만은 분명했지만, 그렇다고 저마다 독특한 추억을 갖춘 건 아니었다. 아무리 생각해도 도대체 언제 적의 물건인지 기억나지 않는 것들도 많았다. 그런 경우라고 해도 떠오르는 기억이 하나도 없는 건 아니어서 그럭저럭 매일 아침 규칙적으로 유년 시절과 소녀 시절에 대해 뭔가 적어갈 수는 있었다. 그렇게 해서 노트에는 '서로 연결된 벙어리장갑(1992년 무렵)' '자물쇠가 달린 일기장(2000년)' '가짜 큐빅이 박힌 스와로브스키풍의 시계(1995년)' '4달러짜리 디즈니 애니메이션 〈라이온 킹〉 영화 티켓(1994년)' '사파리 빅 파이브 목각 인형 세트(1998년 무렵)' '카밀라 포트만이 등장하는 일련의 비디오테이프들(1991~1994년)' 등을 제목으로 하는 글들이 차곡차곡 씌었다.

　매일 아침마다 일어나 눈을 감고 오늘은 어떤 물건이 나올까 궁금해하며 상자 안에 손을 집어넣을 때까지만 해도 나는 내 이름이 인쇄된 책을 반스앤노블의 매대에서 발견하리라고는 상상조차 하지 못했다. 모든 작업을 마친 뒤에 맥북으로 다시 입력한 그 원고는 유이치의 소개로 만난 샌프란시스코의 에이전트에게 넘어간 뒤, 몇 번의 수정 작업을 다시 거쳤다. 그렇게 해서 조금씩 사물에 들러붙은 삶의 흔적을 찾아가는 형식의 자전소설로 바뀐 초고는 2010년 '너무나 사소한 기억들: 여섯 상자 분량의 입양된 삶'이라는 제목으로 출간됐다. 이십대 초반의 젊은 여자가 다른 사물들과 마찬가지로 자신의 인생을 지극히 객관적이고 건조한 시선으로 서술한다는 점이 서평자들과 기자들의 눈길을 끌었는지 이런저런 매체에서 관심을 보였고, 덕분에 첫 책치고는 나쁘지 않은 판매고를 올렸다. 그것만 해도 기적과도 같은 일이었는데, 책이 출간된 뒤에 더 놀라운 일이 나를 기다리고 있었다. 어느 날, 에이전트가 전화하더니 뉴욕의 한 출판사에서("지금 내가 그 이름을 말하면, 당신 심장이 마비될지도 몰라요!")『너무나 사소한 기억들』에 실린 글들 중에서「제대로 설명할 수는 없지만, 이 세계가 우리 생각보다는 좀더 괜찮은 곳이라는 사실을 말해주는 사진(1988년경)」에 주목했다고 말했다.

상자에서 그 사진을 꺼낸 건 글쓰기를 시작하고 한 달 정도가 지났을 때였다. 처음에는 왜 남의 사진이 내 상자 속에 들어갔는지 이해할 수 없었다. 그래서 사진을 들고 이 사람들은 누구일까, 바라보는데 벼락치듯 짧은 한순간, 나의 과거와 현재와 미래가 뭉뚱그려져 눈앞에 번쩍 떠올랐다. 그 순간, 나는 내 인생의 진실을 목격했지만, 워낙 짧은 순간이라 그게 어떤 것인지 말하기는 쉽지 않았다. 내가 작가라면 평생에 걸쳐서 뭔가를 쓰더라도 그 순간 내가 목격한 진실을 모두 쓰는 날이 찾아올 것 같지는 않았다. 그래서 그때 내가 본 것을 제대로 설명할 자신은 없지만, 이것만은 분명했다. 그 사진 속에 나오는 두 사람은 엄마와 나이며, 엄마는 나를 무척이나 사랑했으며, 여전히 나를 애타게 찾고 있다는 것만은. 말했다시피 무엇도 쓸 수 없어서, 아니, 그렇다기보다는 그건 평생에 걸쳐서 써야만 하는 것이어서『너무나 사소한 기억들』의 그 사진 항목엔 제목만 붙였을 뿐, 아무 설명 없이 그냥 비워둔 채로 출간했었다.

그래서 출판사의 편집자가 에이전트에게 전화해 빈 공간을 채우는 논픽션을 제안했다는 말을 들었을 때, 나는 그건 운명이 부르는 소리라고 생각했다. 빈 잔은 채워지기를, 노래는 불려지기를, 편지는 전해지기를 갈망한다. 마찬가지로 나는 돌아가고자 한다. 진짜 집으로. 나의 엄마에게로.

사과라고 해도,
어쩌면 홍등이라고도

　십대 초반의 소녀 시절, 나는 리치먼드 이층 내 방 침대에 누워 있으면서 한국의 집으로 돌아가는 내 모습을 즐겨 상상했다. 어딘가 다른 곳에 나의 또다른 집이 있으리라는 상상은 달콤했다. 그러다가 상상이 지나쳐 거기에 사는 진짜 내가 리치먼드의 나를 꿈꾸는 것일지도 모른다는 생각마저 들 때도 있었다. 그렇다면 카밀라 포트만, 나는 도대체 누구란 말인가? 검은 머리칼에 쌍꺼풀이 없는 두 눈. 거울 속의 얼굴을 볼 때마다 불쌍한 카밀라 양은 태어날 때 저주를 받아 황인종의 가면을 뒤집어쓰게 된 것이라고 나는 생각했다. 언젠가 그 마법이 풀리면 가면이 아닌 진짜 얼굴을 하고 진짜 집으로 돌아가리라고.

　몇 년이 지난 뒤에야 어질어질하면서도 달콤했던 이 상상이 어딘가 이상하다는 걸 깨달았다. 그건 리치먼드의 집에서는 황인종의 가면을 쓰고 살다가 진짜 집에서는 진짜 얼굴, 그러니까 백인종의 얼굴로 살겠다는 말이나 마찬가지였다. 그 진짜 집이란 한국에 있을 게 분명한데 말이다. 처음에는 앞뒤가 안 맞는다는 생각에 좀 한심해서 웃음이 나왔고, 그다음에는 심각해졌다. 그렇게 심각해지면서 내 사춘기가 시작됐다. 사춘기 내내 나는 중얼거렸다. 그렇다면 진짜 얼굴은 무엇인가? 진짜 집이란 어디인가? 거기 가면 진짜 얼굴을 하고 진짜 집에서 사는 사람들이 있을까? 그렇다면 나는 여기에 있을 게 아니라 거기로 가야만 하는 게 아닐까? 거기, 한국, 입양기록부에 남아 있는 카밀라 포트만의 고향, 진남으로.

그리하여 마침내 도착한 진남에서 나는 얼굴들이 아니라 표정들을 봤다. 마치 한 사람이 짓는 듯, 서로 다르게 보이지만 근본적으로 하나인 표정들. 누군가는 고랑처럼 검은 주름이 잡히도록 눈썹을 높이 치켜세우고, 다른 이는 묻는 말에는 대답하지 않은 채 발달 장애아처럼 입을 벌리고 웃었다. 어떤 여자는 벙어리라도 만났다는 듯 그저 내 손을 부여잡고 서글픈 눈초리로 바라보기도 했고, 다른 남자는 내게 고통스러운 과거라도 떠올리는 모양인지 눈살을 찌푸리며 고개를 돌렸다. 그 표정들은 서로 모순적이었다. 다정한 동시에 쌀쌀맞았으며 동정적이면서도 냉담했다. 그러므로 그 표정들에서 내가 읽을 수 있는 건 혼란뿐이었다. 거기에 의미는 없었다.

하지만 나는 실망하지 않았다. 아니, 그보다는 실망하지 않으려고 애썼다고 말하는 편이 더 낫겠다. 그 표정들이 "아니오!"라며 내 말을 부정하고 고개를 저을 때마다 나는 그들의 의사를 무시하고 더 캐묻고 싶은 욕망을 느꼈다. 그럴 때 나는 호흡을 호흡하고 생각을 생각했다. 그건 차가운 불로 뜨거운 분노를 불태우는 명상법이다. 십대 후반 극심한 정체성 혼란에 시달리다가 심리 치료를 받기 시작했을 때, 종합병원에 개설된 강좌를 통해서 나는 그 명상법을 배웠다. 깊은 명상 상태에 들어갔을 때, 나는 사춘기 내내 내 심장을 움켜쥐고 놓아주지 않았던 나의 친모라는 존재에게는 얼굴이 없다는 사실을 깨달았다. 그러므로 나의 그리움에도 얼굴은 없었고, 나의 분노에도 얼굴은 없었다. 대상이 사라지자, 그리움과 분노가 꿈속의 일들인 양 흩어졌다. 그리고 거울 속에는 다시 내 얼굴만 남았다. 카밀라 포트만, 검은 머리칼에 쌍꺼풀이 없는 두 눈. 그렇게 내 사춘기는 끝이 났다.

처음부터 교장은 그 꽃만은 절대로 보여줄 수 없다는 듯 교사 뒤 언덕 쪽으로 우리를 이끌었다. 콘크리트 계단을 밟고 올라가며 그녀는 일제시대 때 진남여자고등학교가 문을 연 이래 우수한 인재를 수없이 배출했다고 말했다. 뿌리를 찾아가는 논픽션을 쓰기로 뉴욕의 출판사와 계약한 뒤, 입양아들을 위한 한국 정부의 교육 프로그램에 신청서를 낸 일 년 동안 서울에 머물며 연세대학교 한국어학당에서 한국어 6급과정까지 이수했지만, 내게는 남쪽 지방의 사투리를 알아들을 자신은 없었다.

　그래서 수소문한 끝에 에릭의 대학 시절 친구라는 서민수 교수를 만날 수 있었다. 부산의 해양대학교에서 교수로 근무하는 그는 건강관리를 제대로 하지 못해 복어처럼 아랫배가 툭 튀어나온 초로의 남자로, 만나보니 낯을 무척 가렸다. 아니나다를까 진남여고에서 그는 별 소용이 되지 못했다. 아침부터 가파른 계단을 오르며 가쁜 숨을 몰아쉬느라 교장의 말을 온전히 우리에게 옮길 여력은 없어 보였다. 하지만 다행히도 나는 신혜숙의 말을 대부분 알아들을 수 있었다. 신혜숙. 그건 그 여자 교장의 이름이었다.

　교장은 오십대 초반으로 베이지색이 은은하게 감도는 정장에 하늘색 스카프를 목에 묶고 있었다. 외교사절을 맞이하는 부족의 여자 족장 같았다. 이따금 내 쪽을 힐끔거리다 눈이 마주치면 그녀는 어색하게 웃었다. 그럴 때면 상처처럼 양볼에 보조개가 들어갔다. 그 보조개의 의미란 이런 것이었다. 그녀에게도 눈부신 시절이 있었다는 것, 하지만 그 시절은 이제 다 지나갔다는 것. 교장은 서교수가 통역을 짧게 마치자 면박을 주듯이 헛기침을 했다.

　"제 말을 잘 옮기고 계시는 거죠?"

　그녀가 서교수에게 물었다. 서교수는 주먹으로 감아쥔 오른손에 대고 기침을 하며 고개를 끄덕였다.

　"어쨌든 그중에서도 가장 자랑하고 싶은 것은 학생들을 현모양처로 키우기 위해 학교가 최선의 노력을 다한다는 점입니다."

서교수가 그 말을 그대로 옮겼다.

"현명한 어머니? 착한 아내?"

유이치가 되물었다.

"멍청하게 들리긴 하겠지만, 오해하지는 마세요. 현명한 어머니와 착한 아내라는 건 한국에서는 훌륭한 여성을 뜻하는 관용어니까요. 옛날에 아들을 출세시킨 양반집 어머니들을 그런 식으로 불렀습니다."

"멍청한 소리는 아니군요. 그렇다면 여긴 남자들의 천국이라는 소리니까."

유이치가 말했다.

먼저 계단을 다 올라간 교장이 몇 계단 아래에 서서 그런 이야기를 주고받는 서교수와 유이치에게 빨리 올라오라고 손을 흔들었다. 잠시 뒤, 우리도 그녀와 마찬가지로 신학기가 시작된 학교 정경을 내려다보며 섰다. 붉은색 벽돌 건물과 노란 꽃이 핀 화단이 멀리 내려다보였다. 그 풍경 위로 어디선가 합창소리가 들려와 향수를 자극했다. 교사를 가리키며 교장이 다시 들으나마나 한 정보를 길게 나열했다. 그 학교의 교육목표나 서울 지역 사 년제 대학교에 들어간 학생의 숫자 같은 것들. 서교수는 학교를 내려다보며 교장의 말을 대충 옮겼다.

교장은 몸을 돌려 언덕 위쪽을 가리키며 "저기에 열녀비가 있습니다"라고 말했다. 나는 '열녀비'라는 게 무슨 뜻인지 몰랐다. 그녀가 가리키는 곳에는 작은 집 두 채가 서 있었다. 붉은 기둥에 기와 지붕을 얹었으니 내 눈에는 둘 다 집처럼 보였지만, 그중에서 사람이 살 만한 집은 뒤쪽의 건물뿐인 것 같았다. 앞쪽의 작은 집은 집이라기보다는 감옥 같았다. 사면에 벽 대신에 나무 창살이 서 있었다. 교장이 가리키는 그 집들을 아무리 살펴봐도 '열녀비'의 의미는 통 알아낼 수 없었다.

"이 여자가 지금 가리키는 게 뭔가요?"

유이치가 물었다.

"별거 아니에요. 역사적 인물을 기리기 위해 세운 기념물입니다. 16세기에 일본과 전쟁을 벌인 적이 있습니다. 이 지역은 오랫동안 일본군에게 점령당했는데, 그때 한 양반집 부인이 스스로 목숨을 끊은 일이 있답니다. 그 사실을 안 왕이 그녀를 기특하게 여겨 저 비를 세웠답니다."

"비라는 건 저 집들을 말하는 건가요?"

내가 묻자, 서교수가 손을 내저었다.

"그게 아니라, 비라는 건 누군가를 영원히 기억하기 위해서 세우는 돌입니다. 그러니까 비석 말입니다. 그 부인은 일본 군인들에게 자신의 정조를 유린당하지 않으려고 칼로 자기 목을 찌른 뒤, 연못으로 뛰어들었습니다. 지금도 교문으로 올라오는 길 왼편에는 그 연못이 있다고 하네요. 한국에서는 그런 여자를 '열녀'라고 불러요. 무슨 뜨거운 여자를 가리키는 말처럼 들리지만, 그게 아니라 남편을 위해 정조를 지킨 부인을 일컫는 말이에요. 그러니까 열녀비라면 열녀를 기억하는 비석이라는 뜻이 되겠죠. 왕이 열녀비를 세워준다는 건 가문뿐만 아니라 이 지역의 영광이죠."

"저건 전혀 비석처럼 보이지 않는데요?"

내가 말했다.

"비석은 숨어 있기 때문에 보이지 않는 겁니다. 말씀하신 저 작은 집 안을 들여다보면 열녀비를 볼 수 있어요. 숨은 비석이 이 학교를 움직인다고 할 수도 있겠네요. 왜냐하면 이 학교의 교육목표는 여학생들의 순결의식을 고취하는 것이라니까."

"여학생들의 순결의식?"

유이치가 되물었다.

"네, 그러니까 졸업할 때까지 처녀성을 유지하는 일 같은 것이랄까."

서교수의 그 말은 너무 끔찍하게 들렸다. 학교가 학생들의 처녀성까지 단속하다니. 마찬가지로 한 나라의 왕이 평범한 부인의 정조 관념을 널리 알리기 위해서 비석인지 집인지, 뭐 그런 걸 세운다니. 나는 정조를 지키기 위해 찌른 목구멍에서 흘러나오는 가느다란 핏줄기를 상상했다. 미생물과 박테리아와 수생식물과 민물고기 들이 떠다니는 검은 물속으로 가느다란 선처럼 붉은 피가 흘러나오다가 서서히 흩어지는 광경을. 곧 닥칠 죽음의 공포를 경감시키기 위해 뇌 속으로 분비된 화학물질의 작용으로 물속의 여자는 해방감을 느꼈을 것이다. 그건 실타래가 풀리듯 모든 인습의 굴레로부터 자유로워지는 듯한 느낌이었겠지. 수초처럼 흔들리는 검고 긴 머리칼, 서서히 빛을 잃어가는 두 눈동자, 마침내 수면을 향해 올라가는 마지막 숨결의 공기 방울들…… 그렇게 여자는 죽고 국가는 그 마지막 피가 마치 첫 경험의 피인 양 기뻐하며 열녀비를 세운다.

"그런데 저 비석이 나와 무슨 상관이죠? 왜 나를 이런 끔찍한 곳으로 데려온 건가요?"

내 말에 교장은 놀라는 눈치였다. 서교수가 통역하기 때문에 그녀는 내가 한국어를 전혀 못한다고 생각한 모양이었다.

"끔찍하다뇨? 여긴 진남여고 학생들의 자부심이 담긴 곳입니다. 열녀문 뒤쪽에 있는 건물은 성주 이씨의 넋을 기리기 위한 사당입니다. 매년 성주 이씨가 연못에 빠져 죽은 날이면 사당의 문을 열어요. 전교생이 줄을 서서 참배하거든요."

"전교생은 모두 몇 명인가요?"

핵심에서 빗나간 질문이라도 했다는 듯, 교장이 낯을 잠시 찌푸렸다. 하지만 표정은 곧 원래대로 돌아갔다.

"1143명입니다."

나는 1143명의 여학생들이 줄지어 서 있다가 그 사당 앞으로 나가 차례대로 고개를 숙이는 장면을 상상했다. 도합 1143번의 절. 목에 구멍이 뚫렸을, 사당 속의 그 열녀는 사후세계의 지위에 만족

할까? 사당에 이르자, 교장은 들고 온 열쇠로 초록색 나무문에 채운 자물쇠를 풀었다. 흡사 봉인된 지하세계의 문이라도 여는 듯, 움직임이 조심스러웠다.

나는 그녀에게서 멀찌감치 뒤로 물러섰다. 사당과 문 너머에, 이상하리만치 둥근 봉우리 두 개가 보였다. 수령이 많은 밤나무들이 병풍처럼 두 기와집을 둘러싸고 있었다. 나는 몸을 돌려 아래쪽 멀리, 식민지 시대에 지었다는 서양식 붉은 벽돌 본관 건물도 바라봤다. 이십오 년 전, 어쩌면 그 건물을 나처럼 내려다봤을 수도 있는 어떤 이의 시선을 흉내내어. 친모가 그 여학교를 다닌 게 분명하다면, 틀림없이 그녀도 열녀의 초상에 고개를 수그렸으리라. 그런 감상에 젖어 있는데, 교장과 웃으며 얘기하던 서교수가 "지금 이 사람이 무슨 이야기를 했느냐면……"이라고 말하며 내게 손짓했다.

"이 사당 안에 안젤리나 졸리처럼 생긴 여자 얼굴이 붙어 있어도 놀라지 마세요. 초상은 최근에야 복원됐다니까."

"설마! 최근이라면 언제죠?"

"1987년이라는군요. 안젤리나 졸리 이야기는 농담이지만, 어쨌든 이 사당 안에 우리가 생각하는 고전적인 미녀의 초상화는 있을 것 같지가 않네요. 화가는 문헌을 참고해서 열녀의 얼굴을 그렸다는데, 과연 얼마나 닮았을는지. 혹시 한 번도 보지 못한 얼굴을 상상해본 일이 있습니까?"

물론이지요. 셀 수도 없을 만큼 많이. 하지만 나는 말하지 않았다.

"화가가 한 번도 보지 못한 열녀의 얼굴을 그릴 수 있었던 건 매미 때문이라네요. 조선시대 사람들은 매미처럼 생긴 여자를 미녀라고 생각했답니다. 미국하고는 미인의 기준이 많이 다르죠? 사실은 후손인 우리 생각하고도 꽤 달라요. 매미라니? 한번 달라붙으면 떨어지지 않고 계속 울어대는 게 여자라서 매미인가?"

그러자 유이치가 큰 소리로 웃었다. 유이치의 웃음소리를 들으니 잔뜩 긴장했던 내 표정도 조금씩 풀렸다. 나는 사당 쪽으로 몇 걸음 더 걸어갔다. 매미 여인에게 궁금증이 일었다. 그녀는 왜 자기 목을 찔렀을까? 그건 혹시 정조와는 아무런 상관 없는 행동이 아니었을까? 그러는 사이에 교장이 사당의 문을 활짝 열었다. 무더운 여름날 오후, 냉동고를 열었을 때처럼 내가 선 곳까지 검은 냉기가 흘러나오는 듯한 느낌이었다. 나는 다시 조금 뒤로 물러났다. 꽃봉오리처럼 부푼 한복을 입은 몸뚱어리가 보였지만, 얼굴은 어둠 속에 있었다. 교장은 가까이 오라며 내게 손짓했다. 나는 매미 여인을 향해 걸어갔다. 나는 사당의 처마 그늘 속으로 들어갔다. 나는 열녀의 얼굴을 바라봤다.

얼굴. 그때 나는 어떤 얼굴을 떠올렸다. 나의 심장에 새긴 각인과도 같은, 어떤 얼굴. 에릭이 보낸 여섯 개의 상자 안에서 나온, '제대로 설명할 수는 없지만, 이 세계가 우리 생각보다는 좀더 괜찮은 곳이라는 사실을 말해주는 사진(1988년경)'에 등장하는 그 얼굴. 내 입양 서류와 함께 보관된 그 사진에는 몸이 왜소한 동양 여자가 포대기에 싸인 아이를 안고 있는 모습이 담겨 있다. 처음에는 누군가 다른 사람의 사진이 잘못 첨부된 것이라고 생각했다. 그 동양 여자와 나 사이에 어떤 연결 고리가 있으리라고는 생각할 수 없었던 것이다. 조금 시간이 흐른 뒤에야 나는 영문도 모른 채 카메라 렌즈를 손가락으로 가리키는 그 아이가 나일 수 있다는 사실을 인정했다. 그러니까 그애는 100퍼센트의 나였다. 하지만 나를 안고 있는 그 여자는 누구인지 불명확했다.

서류에 따르면 나는 두 곳의 위탁 가정을 거쳐서 시애틀의 한 백인 가정에 입양됐다. 어려서 나는 한두 명의 사람이나 소수의 물건에만 강한 집착을 보였다. 많아봐야 세 개 정도. 둘이라면 더 좋고, 하나라면 최상이었다. 유이치가 내게 내면적이고 달의 영향권에 속한다고 말한 건 근거가 있는 얘기였다. 나를 안고 그런 사진을 찍을 수 있는 사람 역시 셋을 넘지 않았다. 친모와 위탁모 둘. 그러니까 그 사진 속의 여자가 친모일 확률은 33.3퍼센트였다. 살아오면서 나는 단 한 번도 100퍼센트의 엄마를 가져본 일이 없었다. 그렇다고 해도 33.3퍼센트의 엄마가 위안이 되는 건 아니다. 엄마는 어떤 경우에도 100퍼센트의 엄마여야만 하니까. 그렇지 않다면 없는 것이나 마찬가지다. 사진 속에는, 없는 것이나 마찬가지인 33.3퍼센트의 엄마가 100퍼센트의 나를 안고 어떤 나무 앞에 서 있다.

나무에는 붉은 것들이 잔뜩 매달려 있다. 그건 사과처럼 보이기도 하고, 또 홍등처럼 보이기도 한다. 코를 사진에 들이대면 향기로운 과일향도 맡을 수 있을 것 같다. 그렇다면 거기서 엄마 냄새도 나겠지. 33.3퍼센트의 엄마와 100퍼센트의 딸이 같이 있으면 그건 몇 퍼센트의 모녀가 되는지 모르겠다. 어쨌든 결코 100퍼센트에 도달할 수 없는 모녀의 발치에는 꽃봉오리들이 떨어져 있다. 땅에 떨어진 뒤에도 온전한 형태로 남은 붉은색 꽃봉오리들. 나는 그 사진을 수없이 들여다봤다. 그 여자의 얼굴뿐만 아니라 옷차림, 포대기의 무늬, 나무의 형태와 꽃의 모양, 그 나무 뒤의 유리창과 벽의 생김새까지 세세하게 살펴봤다. 그렇게 해서라도 나는 내가 기억하지 못하는 유년 시절을 다시 갖고 싶었다.

교장실의 소파에 앉은 뒤에야 나는 그 학교가 개교한 이래 재학생 중에서 미혼모가 나온 적은 단 한 번도 없다는 사실을 강조하려고 교장이 우리를 열녀의 초상 앞으로 데려갔다는 걸 깨달았다. 그녀는 무표정한 얼굴로 진남여고뿐만 아니라 그 도시의 어떤 여학교에서도 그런 불미스러운 일은 일어난 적이 없다고 단언했다. 내가 태어난 게 '불미스러운 일'에 해당할 수 있다는 걸 오래전부터 예감하고 있었지만, 막상 직접 그런 말을 들으니 당황스러웠다. 나는 한국에 들어와서야 입양기록부에 적힌 나의 고향이 충절과 지조의 고장으로 이름이 높다는 걸 알았다. 그렇다면 그 고장의 사람들은 나를 반기지 않을 게 분명했다.

"카밀라 양이 잘못 알고 있는 게 분명합니다. 그런 이야기를 어디서 들었나요?"

교장이 물었다.

"팔 년 전에 한국에서 친오빠가 나를 찾는다는 연락이 온 적이 있었어요. 당시에는 내 쪽의 문제로 양부모가 내게 그 사실을 알리지 않았죠. 그러다가 사 년 전에야 그런 이야기를 처음 들었어요. 돌아가시기 전, 양모가 내게 한국에서 편지가 온 적이 있다고 말했죠. 편지에는 친모가 나를 낳을 당시에 열일곱 살의 여학생으로, 여기 진남여자고등학교에 재학중이었다고 적혀 있었다더군요."

내가 말하는 동안, 교장은 몇 번이나 고개를 저었다.

"카밀라 양의 말은 이치에 맞지 않습니다. 이 학교에 재학중이던 친모가 열일곱 살에 카밀라 양을 낳았다는 말인데, 그렇다면 편지를 보냈다는 그 친오빠는 또 언제 낳았다는 소리입니까? 만약 열일곱 살도 되기 전에 아이를 낳았다면, 학칙상 친모는 바로 퇴학당했을 겁니다. 상식적으로 미혼모는 학교에 다닐 수가 없어요."

나는 그녀가 말하는 상식에 대해서 생각했다. 정상적인 사람들에게는 과거가 단일한 게 아니라 여러 개다. 가족이 기억하는 유년과 친구가 기억하는 유년과 자신이 기억하는 유년이 모두 다르리라. 그러므로 그들은 그중에서 가장 합당한 과거를 선택하면서 지금의 자신에 이르렀으리라. 이치에 맞느냐, 맞지 않느냐를 따지는 건 그렇게 선택할 수 있는 과거가 여러 개인 사람에게나 가능하지 않을까? 돈이 없어서 며칠 동안 굶고 다닌 사람에게는 길에 굴러 다니는 동전 한 닢도 너무나 중요하다. 마찬가지로 단 하나의 과거 도 없는 내게는 아무리 터무니없고 불합리하며 비이성적일지라도 사소한 단서 하나하나가 소중했다. 하찮은 사실 하나를 지키기 위 해 상식적 세계 전체와 맞서야만 하는 순간도 찾아오리라는 걸 나 는 알고 있었다.

"고향이 진남이라는 건 입양기록부에도 나오는 사실이에요. 그 렇다면 잘못 배달된 편지일 가능성은 많지 않아요. 십육 년 전에 이곳을 떠난 아이에게 거짓된 정보를 주기 위해서 일부러 편지를 보낼 이유는 없지 않나요?"

"입양 서류가 잘못됐을 수도 있고 그 사람이 누군가 다른 사람 과 헷갈렸을 수도 있어요. 세상에는 많은 일들이 일어납니다. 그리 고 그 대부분의 일들은 별다른 이유 없이 일어나죠. 끔찍한 곳이에 요, 여기 우리가 사는 세상은."

교장이 무심하게 말했다. 나는 그 말에 좀 질렸다. 나는 유이치 를 쳐다봤다. 그는 교장에게 졸업 앨범을 보여줄 수 있겠느냐고 물 었다. 진남에 오기 전부터 만약 학교측도 친모에 대한 정보를 알지 못한다면, 우리가 손수 당시 졸업 앨범에 실린 학생들의 얼굴과 사 진 속의 얼굴을 하나하나 대조해 친모를 찾아내겠다는 계획을 세 웠다. 하지만 열녀의 초상을 보자, 과연 그런 식으로 친모의 얼굴 을 알아볼 수 있을지 자신이 없었다. 그저 교장실에서 나가고 싶은 마음뿐이었다. 그러나 이 방을 나서고 나면 또 뭘 어떻게 해야만 할지 알 수 없었다.

교장은 수화기를 들어 누군가에게 1988년부터 1992년까지의 졸업 앨범을 찾아서 교장실로 들어오라고 지시했다. 잠시 뒤, 파마머리에 검정색 치마를 입은, 삼십대로 보이는 여자가 다섯 권의 졸업 앨범을 들고 교장실로 들어왔다. 군청색과 보라색 벨벳 표지의 상단에는 금박으로 졸업 연도가, 하단에는 꽃모양이 인쇄돼 있었다. 나는 가방에서 '제대로 설명할 수는 없지만, 이 세계가 우리 생각보다는 좀더 괜찮은 곳이라는 사실을 말해주는 사진(1988년경)'을 꺼냈다. 그러자 나를 빤히 쳐다보던 교장이 짧은 탄식을 내뱉었다.

"그런 사진이 다 남아 있었네요."

교장이 말했다. 나는 고개를 들어 그녀를 바라봤다. 무표정하게 학교에 대해서 말할 때와는 완전히 다른 표정이 일순간 교장의 얼굴을 스쳤다. 당황하는 것 같기도 했고 난처한 표정처럼 보이기도 했다. 내가 빤히 쳐다보자, 교장은 잠시 내게 보였던 그 표정을 지우고 다시 냉담해졌다. 나는 유이치와 나란히 앉아서 졸업 앨범 속, 계란 모양의 틀 속에 들어 있는 사진들과 사진 속의 그 얼굴을 하나하나 비교했다. 네 페이지 정도가 지나니까 졸업 앨범 속의 모든 얼굴이 같은 얼굴처럼 보이기 시작했다. 앨범을 넘기면 넘길수록 그런 방식으로는 친모를 찾아낼 수 없다는 게 점점 분명해졌다. 바로 그때, "그럼에도 불구하고"라며, 나지막한 목소리가 들려오기 시작했다. 그럼에도 불구하고 저 사람이 이 도시에서 태어났다는 입양기록부의 내용이 맞다면, 아마도 저 사람은 부두 서쪽 자유수출지구의 공단 뒷골목 자취방에서, 혹은 인적이 드문 막다른 부둣길이나 공설운동장 뒤편에 버려진 공중화장실에서, 어쩌면 악취가 풍기고 썩은 물이 흐르는 쓰레기장이나 쥐들과 벌레들만이 오가는 도랑 속에서 태어났을 것이라던 그 말이. 나는 다시 고개를 들어 교장과 서교수 두 사람을 바라봤다. 하지만 둘은 여전히 무표정했다. 나는 내가 들은 말들이 실제로 누군가 입 밖에 낸 것인지 확신할 수 없었다.

그러나 그 순간, 야금야금 다가오던 절망에 나는 푹 파묻혔다. 졸업 앨범 속 사진들이 멀찌감치 뒤로 물러나며 터널에 들어간 것처럼 시야가 좁아졌다. 나는 유이치에게 잠깐만 나갔다가 오겠다고 말하며 자리에서 일어났다. 내 몸은 흔들렸다. 십대를 거치면서 나는 평소 쾌활함으로 위장했던 겉모습이 일순간 허물어지는 순간을 여러 번 경험했다. 절망이란 가면이 벗겨지고 피투성이 맨얼굴이 드러나는 걸 거울로 지켜보는 것과 비슷했다. 그건 공포의 얼굴 그 자체였다. 그 공포를 잊기 위해 수단과 방법을 가리지 않고 도피하느라 나는 십대의 소중한 시간을 허비했다. 가장 멀리까지 도망간 뒤에야, 그러니까 약물중독에 빠진 뒤에야 나는 그 맨얼굴을 직접 대면하지 않고서는 그 공포와 절망에서 벗어날 수 없다는 사실을 이해했다. 내가 끔찍한 얼굴을 하고 태어났기 때문에 엄마는 날 버린 거예요. 그건 심리 상담사 앞에서 내가 무수히 되뇐 말이었다. 아니야, 넌 예뻐. 너무나 예뻐. 심리 상담사는 그때마다 내게 말했다. 하지만 유이치를 만나기 전까지 나는 그 말을 믿을 수 없었다.

나는 교장실에서 나와 복도 끝의 계단을 향해 걸었다. 두 눈에서 연민의 눈물이 쏟아졌다. 잘못 기재된 서류만 믿고, 잘못된 곳에 와서 엄마를 찾으려고 한 것이라는 생각이 들었다. 친오빠라는 남자의 주장 역시 잘못 배달된 편지 속의 이야기일 뿐이라고. 나는 거기, 진남, 오랫동안 내가 태어난 고향이라고 믿었던 항구도시에서는 절대로 태어날 수가 없는, 너무나 불미스러운 존재라 어딘가 다른 곳, 그러니까 서울이나 부산처럼 악과 불의가 판치는 대도시, 아니면 한국의 다른 어느 곳, 거기가 어디든, 아무튼 어딘가 다른 곳에서 태어난 것이라고. 어쩌면 나란 인간의 존재 자체가 애당초 잘못된 것이라고. 그러니까 계단을 다 내려가 본관 건물 앞까지 가서 담배를 꺼내물고 불을 붙인 뒤, 그 붉은 벽돌을 향해 돌아서다가, 바닥에 떨어진 그 꽃봉오리들을 보기 전까지는. 그제야 나는 졸업 앨범의 표지에 그려진 꽃이 사진 속 발치에 떨어진 꽃과 동일하다는 사실을 깨달았다. 그런 무덤덤한 깨달음 앞에 어떤 나무가 붉은 것들을 잔뜩 매달고 서 있었다. 사과라고 해도, 어쩌면 홍등이라고도 부를 만한, 붉은 것들. 꽃들. 동백들.

파란 달이 뜨는 바다 아래
오로라물고기

아직 어두운 거리로 희끄무레한 눈송이들이 떨어졌다. 3월의 눈은 병에 걸린 전학생처럼 첫인상이 창백했다. 출렁이는 바다가 거대한 캔버스라도 되는 양, 호텔 객실 유리창에 하얀색 점묘화가 그려졌다. 나는 뜨거운 녹차를 홀짝이며 그 눈을 바라봤다. 봄의 대지는 따뜻해 눈송이들은 바닥에 닿자마자 녹았다. 물기로 검게 물든 제방 도로 위로 자동차들이 와이퍼를 흔들며 천천히 지나갔다. "눈 녹은 길로 자동차는 지나가네." 나도 모르게 그런 말이 흘러나왔다. "그리고 동백나무는 어김없이 빨간 꽃을 피우네." 아직도 이불 속에서 나오지 않는 유이치를 깨워 그런 것도 시가 될 수 있는지 묻고 싶었다. 물론 늘 좋은 게 좋은 유이치는 당연하다고 말하겠지만.

유이치를 깨우는 대신에 나는 스탠드가 있는 작은 책상 앞에 앉아서 하늘색 몰스킨 노트에 연필로 글을 쓰기 시작했다. 매일 아침, 눈을 뜨자마자 노트의 세 장을 글자로 채우는 일, 그것도 유이치에게 배운 일이었다. "머릿속에 있는 것이라면 그게 무엇이든 다 쓰는 거야"라고 그는 말했다. 머릿속에는 바로 문장으로 옮길 수 있는 생각들도 있었지만, 도무지 뭐라고 표현하기 힘든 감정들, 두려움이나 부끄러움, 혹은 막연한 공포 같은 것도 많았기 때문에 처음에는 공책의 여백이 막막하게만 느껴졌다. 오로지 막막할 뿐이라면 그 막막함에 대해 쓰라고 유이치는 말했다.

충고를 듣고 나서도 글쓰기는 어려웠는데, 어느 날 아침 마치 말문이 트인 아이처럼 내 손이 노트 위를 내달렸다. 어느 순간 무의식적인 검열의 문이 활짝 열렸던 것이다. 그다음부터는 어떤 감정이나 평가 없이 내 생각들을 글로 쓸 수 있게 됐다. 거기에는 걱정도 있었고, 희망도 있었다. 부끄러운 문장도 있었고, 나마저 속이는 문장도 있었다. 그 모든 것들을 다 받아 적었다. 해야 할 일도 적었고, 다짐도 적었다. 세 장을 모두 채우고 나면 팔이 아팠지만, 텅 비워낸 것처럼 마음이 가벼웠다. 오늘 아침의 노트에는 '오직 동백꽃만이 나의 생물학적 엄마를 안다'는 문장이 적혀 있었다. '하지만 동백꽃은 입이 없으니, 어떻게 그 말을 듣나? 그렇다면 동백꽃을 대신해서 말해줄 사람을 찾아야겠지.'

내가 글을 쓰는 동안, 눈발은 점점 약해지더니 호텔 로비에서 서교수를 만날 즈음에는 완전히 그쳤다. 서교수는 시청이 그다지 멀지 않으니 걸어가자고 말했다. 호텔 앞에 서 있는 검은색 택시를 탄다면, 제방 도로를 따라가다가 연안 여객터미널이 있는 부두 쪽을 향해서 좌회전한 뒤 시청 앞 로터리를 경유하는 경로를 택할 테지만, 걸어가려면 호텔 뒤 중앙시장을 관통하는 좁고 가파른 시장길을 따라가는 게 더 나았다. 진남에 도착한 첫날, 유이치와 나는 호텔 뒤에서 부두까지 길게 이어진 그 시장을 두 번이나 돌아봤다. 유이치가 호텔 음식보다는 현지 음식을 더 좋아했기 때문이다. 뒷골목의 식당들은 식사보다는 음주에 더 합당해 보였다. 식당마다 취객들이 가득했다. 유이치는 내 눈치를 봤다. 밥을 먹기에는 너무 시끄러운데다가 음식들도 대합탕, 간제미찜, 돼지국밥 같은 것들이었다. 여행을 즐기는 유이치는 낯선 현지 음식을 맛보는 걸 큰 도락으로 여겼지만, 나는 그만큼 비위가 강하지 않았다.

시장을 두 번 둘러본 뒤, 우리는 '진남김밥'이라는 상호가 붙은 음식점을 선택했다. 나는 김밥이라는 음식을 잘 안다고 생각했는데, 막상 나온 음식을 보니 내가 알던 것과 달랐다. 나중에 알고 보니 오징어무침을 곁들인 그 작은 김밥은 전국적으로 유명한 것이었다. 마침 저녁때여서 진남김밥 앞 도로에는 관광버스가 연신 정차하면서 관광객들을 내려놓았다. 테이블이 열 개도 넘는 일층 홀에 빈자리가 없어 우리는 이층으로 올라갔다. 이층에는 온돌방이 세 개 있었는데, 종업원은 우리를 맨 왼쪽 방으로 안내했다. 신발을 벗고 들어가니 거북이 모양의 배가 보였다. 미국의 친구들에게 내 고향에서는 식당에서 밥을 먹으려면 신발부터 벗어야만 하고, 바다에서는 거북이 모양의 배를 탄다고 말하면 다들 얼마나 놀랄까? 그럼에도 진남이 낯설지 않은 건 거기 바다가 있기 때문이었다.

그 순간, 내가 태평양에서 백 킬로미터 이상 떨어져 지낸 적이 많지 않다는 사실을 깨달았다. 입양된 뒤에 살았던 에버렛도, 잠시 머물렀던 시애틀도, 지금 사는 올버니도 모두 태평양 연안의 도시들이었다. 그건 진남도 마찬가지였다. 그래서 나는 늘 바다가 그렇게 좋았구나. 그런 식으로 일찌감치 내 취향이 결정됐다고 생각하니 진남이 낯설지만은 않았다. 김밥이 나올 때까지 방안을 두리번거리는데, 한쪽에 놓인 화장대가 눈에 들어왔다. 거기에는 스킨, 로션, 에센스, 크림, 파운데이션, 파우더, 아이섀도, 블러셔, 마스카라, 립스틱, 아이라이너, 아이브로펜슬 등등 실로 다양한 종류의 화장품들이 있었다. 아마도 진남김밥에서 일하는 젊은 여자 종업원들은 영업이 끝난 뒤, 그 세 개의 방에서 잠을 자는 모양이었다.

서교수를 따라 중앙시장을 가로질러 걸어가는데, 문득 가지런히 놓여 있던 그 화장품들이 머릿속에 떠올랐다. 태평양 이쪽에서 계속 살았다면, 나도 지금쯤 그런 김밥집에서 쟁반에 올린 음식을 나르면서 살지 않았을까? 그럼 내게도 그렇게 다양한 화장품들이 필요했을까? 상념에 빠져드는데, 붉은 타일을 붙인 건물에 '봉래옥'이라는 아크릴 간판을 단 허름한 식당을 가리키며 서교수가 말했다.

"저 식당은 매생이국으로 유명합니다. 진남을 떠나기 전에 한

끼는 꼭 저 집에서 매생이국을 드세요. 진남의 풍토를 알 수 있는 좋은 경험이 될 겁니다. 진남에는 '미운 사위 매생이국'이라는 속담이 있어요. 매생이라는 건 이 고장에서만 맛볼 수 있는 특산품인데 머리카락보다 가는 녹조류입니다. 센 불에 펄펄 끓여도 김이 나지 않으니 언뜻 봐서는 미적지근한 국물처럼 보이죠. 장모가 미운 사위에게 먹이려고 매생이국을 끓이는 건 정월의 일입니다. 그때가 제철이니까. 그 사위는 진남 북쪽 두륜산 너머 내륙 출신으로 평생 매생이 같은 건 한 번도 본 일이 없는 사람일 것이구요. 난 그 속담을 들을 때마다 그 사위가 저질렀다는 미운 짓이 도대체 무엇인지 궁금해서 미치겠어요. 할 수만 있다면 속담 속으로 들어가 그 장모에게 묻고 싶을 정도죠. 하지만 실제로 그런 일이 가능해서 내가 물어본다고 해도 속담 속의 장모는 자기 사위에게 무슨 험담이냐며 시치미를 뗄 겁니다. 그게 바로 진남 사람들이죠."

"속마음을 잘 드러내지 않는다는 뜻인가요?"

내가 물었다.

"블랙박스랄까. 의뭉스러워서 속이 안 보여요. 잠시 관광하다가 돌아가는 외지인들의 눈에는 여기 사람들이 어수룩해 보이겠지만, 다들 속으로는 계산이 얼마나 빠른지 모릅니다. 받은 건 고스란히 되돌려주지요. 물론 나쁜 것에 한해서지만. 속담도 그렇잖아요. 사위한테 받은 미운 짓을 고스란히 돌려준다는 얘기잖아요. 해서 그 사위는 멋도 모르고 뜨거운 매생이를 날름 삼켰다가 입천장이 홀

라당 까지는 수모를 겪게 되겠죠. 하지만 장모는 태연하게 그런 사위를 위로할 테고, 그는 자신의 불운을 한탄하며 괴로워한다는 데까지가 이 속담의 본뜻이에요. 그러니까 진남에서는 뭘 먹을 때는 충분히 식혀야만 합니다. 겉보기에는 괜찮을 것 같아도 그대로 삼켰다가 크게 혼나는 수가 있어요. 내 말이 무슨 뜻인지 알겠나요, 카밀라 양?"

나는 고개를 끄덕였다. 그러니까 그는 음식에 대해서만 말한 게 아니었다. 그건 내가 받아들여야만 할 진실에 대한 말이기도 했다.

진남은 미항으로 유명해 관광객이 많았다. 이해관계로 얽히지 않는 한, 진남 사람들은 외지인에게 호의를 베푸는 데 능했다. 내가 시청에서 만난 사회복지과 직원도 그런 진남 사람들 중 하나였다. 시청에서 나는 1987년 12월 8일에 출생해서 1988년 5월 23일에 입양 기관으로 넘어간 여아에 대한 기록이 남아 있는지 알아볼 계획이었다. 그 남자 직원은 서교수의 설명을 들으며 '이런, 저런, 세상에' 같은 다양한 종류의 감탄사를 토했다. 출생 당시 친모의 나이가 열일곱 살로 진남여고에 재학중이었던 것으로 알고 있다고 내가 말하자, 그의 감탄은 절정에 이르렀다.

"그랬으니까 그랬겠죠."

그게 그의 소감이었다. 그는 깊이 공감한다는 듯이 고개를 끄덕였다. 어쩐지 반복적인 그 말들이 내 처지를 잘 설명하는 것 같았다. 카밀라는 카밀라니까 카밀라인 것이나, 그랬으니까 그랬던 것이나. 처음에 나는 그 고갯짓이 공감에서 우러난 행동이라고 생각했으나, 그건 착각이었다. 그로서는 도와줄 방법이 없기 때문에 고개라도 끄덕였던 것이다.

"그때는 5공 시절이었거든요. 전두환이가 대통령이었으니까 말 다 했죠. 지금 생각하면 무슨 선사시대 같아요."

'5공'이나 '전두환이'는 물론 '선사시대'라는 단어도 낯설어서 나는 서교수의 설명을 기다렸다. 그 말의 속뜻은 다음과 같았다. 선사시대에는 누구도 기록을 남기지 않는다는 것.

"가끔씩 비슷한 처지의 해외 입양아분들이 시청에 찾아옵니다만, 기록 같은 걸 찾아내는 경우는 정말 드물어요. 이건 우리 쪽의 문제가 아니라 입양 단체의 문제입니다. 듣기로 예전에는 입양 기관에서 아동 세탁을 한 뒤에 입양을 보냈다고 하더군요."

"아동 세탁? 입양을 보낼 때는 잘 씻겨서 보내는 게 당연한 일 아닌가요?"

서교수가 물었다.

"아동 세탁이라는 말을 듣고 그렇게 생각하는 분들은 인생을 유복하게 사신 거예요."

"그다지 유복한 인생이라고는 말할 수 없지만…… 그럼 그게 무슨 뜻이오?"

"가짜 호적을 만들어서 입양을 보냈다는 얘기입니다. 부모가 있으면 입양하는 쪽에서 좋아하지 않을 수도 있고, 또 고아에 비해서 서류가 많아 그만큼 절차도 복잡해지니까요. 그래서 멀쩡하게 부모가 살아 있는 아이인데도 고아 호적을 따로 만들어서 비행기에 태웠다네요. 만약 그런 경우라면 서류가 있다 한들 그걸 믿을 수는 없는 일이죠. 그래서 저는 이분의 친모가 열일곱 살이었다는 것도 믿을 수가 없네요."

"그럼 나의 친모는 몇 살이었습니까?"

내가 물었다. 서교수하고만 얘기하다가 갑자기 내가 말하자, 그 직원은 상당히 놀란 표정이었다.

"제가 알면 다 얘기했겠죠. 명색이 시청 직원인데요."

그가 변명하듯 말했다. 내가 자기 말을 다 알아들었다는 걸 알고 미안했는지 태도가 돌변한 그는 지역 신문사인 진남매일의 시청 출입 기자에게 전화를 걸었다. 내 사연을 짧게 설명하며 무슨 방법이 없겠느냐고 묻자, 기자가 뭐라고 대답하는 소리가 수화기 너머로 한참 들렸다. 전화를 끊고 그는 우리에게 잠시 기다리라고 말한 뒤, 사무실 밖으로 나갔다. 이윽고 다시 돌아온 그는 진남매일에서 나에 관한 기사를 쓰기로 했다며 담당 기자의 명함을 내게 건넸다. 예상하지 못한 배려에 나는 감동했다. 신문사는 시청에서 그다지 멀지 않아 우리는 걸어가기로 했다.

"정문으로 내려가서 오른쪽으로 쭉 걸어가면 됩니다. 걸어서 모든 일을 다 해결할 수 있는 게 진남의 특징이죠. 그런데 이제 시청

이 진남조선 자리로 옮기면 이런 장점도 없어지겠죠."

그가 말했다. 청사 밖으로 나오니 구름이 걷히며 하늘이 맑아지고 있었다. 눈 날린 뒤의 볕은 따뜻했다. 볕이 좋아서 꼭 산책하는 듯한 기분이었다.

신문사 회의실에서 십 분 넘게 기다린 끝에 시청 직원과 통화한 사회부 기자를 만날 수 있었다. 그는 시청 직원과 달리 냉정한 태도로 서교수의 이야기를 듣고 난 뒤, 내게 이렇게 물었다.

"한국계 미국인 열 명 중 한 명은 입양아라던데, 그게 사실인가요?"

그 질문에 나는 약간 당황스러웠다. 그때까지 나는 나의 사회적인 위치를 통계 수치로 이해한 적은 한 번도 없었으니까.

"입양아가 그렇게나 흔한가요?"

"그렇게 들었어요. 자신이 흔한 경우 중 하나라면 기분이 별로 안 좋겠죠? 아니면, 자기만 그런 게 아니어서 다행인가?"

기자가 아무렇게나 말했다.

"좋을 것도, 나쁠 것도 없겠죠."

서교수가 말했다.

"그런가요? 그럼 몇 가지만 물어볼게요. 일단 사진부터 볼게요. 백 마디 말보다는 그 사진 한 장이 더 많은 이야기를 할 테니까."

나는 그에게 사진을 건넸다. 기자는 오른손으로 사진을 들고 유심히 바라봤다.

"이 사진에 대해서 아는 대로 얘기해줄 수 있나요?"

"어릴 때부터 나는 내 이름이 왜 카밀라였는지 궁금했어요. 그래서 이름에 대해서 조사한 적이 있었죠. 내가 여기서 내 이름은 필리핀에서 선교활동을 벌인 예수회원이자 식물학자인 게오르그 조셉 카멜의 이름에서 온 거라고 말하면, 그분은 깜짝 놀라겠죠. 내 이름은 동백꽃을 뜻하는 영어 카멜리아 camellia 에서 왔거든요. 동백꽃에 이 이름을 붙인 사람은 유명한 식물학자인 린네라고 하더군요. 그는 히말라야와 극동 지역에 주로 자라는 이 독특한 꽃의 이름을 무엇이라고 부를까 고민하다가 동양에서 선교활동을 하는 카멜의 이름을 떠올렸지요. 정작 카멜 자신은 이 꽃을 본 적이 없는데 말입니다."

그때쯤 기자가 수첩을 펼치고 내 말을 받아 적기 시작했다.

"조사 결과, 카멜의 이름이 얼마나 무책임하게 동백꽃의 이름이 됐는지 알 수 있었죠. 내 이름도 마찬가지라고 생각했어요. 그저 동양 애라는 이유만으로 양부모가 마음대로 붙인 이름이라고. 캐서린도, 신디도 안 되니까 그냥 카밀라라고 하자, 뭐 그런 식으로. 그래서 십대 시절에는 누가 내 이름을 부르는 소리만 들어도 고통스러웠습니다. 그 이름은 내가 친부모에게는 원치 않는 아이였고, 양부모에게는 우연한 아이였다는 사실을 끊임없이 확인시켜줬으니까요. 그러다 삼 년 전, 사진 한 장을 발견하고 난 뒤에야 그런 생각이 바뀌었습니다. 네, 그 사진입니다. 동백꽃 앞에서 친모와 찍은 기념사진이 있었기 때문에 양모가 내 이름을 카밀라라고 지은 것이죠. 이 사진은 내 이름이 우연하게 지어진 게 아니라는 걸 말해줍니다. 그래서 '제대로 설명할 수는 없지만, 이 세계가 우리 생각보다는 좀더 괜찮은 곳이라는 사실을 말해주는 사진(1988년 경)'이라는 제목으로 첫 책에 수록한 것이죠."

"왜 친모가 진남여고 재학생이라고 생각하는 건가요?"

"몇 년 전 양모에게서 그렇게 들었거든요. 돌아가시기 전에 양모는 내게 고백할 게 있다고 했죠. 그게 뭐냐면, 내가 열일곱 살이 되던 해에 나의 입양을 담당했던 오클라호마의 에이전시를 통해 한국의 친오빠가 보낸 편지가 온 적이 있다는 거지요. 저는 쇠망치로 머리를 두들겨맞은 듯한 충격을 받았습니다. 왜? 왜 그때는 제게 말하지 않았나요? 간신히 제가 병상에 누운 엄마에게 물었습니다. 내 말에 양모는 눈물만 흘렸습니다."

"왜 양모는 그 사실을 숨긴 건가요?"

"이유를 듣지도 않고 나는 병원을 박차고 나왔어요. 무엇으로도 그 분노를 다스릴 수 없었습니다. 나를 다 태워버릴 것 같았어요. 나중에 양모가 보낸 편지를 읽고 나는 왜 그랬는지 알았습니다. 편지에서 양모는 용서를 구하며, 당시 열일곱 살이었던 내가 그 사실을 알면 당장이라도 한국으로 떠나버릴까 겁이 났다고 하더군요."

"그렇다고 친오빠에게서 편지가 왔다는 사실을 알려주지 않는다는 게 말이 되나요?"

기자가 나를 보며 물었다. 그는 나의 열일곱 살에 대해서 아무것도 모르니 그걸 다행이라고 해야 할까.

"아마 그 사실을 알았다면, 나는 당장 한국행 비행기에 올라탔을 거예요. 친오빠가 살아 있다는 걸 알았다면요. 어쨌든 친오빠가 보낸 그 편지에 친모는 진남여자고등학교 재학생이었다고 씌어 있었다고 하더군요."

"하지만 진남여고에서는 그런 학생이 없었다고 말하는 거죠? 그 사람들이 아니라고 하는데, 친모가 진남여고 학생이었다고 쓸 수는 없는 게 아닌가요?"

나는 휴대폰을 꺼내 그에게 진남여고 본관 건물 앞 화단의 동백나무를 찍은 사진을 보여줬다. 사진 앨범에는 내가 찍은 풍경도 있었고, 유이치가 동백나무 앞에 선 나를 찍은 사진도 있었다. 화단은 많이 달라졌지만, 본관 건물의 벽돌과 창문의 형태는 그대로였다. 물론 사진 속의 나는 못 알아볼 정도로 훨씬 커져 있었다.

"좋습니다. 그럼 우리 함께 독자들에게 좀더 어필할 수 있는 방법을 찾아보도록 하죠. 감정을 자극하는 것도 한 가지 좋은 방법이 될 수 있을 것 같습니다. 지금 엄마가 눈앞에 있다고 상상하면 어떨까요? 하고 싶은 말이 있다면 한번 해보세요. 엄마 나이가 올해 몇 살인가요?"

"1987년에 열일곱 살이었다니, 올해는 마흔두 살이겠네요."

"여기 앞에 마흔두 살의 엄마가 앉아 있다고 칩시다."

내 맞은편, 그러니까 자신의 오른쪽 빈자리를 가리키며 그가 말했다.

"요즘 나이로 마흔두 살은 그렇게 안 늙었어요. 카밀라 씨하고 별 차이도 안 날 겁니다. 워낙 일찍 낳은 딸이니까 남들은 자매라고 생각할 수도 있어요. 아주 비슷하게 생겼을 테니까. 그런 엄마가 여기 앞에 있다고 생각하고, 제일 먼저 무슨 말을 할 것 같나요?"

갑자기 눈앞의 광경이 흔들렸다. 나는 숨을 한번 들이쉰 뒤에 말했다.

"엄마."

내 목소리가 파동을 일으키는 광경을 상상했다. 어딘가에 엄마가 살아 있다면, 그 파동이 거기까지 가닿을까? 내가 말을 멈추자, 기자는 내게 계속 말하라며 눈짓을 보냈다. 나는 그를 한 번 쳐다봤다. 그는 자기 옆자리를 다시 한번 가리키며 나지막이 "여기에 엄마가 있다고 생각해요"라고 속삭였다. 나는 그 빈자리를 바라봤다.

"엄마, 나 한국말 배웠어요. 아직 잘하지 못해요."

한국말을 잘 못해서 다행이었다. 하고 싶은 말이 아니라 할 수 있는 말만 할 수 있어서.

"그땐 너무 어렸으니까, 내가 너무 어렸으니까, 나는 다 잊어버렸어요. 엄마도. 진남도. 미안해요, 엄마. 잊었어요. 엄마를 다 잊어버렸어요."

다시 나는 말을 멈췄다. 갑자기 거기 엄마에게 내 목소리가 가닿으리라는 확신이 들었다. 나는 서둘러 말했다.

"엄마, 보고 싶어요. 얼굴, 보고 싶어요. 한 번만. 꼭."

그 목소리가 번지고 또 번져 이 세상 어딘가에서 나를 생각하고 있을 엄마에게 반드시 가닿을 테니 엄마는 곧 얼굴을 보여줄 것이라고 나는 생각했다.

그다음날 새벽, 나는 두 개의 꿈을 꿨다. 첫번째 꿈에서 나는 여전히 진남에 살고 있었다. 다섯 살이나 여섯 살 정도의 나이였다. 나는 누군가의 등에 업혀 있었다. 개구리처럼 팔다리를 쫙 펼치고 나는 나를 업은 사람에게 매달렸다. 그 사람에게서는 좋은 냄새가 났다. 꿈이 시작될 때는 낮이었는데, 어느 틈엔가 주위는 어두워졌다. 머리 위로 별들이 떠올랐다. 흔들흔들 걸어가는 동안, 나도 점점 위로 위로 올라갔다. 꼭 별들 사이로 머리를 들이민 것 같았다. 그러다가 오르막이 시작되는가 싶더니 고개 너머로 달이, 그것도 시리도록 새파란 달이 떠올랐다. 그 새파란 달에 내 얼굴이 비쳤다. 달에 비친 얼굴을 보고서야 나는 내가 피에로처럼 화장했다는 사실을 알아차렸다. 그런데도 우스꽝스럽다기보다는 너무나 예쁘다고 생각했다. 스스로 자랑스러웠다. 내가 세상에서 제일 예쁘다. 꿈속에서 나는 혼자 중얼거렸다. 저 파란 달보다 내가 더 예쁘다.

나는 하늘을 향해 두 팔을 뻗었다. 그게 내가 한 말이 아니라 엄마의 말이라는 걸 나는 곧 알아차렸다. 엄마의 말. 그다음 장면에서 나는 더 어렸고, 더 높은 곳에 떠 있었다. 이제는 말도 못하는 갓난아기였다. 긴 팔이 나를 잡고 높이 들어올렸다. 달보다 더 높이. 별보다 더 높이. 엄마의 말에서 긴 팔이 나와 나를 밤하늘의 복판까지 들어올렸다.

그 꿈을 꾸다가 나는 잠에서 깼다. 정신이 돌아온 김에 나는 화장실로 갔다. 파란 달이 신기할 정도로 생생하게 기억에 남아 있었다. 달 생각을 하면서 변기에 조금 더 앉아 있었다. 그리고 냉장고에서 물을 꺼내 마신 뒤, 다시 침대로 돌아왔다. 유이치가 설핏 깨어서 나를 안았다. 유이치의 품은 따뜻했다. 그다음 꿈은 그의 품 안에서 꿨다. 꿈속에서 양모 앤은 살아 있었다. 낚시를 하러 가자고 해서 앤과 둘이서 낚싯대를 들고 강으로 갔다. 걸어가면서 앤이 캄보디아 여행이 어땠는지 얘기했다. 거기서 어떤 음식을 먹었는지. 그런데 거기에서는 나방, 바퀴벌레, 메뚜기 같은 곤충들을 먹는다고 앤이 말하는 것이었다. 나는 거짓말 아니냐고 물었다. 앤은 거짓말이 아니라고 대답했다. 물고기를 잡으러 가는 이유도 캄보디아에서 배운 요리를 내게 해주기 위해서라고 말했다. 어떤 물고기 요리냐고 물었더니 앤은 오로라물고기라고 말했다. 꼭 잡아야만 하는데, 오늘 잡을 수 있을까 몰라. 앤이 걱정했다. 카밀라에게도 꼭 맛을 보여주고 싶은데. 앤의 걱정과 달리 강에는 오로라물고기가 가득했다.

물살을 거슬러 헤엄치는 물고기떼를 보는데, 내 얼굴이 빨개지고 가슴이 뛰었다. 내 눈에서 눈물이 주르르 흘러내렸다. 처음에는 그 물고기들이 너무 아름다워서. 그다음에는 그 풍경이 너무나 비현실적인 탓에, 어느 순간 내가 지금 꿈을 꾸고 있다는 게 명백해져서. 자각몽이었다. 꿈속에서 앤의 웃는 얼굴을 보면서도 나는 앤이 이미 죽었다는 것을 알 수 있었다. 그게 얼마나 아름다운 물고기인지 두 눈으로 똑똑히 확인하면서도 오로라물고기는 이 세상에는, 그러니까 앤이 죽고 나는 살아 있는 이 세상에는 존재하지 않는 어종이라는 걸 알 수 있었다. 그렇다고 슬퍼하기에는 꿈속의 일들이 너무 달콤했다. 나는 꿈의 끝에 간신히 매달렸다. 그러는 동안, 서서히 동이 텄다.

평화와 비슷한 말,
그러니까 고통의 말

다음날, 진남매일 12면 인물동정란에 나에 대한 기사가 실렸다. 두 시간이 넘는 인터뷰 시간을 감안하면, 인색할 정도로 짧은 기사였다. 기사에는 '1987년 진남에서 태어나 이듬해 미국 워싱턴 주의 한 백인 가정에 입양된 미국 작가 카밀라 포트만이 친모를 찾아 진남시청 사회복지과를 방문'했으며 '친모는 당시 진남여고에 재학중이던 학생'이라고 돼 있었다. 기사는 너무 짧아서 아쉬웠지만, 진남여고 본관 앞에서 친모와 찍은 그 사진은 크게 실렸다.

사진의 좌우로는 중앙시장 상인들의 친목 모임인 상지회가 대표적인 달동네인 남산동의 독거노인을 찾아가 쌀을 전달하고 골목을 청소했다는 등의 미담이나 모모한 유한회사의 사장과 직종을 밝히지 않은 자영업자 형제의 아버지이자 지방 국립대학교 교수의 장인인 아무개가 죽었다는 사실을 알리는 부고 같은 게 실려 있었다. 아직 늙지 않은 사람들과 완전히 늙은 사람들, 아직 죽지 않은 사람들과 완전히 죽은 사람들, 그 사이에 갓 태어난 나와 이제 겨우 열여덟 살인 엄마가 있었다. 그 아래에는 집을 팔겠다거나 돈을 빌려주겠다고 아우성을 치는 광고들이 질서정연하게 실려 있었다.

"돈을 빌려주겠다는 사채업자나 좋은 땅을 소개하겠다는 부동산업자처럼 친모를 찾는 입양아라는 건 진부하기 그지없네. 사채업자라면 누구나 이자를 꼬박꼬박 챙기겠지? 마찬가지로 입양아들은 친모를 만나는 자리에서 눈물을 쏟을 테고. 역시 진부해. 나는 다른 식으로 행동하고 싶어."

신문을 내려놓으며 내가 말했다.

"다른 식으로? 어떤 식으로?"

유이치가 물었다.

"유능한 사채업자처럼 굴겠어. 그동안 밀린 이자를 다 받아내야지."

"밀린 이자라는 게 뭐야?"

"사랑이 마땅히 받아야만 할 원금이라면, 이자는 사랑을 둘러싼 것들이겠지. 웃음소리, 자장가, 몸냄새, 쓰다듬기, 입맞춤 같은 것들. 아니면 부동산업자처럼 잘 찾아왔다며 내가 얼마나 괜찮은 딸인지 소개할 수도 있겠지. 암울한 과거의 기억이 아직 남아 있지만, 그건 여름날의 지나가는 먹구름 같은 것에 불과했고, 지금은 꽤 평판이 좋은 사람이니 놓치면 후회할 것이라고 충고하는 거지."

"모든 부동산업자들과 마찬가지로 그 말에는 사기성이 짙구나."

"뭐라고? 다시 한번 말해보시지."

내가 침대에 누워 있는 유이치를 향해 달려들었다. 그때까지만 해도 이제 진남여고 본관 앞에서 찍은 사진이 신문에 실렸으니 곧 엄마를 만날 수 있으리라고 생각했다. 하지만 밤이 늦도록 사채업자의 방식이든, 부동산업자의 방식이든 누군가를 환영할 기회는 내게 찾아오지 않았다. 방문을 두들기는 소리에 나가봤더니 나를 닮은 중년 여성이 눈물을 닦으며 서 있다거나 전화가 걸려와 수화기 저편에서 "미안해. 미안하기만 해"라고 자책하는 목소리가 들리지도 않았다. 기사 끝에는 그 사진 속 인물이나 카밀라 포트만에 대해서 아는 사람이 연락할 수 있도록 시청 사회복지과의 전화번호를 밝혀놓았다. 그 번호로 전화해도 받는 사람이 없었다. 달력을 보니 토요일이었다. 나는 실망했지만, 유이치에게 티를 내진 않았다.

서교수는 수업 준비를 위해 다음날 부산으로 돌아가야만 했다. 헤어지기 전에 식사라도 대접하고 싶어 우리는 사람들로 북적대는 부둣가 횟집 골목으로 나갔다. 새로 지은 깨끗한 식당들이 많았는데도 서교수와 유이치는 굳이 단층짜리 낡은 횟집으로 향했다. 식사를 하면서 서교수는 양아버지인 에릭과 어떻게 친분을 쌓았는지 설명했는데, 그건 뜻밖에도 아주 긴 이야기였다.

"나는 부산의 영도에서 태어났어요. 1980년대 부산은 신발 산업으로 아주 유명했죠. 당시 세계적으로 운동화 붐이 일면서 신발 메이커의 주문량이 기하급수적으로 증가했는데, 그 대부분을 부산의 신발공장에서 소화했지요. 그래서 우후죽순처럼 생겨난 신발공장이 한때 오백 군데가 넘었습니다. 두 사람은 중국이나 베트남에서 만든 운동화를 신었겠지만, 1980년대까지만 해도 나이키, 아디다스, 리복 등 유명 상표의 운동화를 신고 있다면 그건 부산에서 만든 운동화를 신고 있다는 뜻이었지요."

뜬금없이 웬 신발 이야기인가는 생각이 들었는데, 이유가 따로 있었다. 서교수의 이야기는 메이커 업체에 납품하는 갑피를 만드는 공장에서 반평생을 일했던 어머니에게로 넘어갔다.

"갑피란 신발에서 밑창을 제외한 윗부분이라고 보면 됩니다. 어머니는 출근해서 퇴근할 때까지 재봉틀 앞에 앉아서 갑피를 만들었어요. 당시의 기준으로 보자면, 그건 하루 최소한 열두 시간씩 재봉틀 앞에 앉아서 미싱을 돌렸다는 뜻이지요. 화장실에 갈 겨를도 없이 일하는 살인적인 작업환경이었어요. 하지만 그땐 노동조합도 없었고, 또 그렇게 일하는 걸 다들 당연하게 여기는 분위기라 불만도 많지 않았죠. 내가 초등학교를 졸업할 무렵부터 어머니는 그 일을 시작해서 십팔 년 동안 쉬지 않았습니다. 상상이 갑니까? 십팔 년 동안, 매일 열두 시간씩."

"엄청난 일이군요."

유이치가 말했다.

"엄청나죠. 덕분에 나는 우등생으로 학창 시절을 잘 보낼 수 있었습니다."

그러더니 서교수는 쓸쓸한 표정으로 광어회를 한 점 집었다.

"잘 보냈다지만, 그건 지난 인생을 돌이켜보자니 그때가 제일 마음이 편했다는 뜻이지요. 솔직히 홀어머니 슬하에서 삼남매의 장남으로 살아가는 일이 편하면 얼마나 편했겠습니까? 초등학교 5학년때 아버지가 오토바이 사고로 돌아가시면서 솜을 수레에 싣고 가던우화 속 당나귀처럼 시련의 강물에 한 번 푹 빠졌고, 그뒤로는 줄곧물먹은 솜을 잔뜩 실은 수레를 끌고 자갈길을 걸어가는 형극의 삶이 이어졌습니다. 공부보다 장사에 재능이 있었다면 더 좋았을 텐데, 할 줄 아는 건 공부밖에 없었죠. 덕분에 동생들은 일찌감치 대학 진학을 포기했구요. 식구들의 모든 희망이 내 어깨에 매달려 있었는데, 내게는 그 짐이 너무나 무거웠습니다. 그래서 어느 날, 미국으로 유학을 가려고 마음먹었죠."

"가족으로부터 도피하기 위해서인가요?"

내가 물었다.

"그런 마음이 반, 그렇지 않다고 강하게 부인하는 마음이 반이었는데 나는 후자를 믿었어요. 동생들의 반응은 당연히 차가웠지요. 카밀라 양처럼 내가 자기들을 버리고 미국으로 도망간다고 생각했으니까요. 나는 그렇지 않다고 말했어요. 내 머릿속에는 성공하겠다는 생각뿐이라고요. 성공해서 돈 걱정 없이, 남들 사는 것처럼 살고 싶을 따름이라고요. 그래서 미국으로 유학을 가려는 것이라고요. 거듭 설명했지만 동생들은 내 말을 믿지 않더군요. 나중에는 내 진심을 믿어주지 않는 동생들이 야속하기만 했습니다. 그랬더니 남동생이 내게 말하더군요. 진심? 형의 진심이 뭔데? 그래서 내가 대답했어요. 성공해서 우리 가족 돈 걱정 없이 지내고, 어머니도 공장 그만 나가시는 게, 그게 나의 진심이야. 하지만 그럴까요? 그게 정말 나의 진심이었을까요? 이젠 아무도 모릅니다. 다 지나간 일이니까. 진심이었다고 생각하는 수밖에 없어요."

"결국에는 동생들의 반대를 무릅쓰고 유학을 떠나신 거네요. 에릭을 만났으니까."

내 말에 서교수는 고개를 끄덕였다. 동생과는 달리 그의 어머니는 끝까지 그의 선택을 지지했다. 남편이 갑작스럽게 죽은 뒤, 하루하루 살아가는 데 급급해서 이제는 귀밑이 하얗게 세어버린 줄도 모르던 그녀는 학비 같은 건 신경쓰지 말라고, 그의 어깨에 날개를 달아줄 테니 마음껏 포부를 펼쳐보라며 호언장담했다고 서교수가 말했다. 유학생활은 『English 900』이나 『Vocabulary 22000』 따위의 교재에 밑줄을 그으며 상상했던 것보다 수천 배는 더 힘들었다. 홀어머니 아래 장남의 삶과 홀어머니 아래 장남인 유학생의 삶 중 어느 쪽이 더 힘들지는 불을 보듯 뻔했다. 이 삶 안에서는 자신이 도피할 곳이 아무데도 없다는 것이 분명해지면서 그는 무기력해졌다. 오판은 고생을 낳았고, 고생은 피로로 이어졌다. 학업을 계속할 수 없는 지경이 되어서도 그가 중도에 유학을 포기하지 않은 이유는 오직 하나, 너무나 피로했기 때문이었다. 모든 걸 포기하고 한국으로 되돌아가겠다고 결심하는 것 자체가 그에게는 또다른 할 일의 시작이었다.

그러니 처음 일 년 동안, 그가 고국으로 보낸 국제우편 봉투 속에는 불평과 비관과 읍소의 문장들뿐이었다. 주위 사람들과 말이 통하지 않으니 더욱 외롭다고도 쓰고, 가뜩이나 어려운 가정 형편이라는 걸 알면서도 언감생심 유학 따위를 꿈꿨으니 죄를 받는 게 당연하다고도 쓰고, 돈이 조금만 있다면 공부를 한 시간이라도 더 할 수 있는 게 자신의 현실이라고도 썼다. 부산에서 장남의 편지가 오기만을 기다리던 그의 어머니에게 그 글자 하나하나는 가시처럼 날카롭게 가슴에 와 박혔다. 한두 개면 몰라도 그런 가시가 수백 개씩 와서 박히는 데에는 견딜 도리가 없었다. 애당초 갑피나 만드는 재봉틀로 달아줄 수 있는 날개 같은 건 없었다는 게 분명해지고 있었다. 그럼에도 그의 어머니는 그 사실을 끝끝내 인정하지 않았다. 그가 땅으로 곤두박질치는 건 시간문제였다.

"나는 인생의 불행이 외로움을 타는 걸 본 적이 없어요. 불행은 불량한 십대들처럼 언제나 여럿이 몰려다니죠. 1987년 6월 이후, 사회가 민주화되면서 노동환경이 크게 개선됐지요. 그건 어머니에게 좋은 일이어야만 하는데, 그렇지 않았어요. 중국과 베트남에 비해서 부산의 인건비는 크게 상승했기 때문에 OEM 방식으로 신발을 만들던 공장들은 하나둘 문을 닫기 시작했습니다. 그건 어머니의 공장도 마찬가지였어요. 어머니는 폐쇄된 공장 문 앞에서 부당해고와 임금 체납에 맞서 투쟁했지요. 노동부로, 노무법인으로, 복지공단으로…… 운동 가요도 부르고 전경들과 대치도 하고 사지를 붙들려가며 눈물도 흘렸지요. 그러던 어느 밤, 어머니는 남동생에게 가슴이 아프다고, 가슴이 아파서 견딜 수가 없다고 말했다고 하더군요. 그러곤 내가 보고 싶다고 말한 뒤 돌아가셨어요. 그런 날에도 나는 불평과 비관과 읍소의 문장들만 담긴 국제우편을 쓰고 있었습니다."

그다음 일 년 동안, 그는 끝없이 추락하기 시작했다. 그는 별빛조차 보이지 않는 캄캄한 밤의 가장 낮은 밑바닥보다 더 어두운 곳에서 온몸으로 비비적거리고 있었다. 거기서는 자신에 대한 혐오도, 삶에 대한 분노도 있을 수 없었다. 그저 눈앞이 캄캄할 뿐. 삶의 기술을 순식간에 잃어버린 사람처럼, 이제부터 어떻게 살아야만 하는지 모르겠다는 말을 입에 달고 다니는 불법 체류자의 신세로 그는 전락했다. 그렇게 세탁소에서 종일토록 다리미질을 하면서 하루하루 먹고살던 그는, 어느 날 신문을 읽다가 1990년 5월 27일 한국을 출발해서 로스앤젤레스로 향하던 화물선 한사 캐리어호가 폭풍우를 만났는데 이때 제대로 묶지 않은 컨테이너 다섯 개가 바다로 유실됐다는 기사를 발견했다. 그 컨테이너 속의 화물은 7만 8932켤

레의 나이키 운동화였다. 그로부터 여덟 달이 지난 1991년 1월, 동쪽으로 2000마일 떨어진 밴쿠버 심의 해변에서 나이키 운동화들이 발견되기 시작했다. 겨우내 북풍을 타고 북쪽 퀸샬럿제도까지 이동했던 운동화들은 봄이 되자 방향을 바꿔 오리건의 해변까지 남하했는데, 거긴 나이키 본사에서 겨우 몇 마일밖에 떨어지지 않은 곳이었다. 기사는 운동화가 필요하다면 나이키 매장을 방문하기에 앞서 해변을 산책하는 게 더 도움이 될 것이라는 익살맞은 인터뷰로 끝이 났다. 그 인터뷰를 한 사람이……

"에릭이었겠죠."

내가 말했다. 에릭은 태평양에 떠다니는 표류물을 통해서 해류의 이동 경로를 기록하는 데이터베이스를 오랫동안 구축했다. 그 일을 하기 위해서 그는 미국 서부 해안을 중심으로 활동하는 비치코머들의 모임에 정기적으로 참석하고 뉴스레터도 꾸준히 발행했다. '해변에서 물건을 줍고 다니는 사람'을 뜻하는 '비치코머beachcomber'라는 솔직한 제목의 그 여덟 페이지짜리 뉴스레터에는 해변을 걸어다니며 보석처럼 반짝이는 유리, 욕실용 인형, 슬리퍼 따위를 줍고 다니는 일을 종교적 순례의 경지까지 끌어올린 괴짜들의 사연이 가득했다. 폐암 4기라는 선고를 받았으나 비치코머가 된 뒤 암을 이겨냈다거나 배우자의 외도로 이혼한 뒤 몇 번의 자살 시도 끝에 해변으로 밀려온 표류물들을 수집하면서 삶의 희망을 되찾았다는 둥의, 한마디로 믿기 어려운 이야기들이었다.

"그래요. 카밀라 양의 양부인 에릭 포트만이었죠. 수소문 끝에 그를 만나서 운동화의 이동 경로를 정확하게 예측할 수 있느냐고 물었어요. 그때 내 꼴이 좀 말이 아니었겠죠. 에릭은 미심쩍은 표정으로 나를 쳐다볼 뿐, 대답하지 않더군요. 그래서 한번 더 물었어요. 바다를 지배하는 건 바람인데, 바람에 일정한 방향이 있을 리가 없다. 그런데 어떻게 바다를 떠다니는 물건이 몇 달 뒤에 어디에 있을지 알 수 있겠는가? 그러자 에릭은 자신만만한 표정으로 자신에게는 염력이 있어 어떤 물건이든 발치로 끌어올 수 있다고 하더군요."

"정말 그렇게 말했나요?"

내가 물었다.

"양아버지를 잘 모르시나요? 에릭이 하는 말의 반은 농담이었죠."

"요즘은 늙어서 그런지 예전 같지 않아요."

"어쨌든 내 꼴을 보고 꾀죄죄한 한국 청년이 비치코머들에게는 낯설지 않은 사업 구상—그러니까 표류물을 건져서 관광객들에게 되파는 일 말이죠—을 말한다고 생각한 에릭은 나를 스티브 맥레오드에게 보냈어요. 그 사람은 오리건의 휴양촌인 캐넌 비치에 사는 화가인데, 힌두교 구루 스타일의 차림새에 염소수염을 하고 있었어요. 스티브는 오리건 해변에서 비치코머들이 발견한 나이키 운동화들을 사들인 뒤 재가공해서 관광객들에게 팔고 있더군요.

내가 찾아갔을 때, 그의 작업실에는 무려 삼백 켤레가 넘는 운동화들이 보관돼 있었습니다. 모든 나이키 운동화에는 고유 번호가 있어 각 신발마다 제조한 시간과 장소를 알 수 있지요. 나는 스티브의 작업실에 보관된 나이키 운동화의 고유 번호를 하나하나 확인했지요. 대부분은 어머니가 나의 어깨에 날개를 달아주겠노라고 호언하던 시절에 만든 운동화들이었어요. 그때 어머니는 건강했고, 나는 꿈에 부풀어 있었죠. 나는 그 신발들을 끌어안고 눈물을 흘렸습니다. 그리고 그해 여름, 나는 오리건의 해변들을 순례하며 운동화를 찾아다녔는데, 그 일이 저를 구원했습니다. 어쩌면 그 여름 내내 내가 찾고 다녔던 건 운동화가 아니라 지난 꿈의 잔해들일지도 모르지만요."

서교수가 말했다. 나는 그 표현이 마음에 들었다. 어머니와 공유한 지난 꿈의 잔해들. 그러니까 나는 한 번도 가져보지 못한 것.

점심때가 되어 나는 시청 사회복지과로 전화를 걸었다. 여전히 응답하는 사람은 없었다. 명함을 찾아 신문사로 전화해도 마찬가지였다. 그제야 나는 일요일이라는 걸 알았다. 마음이 갑자기 한가해져 늦은 점심을 먹은 뒤, 우리는 호텔 안내 데스크에서 자동차를 한 대 빌렸다. 어차피 오늘은 연락할 사람이 없으니 진남의 서쪽 지방을 둘러보자고 유이치에게 제안했던 것이다. 굳이 서쪽 지방을 둘러보고 싶은 이유가 뭐냐고 유이치가 내게 물었다. 그건 진남의 서쪽은 내가 아무런 그리움이 없이도 노을을 바라볼 수 있는 곳이기 때문이었다. 그러니까 그쪽으로 계속 가면 내가 태어난 고향이 나오리라는 생각 같은 것 없이, 엄마 아빠가 사는 곳이 있으리라는 막연한 기대 없이 노을을 바라보는 느낌이 어떤 것인지 알고 싶어서. 하지만 나는 이유를 말하지 않았다.

우리는 자동차를 타고 신호등과 교차로와 마을을 지나, 서쪽으로 계속 달렸다. 노을을 찾아나선 아이들처럼. 마침내 노을을 보자, 감상적인 마음이 들었다. 여기까지 왔으니 이제 충분하지 않은가. 내게도 엄마와 공유한 꿈이 있다면, 그래서 그 꿈의 잔해들이 바다를 떠돌고 있다면, 나 역시 전 세계의 모든 해변을 기꺼이 순례할 텐데. 서쪽 하늘이 완전히 어두워지기 전에 유이치는 차를 다시 진남 쪽으로 돌렸다. 돌아오는 길은 나들이 차량들로 정체됐다. 나는 실내등을 켠 뒤, 늘 들고 다니던 한국어 사전을 펼쳤다. 거기 '어머니' 항목에는 이런 풀이가 있었다.

1. 자기를 낳은 여자, 모친.
2. 자기의 '양어머니' '새어머니' '수양어머니'를 이르는 말.
3. '자식을 가진 여자'를 대접해서 일컫는 말.
4. '사물을 낳는 근본'을 비유하여 이르는 말.

"이것만으로는 설명이 부족한 것 같지 않아? 우리가 더 만들어

보자."

내가 말했다.

"나보다 먼저 태어난 여자."

앞쪽을 바라보다가 유이치가 말했다.

"너무 무성의하네. 그렇다면 지금까지 살았던 모든 여자들이 어머니가 되는 거잖아."

"그러지 않을까? 어머니가 아닌 여자는 없으니까."

"내가 말하는 건 나의 어머니란 말이야."

"내게 한 명뿐인 여자."

"역시 불성실해. 그럼 난 네게 뭐야? 네게 한 명뿐인 여자라면 나도 네 어머니가 되잖아. 할머니나 외동딸도, 하나뿐인 손녀도 마찬가지고."

"나한테는 어머니라는 게 그다지 다채로운 의미를 담은 단어가 아니어서. 집안에서 애플파이를 만들 줄 아는 유일한 사람? 넌 어때? 너라면 어머니를 어떻게 설명할 거야?"

이번에는 유이치가 물었다.

"좋아, 일단 쉽게 시작해볼게. 나를 사랑한 여자."

"그건 여성들에게나 가능한 정의겠지."

"앞에다 '제일 먼저'라는 말을 넣으면 남자들에게도 해당돼."

"좋아. 그리고 또?"

"두번째 정의를 알아내려면 색다른 사전, 아주아주 두꺼운 사전을 생각해야만 해."

내가 말했다.

"내가 말하는 사전이란 여느 사전과 다를 바 없이 이 세상에 존재하는 모든 단어들을 수록한 것이야. 차이가 있다면, 알파벳 순서가 아니라 사람들이 가장 빈번하게 사용하는 순으로 표제어가 배열됐다는 점이랄까. 그건 어쩌면 아이가 태어나서 배우는 단어들의 순서라고도 할 수 있겠지. 그래서 사전을 펼치면 가장 쉽고 익숙한 단어부터 나오는 거야. 제일 먼저 I, 그다음에는 mom. 아기들은 아직 자의식이 없으니까 이 순서는 바뀔 수도 있어. mom, I의 순으로. 어쨌든 이 두 단어를 연결하는 동사는 love여야만 하겠지. 그래야 문법에 맞는 거야. 이 단어들은 내가 생각하는 사전의 첫 페이지에 실려 있어. 그렇다면 'Olive ridley sea turtle올리브각시바다거북' 같은 단어는 몇 페이지쯤에 실릴까? 아주아주 두꺼운 사전이라고 했으니까 한 3만 3985페이지 정도에? 그런 식의 사전이라면 첫 페이지에 실린 단어들은 빈도수가 가장 높은 단어들일 테니까 거의 매일 사용하는 것들이겠지. I나 love나 mom 같은 단어들은. 그러므로 '어머니'의 두번째 정의는 '날마다 한 번은 떠올리는 여자'야."

"난 엄마보다 너를 더 자주 떠올려."

"평생을 통틀어서 계산하면 네 엄마 쪽이 훨씬 많겠지. 매일이 아니어도 좋아. 우리가 엄마라는 단어를 자주 떠올리고 자주 사용한다는 사실이 중요하지. 그리고 마지막 뜻풀이는 '어떤 사람들에게는 평화와 비슷한 말'이야."

"어머니는 평화? 좀 평범한걸?"

"평범하지 않아. 예를 들어 아프가니스탄이나 레바논의 아이들에게 평화라는 단어가 주는 독특한 어감이 있지 않겠어? 나는 어머니라는 말을 들을 때, 그 아이들이 평화라는 말을 들을 때 느끼는 걸 똑같이 느껴. 전쟁터에는 평화가 없잖아. 그러니까 평화라는 단어는 한 번도 경험해보지 못한 걸 가리키는 단어야. 그 아이들에게는 무의미한 단어지. 내게는 어머니라는 단어가 꼭 그렇거든. 내게는 무의미한 단어일 뿐이야."

프런트에 가서 키를 건네받는데, 호텔 직원이 한 시간째 나를 기다리는 사람이 있다며 뒤쪽을 가리켰다. 돌아보니 단발머리에 분홍색 코트를 맵시 있게 차려입은 중년 여자가 우리 쪽으로 걸어오고 있었다. 그녀는 나를 보더니 대뜸 반말로 말했다.

"멀리서도 한눈에 알아보겠네. 지은이를 쏙 빼닮았구나."

"누구신가요?"

"그렇게 안 놀라도 돼요. 반가워서 다정하게 말한 건데, 초면에 너무 실례였나? 인사가 늦었네요. 난 김미옥이라고 해요. 진남사회운동연합에서 사무국장으로 근무하고 있습니다. 그쪽은 카밀라 포트만 양이 맞죠? 진남매일의 양기자한테 얘기 들었어요. 아담하고 예쁘게 생긴 아가씨라고."

그녀는 내게 명함을 내밀었다. 거기에는 아이들이 손을 잡고 초록색 지구 주위에 둘러선, 사회단체나 NGO에서 쉽게 볼 수 있는 흔한 형태의 로고가 인쇄돼 있었다.

"지은이를 닮았다니, 그게 무슨 뜻인가요? 제가 작가처럼 보인다는 말인가요?"

그러자 김미옥이 웃음을 터뜨렸다.

"선무당이 사람 잡겠네. 카밀라 양은 아직 한국어 공부 더 해야겠어요. 내가 말하는 지은이는 그런 뜻이 아니라, 그냥 여자 이름 지은이를 말해요. 정지은! 그러니까 카밀라의 엄마."

엄마. 어머니. 친모. 그러니까 지은이란 나를 낳은 사람이자, 제일 먼저 나를 사랑한 여자이자, 내게는 무의미한 단어에 불과했던 존재. 그 사실을 깨닫는 순간, 백층도 넘는, 아니, 그보다도 훨씬 더 높이, 바벨탑처럼 그저 높고도 높기만 한 곳, 그래서 산소마저 희박해진 곳까지 올라간 기분이 들었다. 마음이 그 높이까지 올라가자, 모든 게 비현실적으로 바뀌었다. 옆에 서 있던 유이치마저도 낯설게 느껴질 정도로.

"난 카밀라의 엄마와는 중학교 때부터 같은 학교를 다녔어요. 카밀라의 외할아버지와 우리 아버지는 친한 회사 동료였지요. 지금은 두 분 다 돌아가셨지만."

엄마라는 단어로도 모자라 외할아버지라는 말까지 듣게 되자, 갑자기 그 말들에 멀미가 났다. 그건 기분좋은 멀미였다. 나는 환하게 웃으며 옆에 있던 유이치의 손을 잡았다.

"지금 무슨 이야기를 하는 거지?"

유이치가 물었다.

"이 여자는 중학교 때부터 내 친모를 알던 사람이야. 친모의 이름은 정지은이라고 하고. 아버지들끼리 회사 동료였다네. 엄마는 그저 상상 속의 인물이 아니라 실제로 살아 있는 사람인 거야. 이제 만날 수 있는 거야, 엄마를!"

"일단 진정해, 카밀라. 여기 사람들 이상해. 서교수도 말했잖아. 매생이국. 이 여자의 말도 곧이곧대로 믿어서는 안 돼. 알지? 일단 친모가 진남여고에 다닌 게 맞는지부터 물어봐."

나는 고개를 끄덕이고 김미옥을 쳐다봤다. 그녀는 우리 둘을 번갈아 쳐다봤다.

"방금 이 남자가 나를 믿지 말라고 한 건가?"

김미옥이 물었다. 나는 그녀가 가리키는 대로 유이치를 한 번 쳐다봤다. 영문을 모르는 유이치는 가만히 그녀의 손가락을 바라봤다.

"그전에 궁금한 걸 먼저 물어보라고 한 거예요."

내가 대답했다. 그러자 김미옥이 팔짱을 끼고 말했다.

"좋아요. 궁금한 게 있으면 얼마든지 물어봐요."

"제 친모가 진남여고에 다닌 것은 맞나요?"

그녀는 고개를 끄덕였다.

"진남여고에서는 그런 여학생이 학교를 다닌 적은 없다고 말하던걸요?"

"누가 그래요?"

김미옥이 오만하다는 느낌이 들 정도로 차갑게 그 단어들을 내 앞에 툭 던졌다.

"교장 선생님이요."

"신혜숙? 그 여자야 그럴 수밖에. 그렇게 말할 수밖에."

"왜 그럴 수밖에 없는 건가요?"

내가 물었다. 그럴 수밖에 없어서 엄마를 찾아 미국에서 온 내게 교장은 열녀의 초상 따위나 보여준 것이란 말인가?

"왜 그럴 수밖에 없는지는 그 여자에게 직접 물어보세요. 어떻게 해서 카밀라 양이 미국으로 입양 가게 됐는지, 그 여자가 잘 아니까 자세하게 설명해줄 겁니다. 양기자에게 들어보니, 아무도 그 얘기를 카밀라 양에게 안 한 것 같아서 내가 온 거예요. 다시 그 여자에게 물어보세요. 정말 정지은을 모르는지."

"친모의 사진까지 봤지만, 교장은 이미 모른다고 얘기했어요. 졸업 앨범을 다 뒤졌는데 거기에서도 찾을 수 없었구요."

"졸업을 못했으니까 앨범에는 안 나오는 거죠. 정 내 말을 믿지 못하겠거든, 신혜숙에게 전화를 걸어서 도서실에 있는 도서반 문집을 보여달라고 말해보세요. 그러면 그 여자가 당황하면서 안 된다고 할 거예요. 그렇다면 그건 그 여자가 지은이의 일에 대해서 모르는 게 없다는 뜻이에요. 그럼 카밀라 양도 내 말이 맞다는 걸 인정해야만 할 거예요. 그 문집 『바다와 나비』를 찾아봐요. 거기에 지은이의 사진도 있고, 그애가 쓴 시도 있을 테니까."

"그런데 엄마는 왜 졸업을 못 한 건가요? 미혼모로 나를 낳았기 때문인가요?"

엄마를 만날 수 있다는 기대에 차서 높은 곳에 떠다니던 내 마음은, 하지만 이어지는 말에 곧장 아래로 떨어졌다.

"죽었으니까."

머릿속 논리적인 회로가 서로 엉겨붙으면서 스파크가 일었고, 순식간에 암전이 찾아왔다.

"언제?"

"벌써 오래전에. 1988년 6월, 카밀라가 태어난 그다음 해에."

김미옥이 말했다. 거기에 어떤 망설임이나 주저도 없었다.

바다의 파랑 속에 잠긴 도서실

학교로 전화를 걸었을 때, 진남여고의 신혜숙 교장은 교무회의 결과 이제 나와는 어떤 대화도 하지 않기로 결정했다고 말했다. 그건 뭐랄까, 적대국 사이에 놓인 핫라인을 통해 영구적으로 협상은 결렬됐다는 사실을 알리며 선전포고를 선언하는 목소리처럼 들렸다. 일방적으로 통고했으니 이제 이 전화도 끊어지겠구나. 전투 장면 하나 없이 억지로 이야기를 끌고 가는 부조리한 전쟁 영화를 보는 듯한 기분이었다. 그럼에도 나는 밝은 목소리로 이유를 물었다. 그러자 신혜숙은 하하하, 웃음소리를 흉내냈다. 시간을 벌려는 것임에도 불구하고 의미는 풍부한, 또 그럼에도 그 세세한 의미 따위는 하나도 궁금하지 않은, 그런 종류의 웃음소리였다. 나는 그녀가 웃음을 멈출 때까지 기다렸다. 웃다가 그냥 전화를 끊지 않을까 조바심이 났는데, 신혜숙은 느릿느릿 토요일 자 진남매일에 실린 사진은 잘 감상했다고 말했다.

"왜 카밀라 양이 내 말을 있는 그대로 받아들이지 않는지 나로서는 의아할 따름이에요. 내가 왜 카밀라 양에게 그 사진 속의 여자가 진남여고에 다닌 적이 없다고 거듭 말하는지를 잘 이해했다면 좋았을 텐데요. 그건 깊은 배려심에서 나온 행동이에요. 그런데도 카밀라 양은 내 말을 믿지 않고 학교에서 나가자마자 신문사로 곧장 달려갔지요. 그래놓고선 내게 전화해서 도와달라고 말하는 까닭은 무엇입니까? 이제 나는 카밀라 양을 어떻게 도와야만 할까요?"

"선생님의 말을 믿지 않은 건 아니에요. 다만 선생님도 모르는 게 있을 수 있다고 생각한 거죠."

"우리가 모르는 일이 있을 것 같나요?"

그 말에 소름이 쫙 끼쳤다.

"그럼 다 알면서 모른 척했다는 말인가요?"

내가 물었다.

"내가 다 알고 있다고 말하는 걸 보니, 내가 뭘 알고 있는지 카밀라 양은 아는 모양이네요. 말해봐요. 내가 알고 있으면서도 모른 척한 게 뭔지."

"엄마가 진남여고에 다녔다는 것. 그리고 나를 낳은 뒤 죽었다는 것. 다 알고 있었잖아요. 그날, 교장실에서 나와서 본관 앞에 섰을 때, 나는 어떤 풍경을 봤어요. 동백꽃이 핀, 본관 앞 화단의 풍경이었죠. 그건 내게 너무나 익숙한 풍경, 아마도 수백 번은 더 들여다봤을 풍경이었어요. 선생님이 아무리 아니라고 말해도 그 풍경만은 바꿀 수 없을 거예요."

"과연 그럴까요?"

수화기 저편에서 신혜숙이 말했다.

"좋아요. 신문에 인터뷰가 나온 이상, 누군가는 카밀라 양에게 그 얘기를 할 줄 알았어요. 이젠 누구도 어쩔 수 없게 됐어요. 이게 다 카밀라 양이 자초한 일이죠. 나로서도 이제 더이상 도와줄 방법이 없어요."

"그렇지 않습니다. 저를 도와주셨으면 해요."

"제멋대로 할 거 다 했으면서 이제 와 뭘 도와달라는 건가요?"

"저로서도 어쩔 수 없었어요. 선생님이 제게 뭘 감춘 건 사실이잖아요. 도와주세요."

"도대체 뭘 도와달라는 건가요?"

"도서실에 가면 도서반에서 펴낸 문집들을 볼 수 있다고 들었습니다. 그 문집을 읽고 싶습니다."

"도서실은 폐쇄된 지 오래입니다. 올여름에 완전히 부술 거예요. 거기에 무슨 책이 있든 모든 건 폐기될 겁니다."

나는 천천히 심호흡을 했다. 누군가의 악의 앞에서 내가 할 수 있는 일은 고작 그렇게 천천히 숨을 쉬는 일이었다.

"교장 선생님에게는 학교의 명예가 중요할지 모르지만, 제게는 제가 어떻게 태어났는지를 아는 게 너무나 중요합니다. 학교의 명예는 절대로 훼손하지 않겠습니다. 나를 열녀각으로 데려간 뜻도 마음에 충분히 새기겠습니다. 도서실에 '바다와 나비'라는 제목의 문집이 있다는 걸 알고 있어요. 저는 그 문집에 정지은이라는 이름의 여학생이 쓴 글이 있는지, 그리고 그 여학생의 얼굴이 어떻게 생겼는지 그것만 확인하고 싶을 따름입니다."

"내가 지금 학교의 명예 때문에 이런다고 생각하나요?"

신혜숙이 물었다.

"그럼 무엇 때문인가요?"

"학교의 명예 따위야 나랑 무슨 상관이겠어요? 이건 한 사람이 죽고 사는 문제가 달린 것일 수도 있기 때문이죠. 난 카밀라 양이 자신의 출생과정에 대해서 더 알려고 하지 않았으면 좋겠어요. 누가 카밀라 양에게 무슨 이야기를 했는지 모르겠지만, 또 무슨 의도로 그런 이야기를 했는지 모르겠지만, 그 사람의 말이 모두 사실이라고 생각하지는 않았으면 좋겠어요. 내가 도와줄 건 없어요. 그냥 카밀라 양이 선택할 문제일 뿐이에요."

"전 제가 어떻게 해서 이 세상에 태어났는지 알고 싶어요."

수화기 저편에서 한숨소리가 들렸다. 잠시 침묵이 이어졌다.

"이젠 나로서도 어쩔 수 없군요. 좋아요. 이번주 일요일에 학교로 찾아오세요. 과연 그 문집이 있는지 같이 도서실을 뒤져보죠. 하지만 그때까지 잘 생각해보기를 바라겠어요. 세상에 수없이 많은 사람들이 살고 있지만, 그 사람들이 다 자기 인생의 진실을 아는 건 아니에요. 자기가 어떻게 해서 이 세상에 태어났는지 잘 모르기 때문에 더 잘 사는 사람들이 훨씬 많아요. 나는 카밀라 양도 그런 경우 중 하나라고 생각해요."

거기까지 말하고 신혜숙은 전화를 끊었다. 그녀에게 선의가 있는지, 악의가 있는지 목소리만으로는 판단할 방법이 없었다. 그렇긴 해도 마지막 말에 그녀의 진심이 담겼다는 것만은 부인할 수 없었다. 진심 같은 단어를 입에 담는 내 모습은 스스로도 좀 낯설었다. 영화나 드라마에서 목숨을 아까워하지 않고 이야기의 진실을 찾아 어둠의 핵심까지 들어가는 캐릭터를 볼 때마다 나는 궁금했다. 도대체 저들은 왜 저토록 간절하게 진실을 추구하는 것일까? 공익을 위해서? 스스로 충만한 삶을 원하니까? 공명심 때문은 아닐까? 이제 내가 그런 입장이 되어보니 중요한 건 진실 그 자체이지, 개개인의 삶이 아니라는 걸 알겠다. 그들의 욕망은 진실의 부력일 뿐이다. 바다에 던져진 시신처럼, 모든 감춰진 이야기 속에는 스스로 드러나려는 속성이 내재한다. 그러므로 약간의 부력으로도 숨은 것들은 표면으로 떠오른다. 진실은 개개인의 욕망을 지렛대 삼아 스스로 밝혀질 뿐이다.

신혜숙에게 전화한 건 월요일이었다. 일요일까지는 시간이 많이 남아 있었다. 그사이에 김미옥은 내게 두 번 전화를 걸어왔다. 한번은 학교에 문집을 보여달라고 요구했는지 물었고, 또 한번은 엄마를 찾는 일이 내게 왜 그렇게 중요한 것인지 물었다. 첫번째 질문에는 그렇다고 대답했고, 두번째 질문에는 제대로 대답하지 못했다. 그 한 주 내내 나는 그때까지 일어난 일들을 기록했다. 노트에 글을 쓰다보니까 어쩌면 나는 친모가 내게 왜 그렇게 중요한 것인지, 그 질문에 대한 답을 알아내려고 진남까지 온 것인지도 모르겠다는 생각이 들었다. 생각은 빙글빙글 같은 곳을 맴돌았다. 나는 좀더 확실한 말뚝 같은 게 있었으면 좋겠다고 생각했다. 누군가의 추측이나 견해나 판단으로 이뤄진 불확실한 추론이 아니라, 진실의 사다리를 올라가기 전에 힘껏 박찰 수 있는 단단한 발판 같은 것. 그 무엇으로도 부정할 수 없는 사실에서 이야기는 시작해야만 했으니까.

수요일, 그 발판을 찾기 위해서 나는 혼자서 진남매일사로 찾아갔다. 나를 인터뷰했던 양기자는 심각한 질문을 잔뜩 늘어놓던 지난번과 달리 느슨한 태도로 그때 같이 왔던 남자는 애인이냐는 둥 한심한 질문을 던지면서 자료실로 나를 안내했다. 그날 오후 내내 나는 자료실에서 옛날 신문을 넘기다가 마침내 1988년 6월 16일자의 기사를 발견했다.

"선생님은 처음 봤을 때부터 내가 누구의 딸인지도, 또 나의 엄마가 이미 오래전에 자살했다는 것도 알고 있었겠죠? 그런데 왜 그때는 모른 척했나요?"

"말했잖아요. 누구보다도, 카밀라 양을 위해서 그랬던 거예요.

오래전의 일이고, 이젠 다들 그 일을 잊었어요. 지금 와서 새삼 들 춰봐야 좋을 게 하나도 없어요."

"평생 좋은 일만 하면서 사신 건 아니잖아요? 게다가 이건 내게 감춘다고 해서 감출 수 있는 일이 아니에요."

"이것만은 확실해요. 카밀라 양이 신문사를 찾아가지만 않았어 도 우리가 지금 이런 이야기를 하고 있지는 않을 거라는 것. 그렇 지 않나요?"

"이런 이야기가 어떤 이야기인가요? 나의 친모와 출생에 대한 이야기 아닌가요? 내게 그것보다 중요한 이야기가 어디 있나요? 그런데도 미국에서 온 내게 거짓말을 하면서 정조를 위해 자기 목 을 찔렀다는 열녀의 초상 따위나 보여준 거잖아요?"

"난 거짓말을 한 적이 없어요. 아는 걸 전부 말하지 않은 것뿐이 죠. 카밀라 양이 누군가를 닮았다거나, 그 누군가를 내가 알고 있 다거나 그런 말을 하지 않은 것뿐이에요. 그걸 두고 거짓말을 했다 고 말하면 곤란해요. 우리에게는 다른 선택이 없었어요. 카밀라 양 을 위해서는 그렇게 할 수밖에 없었다는 뜻이에요. 우린 카밀라 양 이 그냥 열녀의 초상이나 구경하고 진남김밥 같은 거나 시식한 뒤 '아, 역시 엄마는 원래부터 없었던 거야'라고 생각하며 미국으로 돌아가기를 진심으로 바랐습니다. 정지은에게는 정지은의 인생이 있었고, 카밀라 양에게는 카밀라 양의 인생이 있으니까. 그랬다면 우리 마음에 제일 좋았겠어요."

"그랬다면 내 마음은 제일 안 좋았겠네요. 예전에 어떤 소설을 읽었는데, 거기에 이런 구절이 나오더군요. 진실은 매력적인 추녀의 얼굴 같은 것이라 끔찍한 게 분명한데도 더 자세히 알고 싶은 욕망이 든다면, 그건 진실에 가까이 다가가고 있다는 증거다. 누구도 자기 인생의 관광객이 될 수는 없잖아요? 여긴 나의 고향이에요. 어떻게 해도 내가 태어난 곳은 진남이라는 사실을 바꿀 수 없기 때문에 나는 여기에 온 거예요. 이십오 년 내내 그 사실이 끔찍하다고 생각하면서도 나는 그 사실에 이끌려 여기까지 온 거예요. 그러니 어떤 진실이든 그건 나의 진실이고, 나는 그 진실의 마지막 한 방울까지 모두 받아들일 각오가 돼 있어요."

"자신이 꽤 용감하다고 생각하는군요, 카밀라 양은."

신혜숙이 비웃듯 나를 바라봤다.

"용감한 게 아니라 고통의 감각이 다 닳아서 없어졌을 뿐이에요."

"과연 그럴까?"

신혜숙은 탁자 위에 올려둔 열쇠 꾸러미를 챙겨 자리에서 일어났다. 열쇠들이 절렁거렸다. 과연 그 열쇠들이 내게 어떤 문들을 열어줄 것인지 전혀 모른 채, 나는 그녀를 따라나섰다. 본관 건물을 빠져나온 뒤 우리는 왼쪽으로 방향을 틀었다. 사진 속에서 엄마가 나를 안고 서 있던 곳과는 반대 방향이었다. 간밤에 비가 내려 길이 질척거렸다. 일주일 새 날씨는 완전히 달라졌다. 바람의 방향이 바뀌자 계절도 바뀌었다. 이제 눈을 머금은 북풍은 불어오지 않으리라. 이유도 모르면서 나는 뭔가 아쉬웠다. 그건 환절기의 아쉬움이었다. 신혜숙은 자갈들이 쌓여 하얗게 메마른 쪽만 골라 디뎠다. 조금 걷다가 그녀가 내게 말했다.

"지금 우리가 찾아가는 도서실은 1960년대에 지은 건물에 있어요. 개발시대에 싼값으로 지은 볼품없는 시멘트 건물입니다. 원래는 특별활동을 위한 공간을 마련하려고 지었답니다. 도서실말고도 과학실, 음악실, 미술실, 교보재실 등이 함께 있었어요. 나중에 교사를 신축하면서 대부분은 새 교사로 옮겨갔는데 도서실만 그대로 방치됐지요. 건물이 오래돼 미관상도 그렇고 안전에도 좋지 않아서 곧 철거할 예정이에요. 폐가식 서고에는 오래된 책이 많지만, 대부분 세로쓰기로 인쇄된 고서들이라 이젠 누구도 펼쳐서 읽으려는 사람이 없어요. 그러니 건물이 철거되면 책들도 폐기될 거예요. 내가 처음 이 학교에 부임했을 때만 해도 전담 선생님과 도서부원들이 있어서 그 책들을 관리했지만 이젠 버려진 책들이 됐죠."

본관 건물이 끝나자, 뒤쪽 신축 교사로 이어지는 길 한가운데에 소나무를 한 그루 심은, 작고 봉긋한 화단이 나왔다. 화단을 지나자, 손잡이가 떨어져나간 수도꼭지들이 열 맞춰 늘어선 수돗가가 보였다. 검은 물때와 진청의 이끼가 들러붙은 개수대를 지나 길 너머로 플라타너스 그늘 아래 하늘색과 하얀색 페인트가 군데군데 벗어진 단층 건물이 보였다. 그건 마치 진실의 집처럼 보였다.

"좋아요, 기왕 여기까지 왔으니 이제 모든 걸 말하겠어요. 처음에 미국에서 편지가 왔을 때, 카밀라 양이 자신을 작가라고 소개해서 꽤 흥미로웠어요. 왜냐하면 카밀라 양의 친모인 정지은은 늘 작가가 되겠다고 말했기 때문이지요. 정지은은 도서부원이었어요."

진실의 집 앞에 선 신혜숙이 마침내 말했다. 거기에 나는 어떤 반응도 보낼 수가 없었다. 내 반응을 보고 신혜숙이 또 마음을 바꿀까봐.

"정지은은 도서반 활동을 열심히 했습니다. 도서실에서 거의 살다시피 했어요. 책을 좋아하는 아이였죠. 시를 즐겨 썼고요. 그냥 그런 아이였어요. 평범한 여고생. 그런 아이여서 우리도 충격이 컸어요."

신혜숙이 열쇠를 돌려서 문을 열자, 퀴퀴한 냄새가 코앞까지 훅 밀려들었다. 고여 있던 과거의 시간들이 문이 열린 틈에 앞다퉈 망각 속으로 빠져나가는 듯한 느낌이었다. 눈이 시려서 손등으로 몇 번 문질렀다. 이상하게도 상실감이 들었다. 가슴에 구멍이 뻥 뚫린 것 같았다. 창문마다 커튼을 드리워 낮인데도 실내가 어두웠다. 신혜숙이 한쪽 벽에 붙은 스위치를 올렸다. 깜빡깜빡 더디게 불이 들어왔다. 어둠침침한 기운이 가시니 냄새도 덩달아 사라지는 느낌이었다. 공기 속에서 물성物性이 느껴졌다. 그건 책의 기운이었다. 신혜숙은 하얗게 먼지가 쌓인 고동색 열람용 책상들 사이를 지나 대출대 앞으로 걸어갔다. 술집의 바 테이블처럼 시멘트로 길쭉하게 만든 대출대의 뒤쪽 벽면에는 『白鯨』과 『神曲』처럼 한자로 표기된 세계문학전집의 케이스와 독서 주간을 알리는 포스터와 '정숙'이라는 교훈을 붓글씨로 써서 만든 액자 등이 붙어 있었다.

신혜숙은 대출대 옆의 갈색 문 앞에 서서 다시 열쇠 꾸러미에서 열쇠를 찾아 문을 열었다. 그 안에는 폐가식 서가들이 있었다. 서가들은 차갑게 식은 어둠 속에서 우두커니 서 있었다. 바다의 파랑처럼 압도적인 책냄새에 푹 잠긴 채, 서가들은 죽어가고 있었다. 실제로 구석의 서가 중에는 누군가 밀어서 넘어뜨렸는지, 아니면 책의 무게를 이기지 못하고 넘어졌는지 바닥에 책들을 쏟아낸 채 앞으로 기울어진 것도 있었다. 그 모습을 둘러보는데 이상한 느낌이 들었다. 그 서고에 처음 들어간 게 아니라는, 어쩐지 느낌이 야릇한 기시감. 물론 진남에서 내게 그런 느낌은 일상적이었다. 대로에서 갈라져나가는 좁은 골목길만 봐도 언젠가 한 번은 그 길을 걸어간 듯한 느낌이 들었다. 아마도 그 낯익은 느낌은 대부분 가짜였으리라. 그러나 거기선 달랐다. 확실하고도 분명하게, 언젠가 나는 거기에 있었다. 처음에 갔을 때는 모든 게 깨끗하게 정리돼 있었다. 실내는 환했고, 서가에는 신간이 꽂혀 있었다. 이번이 두번째 방문이라는 건 분명했다.

신혜숙이 서가에서 꺼내온 『바다와 나비』 제1집의 첫 장에는 김기림의 시 「바다와 나비」가 표제작처럼 실려 있었다.

아무도 그에게 水深을 일러준 일이 없기에
흰 나비는 도모지 바다가 무섭지 않다.

靑무우밭인가 해서 내려갔다가는
어린 날개가 물결에 절어서
公主처럼 지쳐서 돌아온다.

三月달 바다가 꽃이 피지 않아서 서글픈
나비 허리에 새파란 초승달이 시리다.

　도서반의 문집을 보면, 엄마의 이름을 찾을 수 있으리라던 김미옥의 말은 사실이었다. 차례에는 김미옥, 박현숙, 서정희, 김윤경, 조유진 등 당시 도서반이었던 학생들의 이름 사이에 정지은이 있었다. 제1집에 정지은은 시 「밤과 낮」, 산문 「겨울과 여름 사이, 우리의 바다」, 도서반 전원에게 같은 질문을 묻는 앙케트 등 모두 세 편의 글을 실었다.

　"지난 월요일, 카밀라 양의 전화를 받고 정말 오랜만에 문을 열고 도서실에 들어왔어요. 그리고 문집을 찾았어요. 『바다와 나비』는 당시 도서반 지도교사였던 최성식 선생님의 주도로 매년 오십 부씩 마스터인쇄해 제작한 뒤, 전교의 각 반과 주변 학교에 배부하고,

남은 책들은 도서부원들끼리 나눠 가졌어요. 서가에는 1986년 제 1집에서 1991년 제6집까지 모두 다섯 권의 문집이 꽂혀 있어요. 1987년 제2집은 못 찾겠더군요."

"거기에도 엄마의 글이 실려 있겠군요."

"그건 알 수 없어요. 정지은은 1987년 2학기부터 무단결석을 하기 시작했는데, 나중에야 우리는 그때 그 아이가 카밀라 양을 가졌다는 걸 알게 됐어요. 문집은 여름방학 때 원고를 모아서 편집한 뒤 가을에 펴냈으니까, 제2집에 정지은의 글이 실렸는지 아닌지 알 방법이 없네요. 이십오 년 전의 일들이라는 걸 감안해야만 합니다. 나도 1986년의 문집을 보고서야 그때 일들을 간신히 떠올릴 정도였으니까요. 물론 굵직굵직한 일들은 어제 일처럼 또렷하게 생각납니다만. 제1집에 보면, 「겨울과 여름 사이, 우리의 바다」라는 글이 있을 거예요. 정지은이 쓴 수필인데, 거기 보면 정지은 일가가 진남으로 이사 온 건 1981년의 일이라는 이야기가 나와요. 정지은이 아빠와 오빠, 이렇게 셋이서 배를 타고 진남 앞바다에 나가서 진남항의 불빛을 봤던 이야기를 쓴 수필이죠. 그 세 사람은 차례차례 비극의 주인공이 됐어요. 이제는 아주 잊힌 이야기가 됐지만, 영영 잊힐 수는 없는 이야기죠. 그 이야기는 내게도 어제 일처럼 생생하게 떠오르니까. 듣고 싶나요? 아니면 지금이라도 늦지 않았으니까 친모에 대해서 알게 된 것에 만족하고 그냥 미국으로 돌아가는 건 어떨까요?"

신혜숙이 얼굴에 침을 뱉은 뒤, 용기가 있다면 칼을 잡아보라고 말하는 사나운 검투사처럼 나를 쳐다봤다. 다시 똑같은 상황에 처한다면, 나는 그 자리에서 일어나 호텔로 돌아갈 것이다. 그리고 샤워를 하고 푹 잠을 잔 뒤, 다음날 아침 제일 빨리 출발하는 비행기 표를 예약해서 곧장 미국으로 떠날 것이다. 하지만 그 순간, 나는 내 인생의 진실 앞에서 물러서고 싶지 않았다.

"내가 돌아갈 곳은 없어요. 나의 고향은 여기니까."

"그러게. 카밀라 양도 정지은을 닮은 거예요. 좋아요. 다 말해주죠. 내가 카밀라 양이라면 그런 따위의 진실일랑 알려고 하지 않을 거예요. 대신에 마음을 다스리려고 노력할 거예요. 정신과 같은 데를 다니거나, 아니면 명상이라도 하든가. 왜냐하면 자살이 무슨 유산이라도 되는지 정지은은 아빠에게 그걸 상속받은 셈이니까. 정지은은 아빠가 자살하는 걸 무력하게 지켜봤지요. 이미 그때 그애는 정상적인 삶을 살 수 없게 됐어요. 그게 중학교 2학년 때였지요."

그러게. 신혜숙의 충고대로 나는 열녀각이나 매생이국 같은 것들, 동백꽃이나 김밥집의 화장품 같은 것들이나 추억으로 간직하고 진남을 떠나 다시는 돌아오지 말았어야만 했다. 처음 미국으로 가는 비행기에 올라탔을 때처럼 모든 과거를 망각 속으로 밀어넣은 채. 그러나 이젠 돌이킬 수가 없게 됐다.

얼마나 오래 안고 있어야 밤과 낮은

　지난해 봄의 일이었다. 일본 동북부 지방에 지진이 발생해 쓰나미가 해변 마을을 휩쓰는 대재앙이 일어났다. 그로부터 몇 주가 흐른 뒤, 우연히 텔레비전을 보다가 피해 지역의 근해에 유령 마을이 생겼다는 뉴스를 접한 적이 있었다. 기자는 함부르크 상공에 여러 대의 UFO가 동시에 목격됐다거나 아마존에 식인 물고기가 서식한다는 소식을 전하듯이 그 유령 마을에 대해 흥미 위주의 리포트를 보도했다. 수중카메라가 촬영한 해저 풍경은 여느 소읍의 길모퉁이와 비슷했다. 쓰나미가 휩쓸고 간 집들의 잔해며 가구들과 가전제품, 자전거와 자동차 들이 바닷속에 고스란히 쌓여 있었다. 시야는 흐리고 색은 탁했으며 사물은 제 윤곽을 잃고 흔들렸지만, 그게 실재하는 풍경이라는 사실은 부인할 수 없었다. 그럼에도 그 풍경에는 사람이 없다는 점에서 비현실적인 실재였다. 심지어 거기에는 유령마저도 없었다. 기자가 표현한 대로 거기가 '유령 마을'이 맞다면, 그 유령들은 공동空洞의 형태로 존재하는 셈이었다. 마치 사람 모양으로 오려내고 윤곽만 남은 종이처럼. 그건 채워지기를 갈망하는 구멍들이라 바라보는 순간, 그 시선을 잡아챘다. 시선을 빼앗긴 사람은 세에라자드처럼 이야기로 그 빈틈을 메우지 않으면 안 되었다. 이야기는 어떻게 시작하는가? 윤곽만 남기고 부재하는 누군가를 상상하면서부터다. 나는 엄마를 상상했고, 그 순간 이야기는 시작됐다. 그리고 그 이야기는 시작되자마자 바로 끝났다.

자동문이 열리고 호텔 로비로 들어서자, 소파에 앉아서 책을 읽던 유이치가 나를 향해 손을 흔들었다. 가까이 다가가자, 내 얼굴을 들여다보더니 유이치가 말했다.

"어디 해변에서 선탠이라도 하고 온 휴양객 같은 얼굴이네. 난 얼마나 할 일이 없었는지 네 책을 다시 읽는 중이었어."

유이치가 책 표지를 들어 내게 보였다. 나의 책 『너무나 사소한 기억들』이었다.

"그 흑백사진을 한 삼십 분 정도 노려봤나봐. 그랬더니 사진 속의 풍경이 점점 또렷해지면서 네 생물학적 엄마의 눈동자에서 한 사람의 모습을 찾을 수 있었지. 카메라를 들고 이 사진을 찍은 사람."

그 말에 깜짝 놀라 유이치에게서 책을 뺏어들었다.

"정말이야? 어디? 어디 나도 좀 봐."

하지만 아무리 자세히 들여다본다고 한들 그런 게 보일 리가 없었다.

"삼십 분은 족히 바라봐야만 한다니까. 그래도 안 보인다면 마음의 눈으로 봐야만 해. 누군가 찍은 사람이 있으니까 사진이 남았을 거 아니야. 그리고 이런 사진을 찍을 만한 사람이라면 무척 가까운 사이였겠지. 그보다 더 중요한 건 너도 사진을 찍는 이 사람을 봤다는 거야. 누구였니?"

"몰라. 내가 그걸 어떻게 기억하니? 그때 나는 너무 어렸어. 내가 할 수 있는 일이 하나도 없었는데, 그게 내 잘못은 아니잖아."

내가 소리쳤다. 당황한 유이치가 미안하다고 내게 말했다. 나는 소리를 지른 일과 유이치의 사과를 받는 일이 모두 수치스럽다고 생각했다. 나는 제정신이 아니었다. 진남여고를 나온 뒤, 어디를 어떻게 걸어다녔는지도 기억나지 않았다. 한참 걸어갔을 때, 나는 어떤 저택의 정원에 있었다. 어떻게 해서 거기까지 가게 됐는지는 알 수 없었다. 그저 진남여고에서 나와 사람들이 없는 쪽으로 걷다 보니까 그렇게 외진 곳까지 간 것인지도 몰랐다. 정원 한쪽에 하나둘 하얀 꽃들이 봉오리를 피우던 목련나무가 있었고, 그 뒤에는 플라타너스 가지에 묶은 그네가 있었다. 그 정원은 진남 내항을 내려다보고 선 이층 석조 건물에 딸린 것이었다. 그 건물의 앞에는 에밀리 디킨슨의 「희망은 날개 달린 것」이라는 시가 새겨진 비석이 있었다.

Hope is the thing with feathers

That perches in the soul,

And sings the tune without the words

And never stops at all,

And sweetest in the gale is heard;

And sore must be the storm

That could abash the little bird

That kept so many warm.

I've heard it in the chilliest land,

And on the strangest sea;

Yet, never, in extremity,

It asked a crumb of me.

희망은 날개 달린 것,

영혼에 둥지를 틀고

말이 없는 노래를 부른다네,

끝없이 이어지는 그 노래를,

드센 바람 속에서 가장 감미로운 그 노래를.
매서운 폭풍에도 굴하지 않고
그 작은 새는 수많은 이들을
따뜻하게 지켜주리니.

가장 차가운 땅에서도,
그리고 가장 낯선 바다에서도 나는 들었네.
그러나 최악의 처지일 때도, 단 한 번도,
그 새는 내게 먹을 것을 달라고 하지 않았네.

시의 아래에는 '1933년에 여기서 태어나 1939년에 사망한 앨리스 매클레인에게 아빠 엄마가 남긴 시입니다. 백인 소녀 앨리스의 명복을 빕니다'라는 설명이 붙어 있었다. 나는 그 정원에 서서 한참 바다를 내려다봤다. 그 서양식 석조 건물은 그 집에서 태어나 여섯 살의 나이로 죽은 한 백인 소녀를 기억하기 위해 거기 서 있는 셈이었다. 바닷속의 그 마을 역시 언젠가 거기 살았던 사람들을 기억하기 위해서 거기 있는 것인지도 몰랐다. 오래된 집과 손때 묻은 물건들은 주인을 기억하니까. 마찬가지로 열일곱 살에 미혼모가 된 뒤, 바다에 뛰어들어 스스로 목숨을 끊은 소녀를 생각해야 하는 건 나였다. 나라는 존재, 내 인생. 엄마가 나를 낳아서 내가 존재할 수 있었다면, 이제 내가 엄마를 생각해서 엄마를 존재할 수 있게 해야만 했다. "자신이 꽤 용감하다고 생각하는군요"라던 신혜숙의 말이 떠올랐다. 죽은 엄마를 생각한다는 것, 그건 용감해야만 할 수 있는 일이었다.

그 집에서 나와 호텔로 돌아가기 위해 언덕 아래로 내려갔다. 대도시가 아니니 길을 잃을 일은 없다고 생각했는데, 언덕을 내려가니 어딘지 알 수 없는 곳이 나왔다. 하지만 거기 진남 사람들에게 말을 걸기도 싫고, 또 그 사람들에게 친절이나 호의를 받기도 싫어 호텔이 있으리라고 짐작되는 방향으로 계속 걸었다. 호텔은 바닷가에 있으니, 그저 바다로, 바다 쪽으로만 가면 된다고 생각했다. 그런데 호텔은 안 나오고 말로만 듣던 공단지구가 나왔다. 오가는 차들이 많지 않아 택시를 잡을 수도 없었다. 나는 완전히 길을 잃을 때까지 계속 길을 찾았다. 거기에서 공장들은 죽어가고 있었다. 관리되지 않는 거리는 더러웠고, 이따금 지나가는 사람들의 표정은 페인트칠이 벗어진 담장만큼이나 어두웠다. 낮인데도 밤처럼 느껴졌다.

걸어가는데, 늙은 노동자 한 명이 옆으로 지나갔다. 그는 뭔가 골똘히 생각하면서 걸어가고 있었다. 저 사람은 뭘 생각하고 있을까? 나는 궁금했다. 따뜻한 밥? 부드러운 여자의 살? 자신을 기다리는 가족? 당장 공과금과 학비와 생활비에 필요한 돈? 과연 무엇이 그의 미간에 주름을 잡게 만들었을까? 그러다가 나는 마침내 어떤 결론에 도달했다. 그 소녀가 가장 간절하게 생각하는 건 바로 나일 것이라는. 바다 안에서, 죽음 속에서. 그렇다면 그 소녀를 가장 간절하게 생각해야만 하는 사람 역시 나여야만 한다는. 거기에는 어떤 변명도 불가능했다. 나는 무조건 그 소녀를 생각해야만 했다. 그건 의무와도 같았다. 달마다 꼬박꼬박 집세를 내듯이, 제한 속도를 반드시 준수하듯이 나는 그 소녀를 '꼬박꼬박' '반드시' 생각해야만 했다. 마치 문집에 실린 시가 그 소녀의 한때를 기억하고 있듯이. 그 시의 제목은 '밤과 낮'이었다.

그날 저녁 우리는 '환상 선셋 크루즈 파티'라는 제목을 내건 유람선 투어에 참가했다. 그건 유이치의 아이디어였다. 선착장에 서 있는 유람선은 크리스마스트리처럼 형형색색의 전등을 매달아 꼭 동남아시아의 수상 가옥처럼 보였다. 유람선은 여섯시에 선착장을 출발해 백 분 동안 진남 앞바다를 천천히 항해한다고 팸플릿에 적혀 있었다. 또한 유람선에서는 생맥주 무제한 리필, 필리핀 밴드의 라이브 공연, 댄스 타임, 불꽃놀이(이 시간에 원하는 커플은 프러포즈를 할 수 있었다), 키스 타임 등이 준비되어 있다는 설명도 적혀 있었다. 유이치와 내가 배에 오르자, 대기하던 직원이 우리에게 장미 한 송이를 내밀었다. 그 커플 장미를 든 손님들은 불꽃놀이가 잘 보이는 자리로 안내받을 수 있었다. 극장식으로 전면 무대를 바라보게 만든 식당에서는 필리핀 2인조 밴드가 아바의 노래를 연주하고 있었다. 3월이라 그런지 생각보다 손님들은 많지 않아 그 노래는 어쩐지 쓸쓸하게만 들렸다. 어쩌면 드럼과 베이스가 없는, 아니 없다기보다는 가라오케 기계로 대신하는 남녀 두 사람만의 밴드가 부르는 노래여서 그럴 수도 있었다.

식당의 뒤쪽으로는 뷔페가 차려져 있었다. 랩을 덮어씌운 뷔페는 어쩐지 사람이 먹을 수 있는 음식이 아니라 장식용 음식처럼 보였다. 생맥주는 김이 빠져 싱거웠고 커피는 묽었다. 뭘 잘 먹겠다고 그 유람선을 탄 것은 아니었으므로 둘 다 큰 불만은 없었다. 여섯시가 되자 유람선은 일단 서쪽을 향해 움직이기 시작했다. 노을을 보기 위해서 그쪽으로 움직인 것이었는데, 공교롭게도 거기는 낮 동안 내가 길을 잃고 헤맸던 공단지구였다. 레이디 가가의 노래를 들으며 나는 건조중인 LNG선과 타워크레인과 정박중인 컨테이너선을 봤다. 지금 죽어가고 있는 공장들을 생각했다. 이윽고 유람선은 공단 앞바다를 지나 노을 쪽으로 더욱 다가갔다. 공단이 끝나는 곳에는 방파제와 등대가 있었고, 그 바깥에는 손바닥만한 백사장이 있었다. 그 백사장을 지나가자 거긴 오직 바다와 노을뿐이었다. 그러자 밴드의 연주는 멈추고 이층 갑판으로 올라가면 노을이 더 잘 보이니 다들 이층으로 올라가라는 안내 방송이 나왔다.

노을을 보고 난 뒤에도 우리는 식당으로 내려가지 않고 이층 갑판에 남았다. 나는 유이치에게 문집에 실린 정지은의 시를 읽어줬다.

밤과 낮

바람이 목젖에 걸리다 말을 더듬거리다 마른기침 소리 들리고 어떤 석양은 이미 나의 하늘을 벗어나다 덧문이 덜컹거리고 시선이 황망히 집을 빠져나가다 지붕이 붉게, 붉게 타오르다 뜨거운 열기가 번져나 나 사랑했던 집, 허물어지다

단절적인 기침소리, 사랑이 스며들었다
말하지 못하고 날마다 병이 들었다
열에서 깨어나면 붉은 하늘로는
철새들, 날아가고

언제였을까,
내 가슴이 강물의 얘기를 말하기 시작한 것은,
언제였을까, 그 강물 노을 속으로 아스러지던 시절은,
우리는 오랫동안 강물이었다 별들은 맴을 그리며 쏟아져내렸고
우리는 오랫동안 함께 흘러가고 싶었다

사랑하는 나의 病,

신열이 나를 감싸고 고개를 숙이면,

붉은 강물 흐르고

하루가 가고 다시 하루가 오고,

붉은 강물, 노을 속으로 흐르고

그리고 잊을 수 없는 그다음날

은행의 열매를 만지려고 나무에 올라갔다

그곳에는 시원한 바람이 불고 먼 지방이 보였다

먼 지방의 새떼와 먼 지방의 숲들,

얼마나 많은 밤을 자고 나야 하늘은 푸르러지나

얼마나 많은 땀방울을 더해야 강은 바다에 이르나

……

두려운 나의 病

강가에 앉아 하얀 깃털을 꽂고 돌아오는 증기선을 바라보았다 혹은

마지막 사철나무 그늘의 아쉬움에 대해 들었다 무엇도 보지 못하였고

듣지 못하였다 붉은 밤, 자리에 누워 물고기들의 탄식을 들었다

햇살이 기우는 강변에 앉아 강물의 하루를 데려가는 노을을

보았다

　아무것도 하지 않았다 얼마나 오랫동안 안고 있어야 밤과 낮
은 하나가 되나

　소나무숲을 뛰쳐나오다 벽을 향해 돌멩이를 던지다 누군가 일
어나 방을 떠나다 슬픔을 소리 없이 말하는 법을 배우다 강물이
다 말라버리고 서늘한 밤이 찾아오다 사랑하는 나, 집에 불길이
사그라지다

　정지은의 시를 읽는 동안, 태양은 경계가 불분명한 반원의 빛만
남기고 수평선 아래로 완전히 사라졌다. 한 삼 분 정도 시를 읽었
을까? 무척이나 짧은 시간이었지만, 그 시간 동안 나는 빛과 어둠
사이를 수없이 오갔다. 시간이 뭉텅이로 흘러가는 듯한 느낌이었
다. 끝까지 시를 다 읽은 뒤, 나는 고개를 들어 어두워지는 하늘을
올려다봤다. 거기 검푸른 밤하늘에 눈썹만큼이나 가는 달과 함박
눈처럼 커다란 별이 떠 있었다. 3월의 저녁 바다로 차가운 바람이
연신 불어왔다. 그 순간, 나는 지구의 표면에, 그러니까 우주의 내
부에 있었다. 그 우주는 우리가 알던 모든 사람들이 살았던 곳이기
에 어떤 경우에도 낯익은 공간이었다. 우리는 어떤 경우에도 외로
울 수 없었다. 그렇다면 나 역시 외롭다고 할 수 없었다. 그럼에도
나는 좀체 고개를 떨굴 수 없었다. 유이치가 왜냐고 물었다면 밤하

늘이 너무나 아름답기 때문이라고 대답했겠지만, 진짜 이유는 질문들 때문이었다. 질문들이 나를 외롭게 만들었다. 엄마는 어떤 사람일까? 그녀가 사랑한 남자는 누구인가? 그 질문들에 대답할 수 없다면, 나는 내가 누구인지 말할 수 없다고 생각했다. 하지만 대답할 수 있게 된 지금, 오히려 나는 그 질문에 어떻게 대답해야만 할지 알 수 없었다.

  유람선은 다시 공단지대를 지나 진남 앞바다 쪽으로 슬슬 움직였다. 그때까지도 우리는 식당으로 돌아가지 않고 갑판의 난간에 기대어 서서 밤하늘을 닮아 먹빛으로 어두워진 바다를 내려다보고 있었다. 식당에서는 관광객들을 상대로 쇼를 벌이고 있어서 무척이나 소란스러웠다. 나도 유이치도 선뜻 그 식당으로 내려갈 엄두가 나지 않았다. 먹고 마시고 떠들고 노래하고, 마치 몰락하는 어떤 제국의 호수 위를 떠다니는 환락의 유람선 같았다. 그러다가 댄스 타임이 시작된다는 요란한 안내 멘트와 함께 필리핀 2인조가 "You can dance, you can jive, having the time of your life"라면서 아바의 〈댄싱 퀸〉을 부르기 시작했다. 나는 노래를 따라 불렀다. 너는 겨우 열일곱 살, 젊고 귀여운 댄싱 퀸. 댄싱 퀸, 탬버린 박자를 느껴봐. 너는 춤출 수 있어. 너는 흔들 수 있어. 네 인생 최고의 시간을 보낼 수 있어. 가라오케 반주도, 여자의 악센트 강한 목소리도 자동차 부품을 조립하는 로봇의 팔동작처럼 무표정했다.

감정이 느껴지지 않는 목소리로 밝은 가사의 노래를 부르니 오히려 처량하게 들렸다. 꼭 고등학교 댄스파티에서 춤 신청을 한 번도 못 받고는 모슬린 드레스 차림으로 체육관 한쪽에 쭈그리고 앉아 있는 듯한 느낌이랄까. 그 구슬픈 노래를 따라 부르며 나는 불빛으로 환한 진남을 바라봤다. You can dance, you can jive. 검은 바다 위로 불빛들이 점점이 떠다녔다. 나는 옆에 선 유이치에게 이렇게 말했다.

"그러고 보니 1981년에 정지은은 지금 우리처럼 이 바다에서 진남의 불빛들을 바라봤었다네."

유이치는 그걸 어떻게 아느냐고 물었다. 나는 그녀가 쓴 산문에 그 이야기가 나온다고 대답했다. 문집에는 시말고도 정지은이 쓴, 「겨울과 여름 사이, 우리의 바다」라는 산문도 있었으니까. 유이치가 어떤 글인지 얘기해달라고 말해서 그녀의 글을 읽었다. 바다 이야기가 나오는 마지막 부분은 다음과 같았다.

집으로 걸어가는 동안, 나는 불빛들을 생각했다. 그러니까 우리 가족이 진남으로 이사 온 해이니 1981년의 일이다. 그해 여름, 아빠와 오빠와 나, 이렇게 셋이서 배를 타고 바다에 나간 적이 있었다. 백중 가까울 무렵의, 달이 밝은 밤이었다. 태풍이 북상하기 전이어서 바다가 얼마나 고요했는지 모른다. 아마 아빠는 자신이 어떤 일을 하는지 우리에게 보여주고 싶었던 모양이

다. 흔들리는 뱃전에 서서 시내 쪽을 바라보는데, 그 불빛들이
점점 멀어지면서 정말 아름답게 반짝였다. 흩뿌린 보석 같기도
하고, 은하수 같기도 했다. 불빛이 참 예뻐요, 라고 좋아했더니
아빠는 아름다운 것들은 좀 떨어져서 봐야지 보인다고 말했다.
그 말은 전적으로 맞다. 그때가 우리 가족에게는 가장 아름다운
시절이라는 걸 이제는 알겠으니까. 고통스러운 일을 겪고 고향
을 등졌지만, 그때 우리에게는 새로운 희망이 있었다.

　그러는 사이에 배는 점점 먼바다로 나갔다. 너무 멀리 나가는
게 아닐까 하는 생각이 들어 불안할 정도로 빛들은 이제 너무나
멀어졌다. 아름다운 것들은 떨어져서 보는 게 맞지만, 너무 떨어
지니 아스라해지기만 했다. 그때 오빠가 "꼭 우리 셋만 따로 떨
어져나와 세상을 바라보는 것 같아요. 뒤늦게 극장에 들어간 관
객들처럼 말이에요"라고 말했다. 그때 오빠가 비유하고 싶었던
건 관객들이 아니라 죽은 사람들이었다는 사실을 얼마 전에야
들었다. 그날 밤의 진남이, 오빠의 눈에는 꼭 죽은 사람의 눈에
보이는 세상처럼 보였다고 했다. 그러면서 그때 아빠가 했던 말
이 기억나느냐고 내게 물었다. 그때 아빠가 무슨 말을 했던가?
내 기억은 어슴푸레하기만 했다. 지금 우리 곁에 엄마도 함께 있
다. 그렇게 아빠가 말했다고 했다. 그랬었나? 아빠가 그런 말을
했었나? 그 바다에서.

그 바다가 바로 우리가 탄 유람선이 떠 있는 바로 그 바다였다. 그 바다는 또한 내가 미국으로 입양된 1988년 여름의 어느 밤, 정지은이 짧은 생애를 끝내고 투신한 그 바다였다. 나는 진남매일사의 자료실에서 정지은의 투신자살을 보도한 그 기사를 찾아냈다. 경찰은 스쿠버다이버들을 동원해 수색을 벌인 끝에 이튿날 오전에 정지은의 시신을 수습했다고 후속 기사에는 나와 있었다. 그 바다를 바라보고 있는데, 그때 갑자기 반짝이는 전구를 제외하고 배의 모든 조명이 다 꺼졌다. 일 분 정도 캄캄한 상태에서 시간이 흐른다 싶더니 뱃머리 쪽에서 불꽃이 하나 하늘 위로 솟구쳤다. 프러포즈 타임을 알리는 불꽃이었다. 하늘에서 불꽃이 터지는 동안, 유이치가 무릎을 꿇고 반지를 내밀었다. 유람선을 타자는 속셈이 거기에 있었다는 걸 나는 그때야 눈치챘다. 불꽃놀이를 보기 위해서 갑판으로 올라오던 사람들이 그 모습을 보고 환호성을 질렀다.

"사랑해, 카밀라. 나와 결혼해줘."

그때까지 잘 참아왔는데, 그 말을 듣자 눈물이 쏟아지기 시작했다.

"유이치, 유이치. 나는 더이상 카밀라가 아니야, 유이치. 내 이름은 희재야. 정희재. 문집에서 정지은이 작성한 앙케트에 나오는 이름이야. 그게 아들이든 딸이든 앞으로 태어날 자식에게 붙이고 싶다던 이름이야. 희재. 나는 희재야. 더이상 카밀라가 아니야."

나는 유이치를 일으켜세우면서 말했다. 갑작스러운 나의 반응에 유이치는 당황했다.

나는 계속 말했다.

"나의 엄마는 정지은이고, 나의 아빠는 정재성인데, 두 사람은 남매였대."

그리고 나는 난간에 등을 기대고 섰다. 나는 무거운 짐을 들었다가 내려놓은 사람처럼 숨을 몰아쉬다가 유이치에게 찬물을 좀 갖다달라고 부탁했다. 갑작스러운 말들에 어안이 벙벙해진 그는 어찌할 바를 모르고 일단 시키는 대로 찬물을 가지러 아래층 식당으로 내려갔다. 밤하늘에서는 불꽃이 연신 터졌고, 필리핀 2인조는 노래를 계속 불렀다. 너는 겨우 열일곱 살, 젊고 귀여운 댄싱 퀸. 댄싱 퀸, 탬버린 박자를 느껴봐. 너는 춤출 수 있어. 너는 흔들 수 있어. 네 인생 최고의 시간을 보낼 수 있어. 유이치가 다시 갑판으로 올라왔을 때는 불꽃놀이가 모두 끝나 있었고 배의 조명은 다시 들어왔으나 나는 어디에도 없었다.

제2부

지은

검은 바다를 건너간다는 것은

방글라데시 다카의 아미 스타디움 근처의 저렴하지만 안전한 숙소인 시빅 인으로 돌아오자마자 너는 글을 쓰기 시작한다. 지난 이 주 동안 일어난 일들에 대해서. 이 주 전, 샌프란시스코 공항에서 싱가포르 항공에 탑승할 때, 너는 이웃의 눈을 피해 깊은 밤 최소한의 짐만 챙겨넣은 여행 가방을 들고 집을 나서는 파산자와 같았다. 네가 사는 21세기에는 모든 곳이 연결됐기 때문에 완전한 망명이나 도피는 있을 수 없다는 걸 잘 알면서도, 마치 주인의 값비싼 도자기를 깨뜨린 뒤 그 사실을 감추기 위해 서재에 불을 지르는 멍청한 하인처럼.

유이치는 동의할 수 없겠지만, 그 당시 네게 가장 큰 문제는 형해만 남은 채 유지되던 둘의 관계였다. 웬일인지 검은 바다를 건넌 뒤에 너의 마음은 풀이 죽었다. 그런 마음으로 유이치와 결혼한다는 건 어쩐지 그 사람을 배반하는 일 같았다. 배반이라니, 왜 그런 말이 떠올랐는지 모른다. 누군가 다른 사람을 사랑하는 것도 아닌데. 네 마음이 그런 식으로 꼬이자, 오히려 네 몸은 더욱더 유이치에게 매달렸다. 너는 그런 자신에게 실망했고, 그래서 에이전트에게서 아시아의 어린이 매춘 산업에 대한 르포를 써보지 않겠느냐는 연락이 왔을 때는 스스로에게 유이치로부터 멀어지는 벌을 주려고 했던 것인지도 모른다. 너는 즉시 쓸 수 있다고 대답했다. 뭐든지 써야만 했으므로. 그래야만 살 것 같았으므로. 물론 너의 절실함에 그는 동의하지 않았지만.

그렇게 다카 샤잘랄 국제공항으로 네가 입국했을 때는 깊은 밤이었다. 모든 게 빛이 바랜 듯한 느낌의 입국장을 빠져나가니 총을 든 보안 요원들이 통제하는 주차장에서 현지 직원이 네 이름을 쓴 종이를 들고 너를 기다리고 있었다. 주차장은 철망으로 둘러싸여 있었고, 그 철망에는 원숭이들처럼 수많은 사람들이 매달린 채 막 방글라데시에 도착한 외국인들을 바라보고 있었다. 시선들은 거침없이 너의 몸에 와 박혔다. 숙소로 이동하던 도로에서는 모든 차들이 경적을 울렸다. 딱히 이유도 없이 관성적으로 누르는 경적이라는 게 곧 밝혀졌고, 며칠 지나지 않아 이 소리는 어떤 경고의 역할도 하지 못한 채 다카의 배음으로 전락했다.

이틀 뒤, 다카 남쪽의 한 학교를 방문했을 때, 맨발의 아이들은 이십 년 뒤 자신의 모습을 스케치북에 그려서 급우들 앞에서 발표

118

하고 있었다. 스케치북에는 청진기를 목에 두른 의사도 있었고, 안전모를 쓴 엔지니어도 있었고, 뒷짐을 지고 선 정치가도 있었다. 하지만 그 아이들에게 가능한 미래는 손으로 꼽을 정도였다. 더구나 여자아이라면, 사춘기가 채 끝나기 전에 오랫동안 기다렸던 그 미래가 자신의 몸을 파는 것으로 시작한다는 걸 알게 될 것이다. 그 마을에서 너는 얼굴에 주름이 가득 잡혀 쉰 살은 족히 넘은 것 같은, 하지만 실제로는 삼십대 중반에 불과한 한 여자와 인터뷰를 했다. 몇 가지 질문을 던지고 답변을 듣고 나니, 여자의 말이 끝나고 통역을 바라볼 때면 너도 모르게 미간이 찌푸려졌다. 그 여자는 말했다. "우리 딸은 젖줄처럼 벌써부터 우리를 먹여 살리고 있어요." 그녀의 말을 듣는 내내 '당신의 딸에게는 이 세상에 대해 더 많은 걸 배울 권리가 있어요. 당신이 아무리 이 아이의 엄마라고 하더라도 이렇게 어린 딸에게 매춘을 강요할 수는 없어요!'라는 말들이 너의 혀끝을 맴돌았다.

그러나 너는 한마디도 꺼낼 수 없었다. 아이에게 매춘을 강요하는 사람이 다른 누구도 아닌 그 아이의 엄마였기 때문이었다. 어쩐지 너에게는 그 엄마를 비난할 자격이 없는 것 같았다. 너 역시 한 번도 너의 엄마에게 그런 질문을 던져보지 못했다는 사실을 문득 깨달았으니까. 왜 나를 버렸느냐고, 엄마라는 사람이 어떻게 그럴 수가 있느냐고. 그러니 딸의 몸이라도 팔아서 남은 가족이 먹고살 수 있으니 신이 자신들을 굽어살핀 게 아니냐고 말하던 그 여자의 뻔뻔한 대답마저도 너는 이해해야만 할 것 같았다. 그런 식의 이해라니, 너는 네가 마치 괴물이라도 된 듯한 느낌이었다. 하지만 진실은 이렇다. 마치 괴물이라도 된 듯한 기분을 느낀 건 네가 아니라 바로 나다. 나는 너를 똑바로 바라볼 수도 없다.

네가 글을 쓰는데, 메일이 왔다는 알림음이 울린다. 샌프란시스코의 에이전트가 네게 보낸 메일이었다. 그녀는 진남을 다녀온 뒤 포기한 프로젝트에 대해서 묻고 있었다. 뉴욕의 출판사에는 작가의 개인적인 사정으로 잠정 중단된 상태라고 설명했지만, 언제까지나 중단할 수는 없다고 그녀는 말했다. '작품으로 발표됐을 때, 개인사적인 불행이 독자들의 공감으로 위로받는 경우는 문학사에 아주 흔한 일'이라고 에이전트는 메일에 썼다. 에이전트가 보낸 그 메일의 바로 밑에는 함께 배달된 유이치의 메일도 있었다. 그 메일의 제목은 '그때 나는 너의 정수리께를 보고 있었지'다. 너는 유이치를 생각한다. 그리고 검은 바다를 생각한다.

부산 여객터미널에 정박한 그 배의 옆면에는 날렵한 글자체로 'Camellia Line'이라고 적혀 있었다. 유이치는 호들갑스러울 정도로 그 우연의 일치를 놀라워했다. 너의 한국어 6급과정이 모두 끝나는 것에 맞춰 유이치는 한국에 입국했다. 너희는 진남을 들러 네 친모에 대한 정보를 취재한 뒤, 일본으로 넘어갔다가 최종적으로 도쿄에서 샌프란시스코행 델타 항공에 탑승할 계획이었다. 서울과 도쿄,

그 사이에는 유이치의 조부와 친척들이 살고 있는 모지코門司港가 있다. 유이치의 은밀한 계획이 실현됐다면, 너희는 서로 사랑하는 연인으로 서울에서 재회해 바다를 건너 모지코를 경유한 뒤, 영혼의 동반자가 되어서 도쿄에서 샌프란시스코로 돌아갔으리라. 하지만 그건 모두 너와 내가 만나기 이전의 일들이다. 이제는 모든 게 달라졌다. 너는 이제 예전의 카밀라로 돌아갈 수가 없다. 너는 이제 더이상 유이치가 사랑하던 그 여자가 아니었지만, 그때까지도 그는 그 사실을 알아차리지 못했다.

밤새 멀미에 시달렸던 너는 새벽이 되어서야 겨우 정신을 차릴 수 있었다. 유이치는 괜찮다면 잠시 뱃전에 나가서 바람을 쐬자고 말했고, 너도 그게 좋을 것 같다고 생각했다.

"우리는 지금 검은 바다를 지나가고 있는 중이야."

보이지 않는 밤바다를 가리키며 유이치가 말했다.

"밤바다라서?"

네가 물었다.

"여기 바다 이름이 겐카이玄海, 즉 검은 바다거든."

"바닷빛이 검다는 것일까? 왜 검은 바다라고 했을까?"

"아까 읽은 가이드북에 따르면 동양에서는 검정이 북쪽을 상징한다네. 그래서 북쪽 바다는 검은 바다가 되는 거지."

"우린 지금 검은 바다를 건너가고 있구나. 이게 우리 인생에서 어떤 의미를 가질까?"

네가 말했다. 대답을 바라고 물은 게 아니었으니까, 유이치의 대꾸도 없었다. 그런 질문의 답은 가이드북에는 나오지 않을 것이다. 그 답을 알아내려면 더 많은 인생이 필요했다. 시간이 흐르면 그때 검은 바다를 건너간 일이 네 삶에서 어떤 의미였는지 저절로 알게 될 테니까. 그리하여 시간이 흐른 지금, 네가 알게 된 것은? 일단 그 검은 바다를 건너간 뒤에 몹시도 앓게 되리라는 것. 3월의 밤바다로 부는 바람은 활력을 잃은 채 난간에 기대 하염없이 상념 속을 배회하던 네게 치명적이었다. 무기력해진 너의 면역 체계는 체내에 침투한 감기 바이러스를 막을 힘도, 의지도 없었다.

펄펄 끓는 몸으로 모지코에 도착한 너는 양해를 구할 틈도 없이 유이치의 할머니에게 몸을 의탁할 수밖에 없었다. 유이치는 할머니에게 너를 누구라고 소개했을까. 너는 궁금했다. 여자친구라고 말했을까, 곧 결혼할 사람이라고 말했을까? 왜 유이치의 할머니는 마치 자기 피붙이라도 된다는 듯 밤새 물수건으로 너의 얼굴과 팔다리를 닦았던 것일까? 열병에 시달리며 헛소리를 중얼대는 네가 안쓰러웠던 것일까? 꿈결에 너는 할머니가 뭐라고 말하는 소리를 들었다. 필경 할머니는 일본어로 말했을 테고, 그렇다면 너는 알아들을 수 없어야만 했는데 신기하게도 그 말이 다 이해됐다. 이제 괜찮아질 거야. 더이상 안 아플 거야. 다 나았어. 그 말들은 햇살에 데워졌다가 식어가는 하오의 돌멩이들처럼 따뜻했다.

이튿날 해 질 무렵이 되어서야 너는 정신을 차릴 수 있었다. 후

쿠오카에 하선한 이후로 너의 몸은 꼭 빌려서 입은 옷처럼 어색하게만 느껴졌었는데, 그제야 모든 게 제자리로 돌아온 것 같았다. 가만히 누워 있는데, 무슨 소리가 네 귀에 들렸다. 이불을 젖히고 일어나 창문을 열어보니 골목의 검은 아스팔트로 봄비가 내리고 있었다. 언덕에서 내려온 빗물이 길을 따라 하수구를 향해 흘러가고 있었다. 그 하수구를 따라가면 아마도 바다에 이르겠지. 모지코 역을 향할 때, 철로 왼편이 모두 바다였다는 사실을 너는 기억하고 있었다. 바다를 봐야겠다고 너는 생각했다. 거실로 나가니 아무도 없는 듯 어둠침침해 스위치를 찾아서 두리번거리다가 소파에 누군가 있는 걸 알고 너는 깜짝 놀랐다. 유이치의 할머니였다. 너를 보자 할머니는 손사래를 치면서 뭐라고 말했다. 너는 바다를 보러 나가고 싶다고 말하며 문밖을 가리켰다. 할머니는 굳은 표정으로 뭐라고 외치면서 손사래를 쳤다. 몇 번이나 말했지만, 할머니는 네 말을 알아듣지 못했다. 그러다가 문득 그 단어를 너는 떠올렸다.

"겐카이, 겐카이."

하지만 할머니는 그 말도 알아듣지 못했다. 바다를 보러 가고 싶다는 말을 설명할 방법이 없어 너는 일단 문을 열고 밖으로 나갔다. 그러자 할머니는 현관의 신발장에서 우산을 찾아 들고 너를 따라왔다. 너는 봄비를 조금 맞다가 할머니가 건넨 우산을 펼쳤다. 빗방울이 이마를 타고 흘러내리는 게 느껴졌다. 빗소리는 곳곳에 있었다. 우산에, 지붕에, 정원에. 환하게 불을 밝힌 작은 가게들이 옹기종기

모인 거리를 따라 걸어내려갔다. 거리로 나오자, 할머니는 더이상 말하지 않았다. 커브를 돌아 그 거리를 빠져나가는 편의점 배달 트럭의 전조등 불빛에는 수없이 많은 빗줄기들이 사선처럼 그어져 있었다. 너와 유이치의 할머니는 규슈철도기념관과 20세기 초에 지은 모지코 역사를 지나 항구까지 걸어갔다. 모지코에서는 해협이 보였다. 반대편은 시모노세키였다. 어스름이 깔린 바다는 정말 검은색이었다. 검정의 물결이 끝나는 지점에 대안의 불빛이 일렁거렸다. 그 검은 해협은 네가 건너온 겐카이처럼 보였다. 한참 동안 너는 가만히 서서 시모노세키의 불빛들을 바라봤다.

어둠이 완전히 깔리자, 말없이 옆에 서 있던 유이치의 할머니가 네 팔꿈치를 잡아끌면서 오른손으로 뭔가 마시는 시늉을 했다. 뭘 좀 마시자는 뜻이라고 생각하고 할머니를 따라갔더니 정말 바다가 보이는 카페로 들어가는 것이었다. 두 중년 여성이 카운터에 서 있다가 두 사람을 맞았다. 유이치의 할머니는 우산을 접으며 그들과 말을 주고받았다. 네 쪽을 힐끗 돌아보면서 무슨 말을 했지만, 너로서는 무슨 말을 했는지 알 수 없었다. 메뉴판을 내밀기에 너는 커피를 주문했다. 할머니는 거기 바다가 잘 보이는 창가 자리에 너를 앉혀두고 카운터 앞에 앉아서 그들과 한가로이 대화를 나눴다. 카운터 뒤쪽 선반에 올려둔 텔레비전에서 출연자들의 목소리와 웃음소리가 나지막하게 흘러나왔다. 중년 여성이 웃으면서 내려놓은 커피를 한 모금 마셔보니, 처음에는 커피라기에는 너무 달다 싶었다. 하지만 막상 몸안에서 그 뜨거움이 느껴지자, 이제 진짜 몸이 다 나은 것 같아서 너는 좋았다. 뜨거운 커피를 후후 불어가며 모두 다 마시고 나자, 카운터에서 중년 여성이 뭐라고 소리를 질렀다. 돌아보니 할머니가 또 오른손으로 뭔가 마시는 시늉을 했다. 너는 고개를 끄덕였다.

나중에 유이치는 너희가 양키 같으리라고 생각해서 할아버지는 너희 둘의 방문을 별로 탐탁지 않게 여겼다고 말했다. 심지어 여자친구와 함께 온다는 걸 알고는 너희를 집에 들이지 않기 위해서 모지코 호텔에 방까지 예약했다는 것이었다. 하지만 기차에서 내리는 네 안색을 보고는 그길로 곧장 병원으로 너를 데려갔다. 네가 병원 침대에서 링거를 맞는 동안, 유이치는 너에 대해, 그러니까 네 친부모에 대한 이야기만 빼고, 다른 모든 이야기를 조부모에게 들려줬다. 아마도 그날 할머니는 카페의 두 중년 여인들에게 그 이야기를 들려줬을 것이다. 유이치의 조부모에게 잘 보이고 싶은 마음 같은 건 하나도 없으면서도 너는 유이치의 조부모가 자신을 어떻게 생각하는지, 손자며느릿감이라고 여기는지 궁금했다. 유이치는 인형처럼 예쁘다고 하시네, 팔다리가 너무 가늘다고 하시네, 그런 외모에 대한 품평만 영어로 옮길 뿐이었다.

다시 모지코 역에서 헤어질 때, 할아버지는 유이치에게 물었다.

"우리가 마지막으로 본 게 언제였지?"

"제가 중학생 때였어요."

유이치가 대답했다.

"중학생? 그렇다면 벌써 십 년도 더 지난 일이구나. 그때만 해도 내가 아직은 젊었었는데……"

할아버지는 이가 빠진 입안이 다 들여다보이도록 껄껄대고 웃었다. 십 년 전으로 돌아간다고 해도 그의 나이는 일흔 살에 가까운 예순여덟 살이었다.

"이제 헤어지면 십 년 뒤에나 또 만나겠구나."

할아버지가 그렇게 말하고는 유이치와 너의 손을 잡았다. 돌아서서 전철을 향해서 걸어가는데, 눈물이 나오려고 해 너는 억지로 참았다. 어부였던 할아버지는 지금도 동틀 무렵이면 뒷산에 올라간다고 했다. 그는 여전히 건강하니까 어쩌면 십 년 뒤에도 살아 있을 것이다. 하지만 그때까지 그가 살아 있다고 해도 이제 자신이 그와 그의 아내를 다시 만나는 일은 없으리라는 사실을 너는 잘 알고 있었다. 너는 검은 바다를 건너왔고, 이제 모든 것은 끝나버렸으니까.

너는 전철에 올라타고 나서도 플랫폼에 서 있는 그들을 한참 쳐다봤다. 노부부는 유이치와 너를 바라보며 가만히 서 있다가 출발 시간이 돼 전철 문이 닫히려고 하자, 놀란 사람들처럼 손을 흔들었다. 너도 손을 흔들었다. 전철은 덜컹거리면서 서서히 출발했다. 조부모가 더이상 보이지 않자, 너희는 의자에 가서 앉았다. 평일 낮의 전철에는 사람들이 많지 않았다. 그 많지 않은 사람들 대부분은 중년이나 노년의 남녀들로 울긋불긋한 등산복을 입고 있었다. 가까운 곳에 명산이 있는 게 틀림없었다. 어쩌면 유이치의 조부가 새벽마다 올라간다던 산일지도 모를 일이었다. 산에 올라갔다가 내려오는 길이라면 다들 한가롭고도 나른한 기분이었을 것이다. 그러니 그 지방 사람으로는 보이지 않는 젊은 여자가 느닷없이 눈물을 흘리는 것을 보고는 호기심을 느꼈을 것이다.

네 울음은 생각보다 길었다. 유이치는 내내 너를 안고 있었다. 그의 오른쪽 가슴이 네 눈물로 다 젖었다. 그때 유이치가 무슨 생각을 하는지 너로서는 알 방법이 없었다. 자신에겐 유이치와 결혼할 자격이 없다고 생각하고 난 뒤부터는 그가 낯설게만 느껴졌다. 원래 없었던 것처럼 친밀감은 감쪽같이 사라졌다. 마치 우연히 잡아탄 일본의 전철에서 처음 보는 남자의 품안에 안긴 듯 그 상황이 어색하게 느껴졌다. 그런 종류의 낯섦은 과연 어디에서 비롯하는 것인지 너로서는 의아할 따름이었다. 그리고 그런 의아함을 태연하게 받아들이는 자신의 모습이 무섭게만 느껴졌다.

유이치가 보낸 마지막 메일을 열어본 뒤, 너는 그때 그가 어떤 생각을 하고 있었는지 비로소 알게 됐다. '그때 나는 너의 정수리께를 보고 있었지'라고 유이치는 썼다.

머리카락은 윤기가 넘쳤어. 한 올 한 올 하나씩 존재하는 것 같더라. 세포들을 상상했어. 네 몸 안에 있는 세포들. 생성됐다가 또 성장했다가 또 죽어가는 세포들. 그 세포들의 삶의 궤적도 상상했어. 그 세포들의 형태는 내가 생물학 시간에 배운 것처럼 저마다 완벽하리라 생각했어. 너의 존재 역시 그처럼 완벽하다고 생각했어. 그래서 만약 네가 스스로 부족하다고 여긴다면, 그럴 때마다 너는 그렇지 않다고, 너는 스스로 충만하다고 말해주는 사람이 되기로 결심했어. 그때 너의 정수리께를 바라보면서. 네게서 연락이 끊어지고 나서, 그리고 더이상 내게 연락하지 않은 뒤로, 내가 가장 견딜 수 없었던 것은 너의 부재나 침묵이 아니라 너에게 그런 위로의 말을, 너를 위로하는 행동을, 그렇다고 말하고 또 그렇지 않다고 말하고, 쓰다듬고 어루만지고 껴안고 입맞추는 그 모든 인간적인 위로들을 해줄 수 없다는, 바로 그 사실이었어. 마음속으로 누군가의 안녕을 비는 일 따위는 추모비 앞에 선 정치가들에게나 어울리지, 이별을 당한 남자에게는 전혀 어울리지 않는 일이라는 걸 이젠 알겠네. 어느 틈엔가 나는 너를 위로하는 사람이 아니라 너를 증오하는 사람이 됐지. 그게 내게는 가장 고통스러웠어. 하지만 지금은 증오는 물론, 그런 고통마저도 다 지나간다는 사실에 그저 놀랄 뿐이야. 지나가면, 우리는 조금 달라지겠지. 하지만 그 조금으로 우리는 서로에게 낯선 사람이 되겠지.

증오는 물론, 고통마저도 지나갈 뿐이라던 유이치의 말은 옳았다. 마지막으로 한번 더 유이치의 메일을 읽고 난 뒤, 너는 메일을 삭제하려고 쓰레기통 아이콘을 누른다. 그때 마치 삭제가 완료됐다는 사실을 알리려는 듯 신호음이 울린다. 화면 아래쪽 메일 프로그램의 아이콘에는 새 메일 한 통이 도착했다는 표시로 숫자 1이 생겼다. 너는 받은 메일함 목록의 맨 위쪽을 본다. 거기에는 '안녕하세요, 정희재씨. 저는 김지훈이라고 합니다'라는 제목의 메일이 있다. 제목을 클릭하니 '저를 기억하시겠습니까?'라는 문장이 눈에 들어온다. 너는 그 메일을 읽는다. 읽고 난 뒤에 곧바로 다시 위로 올라가 너는 한번 더, 이번에는 한 자 한 자 천천히 메일을 읽는다. 누군가는 자신이 모르는 것을 알고 있으리라는 사실에 너는 전율한다. 일단 너는 그 메일에 답장하는 대신에 '새로운 메시지' 버튼을 클릭해서 샌프란시스코의 에이전트를 수신인으로 새 메일을 작성한다.

다카에서 지내면 하루에도 몇 번씩 티셔츠가 흠뻑 젖습니다. 그러다가 오후가 되어 비가 내릴 때면 노아의 방주가 생각날 만큼 퍼부어댑니다. 빗소리 때문에 대화가 불가능할 정도입니다. 방글라데시는 물의 나라라는 얘기를 들었습니다. 국토의 대부분이 저지대라 비가 내릴 때마다 지도를 고쳐야만 한다는 소리도 들었습니다. 건기의 방글라데시와 우기의 방글라데시는 서로 다른 나라 같습니다.

하지만 개인의 불행은 건기나 우기나 마찬가지입니다. 이곳 방글라데시에서 저는 수많은 개인사적인 불행을 만났습니다. 불행이란 태양과도 같아서 구름이나 달에 잠시 가려지는 일은 있을망정 이들의 삶에서 완전히 없어지지는 않습니다. 거기 늘 태양이 있다는 사실을 받아들일 때, 우리는 거기 늘 태양이 있다는 사실을 잊습니다. 이들도 같은 생각을 하는 것 같습니다. 자신의 불행을 온몸으로 껴안을 때, 그 불행은 사라질 것입니다. 신의 위로가 아니라면, 우리에게는 그 길뿐입니다.

중단된 프로젝트를 다시 시작하기로 했습니다. 어떤 이야기는 끝까지 읽히기를 간절하게 원하는데, 이 프로젝트야말로 바로 그런 이야기라는 생각이 듭니다. 저는 제 엄마를, 그녀의 고통을, 절망과 외로움을 받아들이기 위해 한번 더 노력할 생각입니다.

그러므로 저의 다음 행선지는 한국의 진남입니다.

우리들의 사랑 이야기,
혹은 줄여서 '우리사이'

　우리가 어떻게 다시 만났는지, 너는 아니? 기억하니? 너를 마지막으로 본 날로부터 이십사 년이 지나 우리가 다시 만났을 때, 너는 어린 시절, 내가 기억하는 모습 그대로 몸을 웅크린 채 눈을 감고 있었지. 먹빛으로 캄캄한 곳이었지만, 너의 마른 몸에서는 은은하게 빛이 나오고 있어 네 주위만은 물빛이 환했다. 보자마자 나는 너를 알아봤어. 너의 하얀 얼굴과 핏기 없는 입술을 알아봤어. 잔주름 하나 없는 얼굴은 오래전에 침몰한 사기그릇처럼 매끄러웠고, 수초처럼 긴 팔다리는 물의 흐름에 따라 좌우로 하늘거렸지. 거기에서 나는 얼마나 오랫동안 너를 기다렸는지. 빛도 없고 시간도 흐르지 않는 그 침묵과 암흑의 바다 안에서, 네가 돌아오기만을. 그리고 마침내 네가 내 앞에 나타났을 때, 우리는 다시 하나일 수 있었지. 이십사 년 전에 그랬던 것처럼. 바로 그때, 어떤 남자가 헤엄을 치며 우리에게 다가왔는데 기억나니? 지금 그는 네게 그때의 일을 말하고 있는데……

"딱 한 번 익사자의 시신을 수색하러 간 적이 있었어요. 그때 스쿠버 선배들이 충고하기를, 절대로 정면을 쳐다보지 말고 곁눈질로 수색하라더군요. 시신과 눈이 정면으로 마주치면 평생 그 귀신이 따라다닌다면서요. 그런데 그때는 하도 경황이 없어서 정신없이 플래시로 여기저기를 비추다가 그만 희재씨와 눈이 딱 마주치고 만 거예요. 휴우, 구했으니까 망정이지, 하마터면 우린 평생 같이 살 뻔했어요."

진남김밥 가까운 곳에 있는 카페 베니스에서 너는 맞은편에서 웃고 있는 지훈의 얼굴을 바라본다. 그때 너희가 처음 만났다고는 하지만, 네게는 바닷속에서 그를 본 기억이 없다. 대신에 그가 아니라 다른 뭔가를 보긴 봤지만, 그걸 말할 수는 없는 일이라 그냥 입을 다문 채 앉아 있다. 불꽃이 터지는 유람선에서 유이치에게 프러포즈를 받은 뒤, 너는 갑작스러운 행복과 갑작스러운 불행의 틈바구니에 끼어 이미 제정신이 아니었다. 그리고 기억나는 건 가슴을 누르는 손이었다. 너무 아프게 가슴을 눌러서 소리를 지른다는 게 너는 그만 기침을 내뱉고 말았다. 목은 따가웠고 입안은 찝찔했다. 주위가 너무 밝아 눈을 떠보니 유람선에서 보트를 향해 서치라이트를 비추고 있었다. 너를 둘러싸고 서 있거나 앉아 있던, 검정색 다이빙 슈트 차림의 사람들이 오른팔을 들어 그 불빛을 가리며 앞다퉈 조명을 끄라고 소리를 질렀다.

이윽고 순찰선이 요란한 사이렌 소리를 내면서 다가왔다. 그러나 너만은 마치 죽은 사람처럼, 가슴이 아프다고도, 서치라이트 불빛을 치워달라고도 말하지 못하고 물에 온몸이 푹 젖은 채 무기력하게 누워서 그때까지 살아오면서 용기를 내어 뭔가를 해낸 순간들을 떠올렸다. 그러다가 그 자리에서 벌떡 일어서서 주위 남자들을 깜짝 놀라게 만들었다. 그들이 주춤거리는 사이에 네가 다시 바다를 향해 뛰어들려고 움직였다. 하지만 바다에 뛰어들기 전에 지훈이 먼저 너를 부둥켜안았다. 뱃전에 쓰러진 채 너는 비명을 지르며 발버둥을 쳤지만, 지훈은 너를 안고 놔주지 않았다. 죽으려고 다시 바다에 뛰어들려는 게 아니었는데……

"미연씨와는 아직도 화해하지 않았나요?"

네가 지훈에게 묻는다. 그는 뜻밖의 관심에 기분좋게 놀랐다는 듯, 만면에 웃음을 띠며 대답한다.

"아직도 제 전화를 안 받고 있어요. 하지만 제 마음속 이야기는 듣고 있겠죠? 이제 다음달이면 입대해야 하는데, 그때까지는 마음이 돌아오려나 모르겠어요. 입대하니까 더 싫을 수도 있겠죠."

그는 네가 다카에 있을 때 받은 메일의 도입부에 그 여자친구 이야기를 한참 써놓았다. 미연이라는 그 여자친구는 동물들, 그중에서도 고양이와는 거의 완벽하게 소통한다고 한다. 하지만 서울 출신인 그녀와 진남 출신인 그는 서로 말귀를 못 알아들어서 다툰 적이 많았다. 그가 메일에 적은, 둘이 헤어지게 된 이유는 어처구니 없을 정도로 사소한 것이었다. 말다툼 끝에 그는 "그래, 내가 늘 오해한 거야. 정말이지 늘 오해한 사람이 바로 나였어"라고 말했는데, 그녀는 눈을 부릅뜨고 "날 오해하다니, 그게 무슨 뜻이야? 날 어떻게 오해했다는 거야?"라고 되쏘았던 것이다. 서로 이제 다시는 만나지 말자는 말과 함께 헤어진 뒤, 하숙집으로 돌아가는 버스 안에서 그는 깨달았다. 자신들이 멍청하게도 사투리 때문에 헤어진다는 사실을. 자신은 '늘'이라고 말했는데, 그녀는 '널'이라고 알아들었다는 것을. 그녀는 고양이의 말까지 알아듣는 사람인데, 남자친구의 사투리만은 알아듣지 못한 것이다.

그는 메일에 이렇게 썼다. '그래서 당장 그녀에게 전화해서 그 사실을 알리려고 휴대폰을 꺼내려다가 다시 주머니에 집어넣었습니다. 그제야 사투리 때문에 헤어지는 연인이란 세상에 없다는 사실을 깨달았기 때문이죠. 날카로운 깨달음이 여기 폐와 위장 사이에 꾹 박혀 늑골을 쑤셔대는 것 같습니다. 그다음부터 저는 틈만 나면 바닷속으로 들어갔습니다. 그러다가 아예 여름방학 동안 스쿠버다이빙 강사로 취직한 거죠. 바다에 들어가면 다들 수신호를 할 뿐, 말하는 사람이 없습니다. 말이 없으니까 서로 오해할 일도 없습니다. 저는 바닷속이 좋습니다.' 메일은 다음과 같이 계속 이어졌다.

야간 투어가 없는 날이면 저는 낚싯대를 스쿠터에 싣고 방파제 끝, 빨간색 무인 등대가 있는 곳까지 달려갑니다. 무인 등대 밑에 스쿠터를 세운 뒤, 테트라포드로 내려가서 라디오를 들으며 낚싯줄을 바다에 던집니다. 투어를 나가면 손님들을 위해서 굴이며 멍게며 놀래미 같은 것들을 따오기는 하지만, 워낙 낚시를 즐기는 편도, 잘하는 편도 아닙니다. 강태공이라고 아실지 모르겠지만, 옛날 중국에 세월을 낚는다며 낚시로 소일하던 사람이 있었는데, 제가 저녁마다 집에 안 들어가고 낚시를 하는 이유도 그와 비슷합니다. 이제 휴학을 했으니 곧 입영 영장이 나올 테고, 전 입대할 것입니다. 사나이로 태어나서 조국을 위해 청춘을 바치는 건 하나도 두렵지 않습니다만, 영장이 나올 때까지 마냥 기다리는 일은 정말이지 미치도록 싫습니다. 군대라는 게 24시간 편의점 같은 것이라 원하는 시간에 문을 열고 들어갈 수 있다면 얼마나 좋을까요? 어쨌거나 오늘은 영장이 나왔을까 궁금해하면서 집으로 들어가는 기분이 그다지 좋지 않아 저녁이면 거기 낚싯줄을 드리우고 앉아 있는 것입니다.

　그렇게 앉아 있노라면 희재씨도 잘 아실 그 촌스러운 유람선이 작년 크리스마스 지나 누가 바다에 던져버린 거대한 트리인 양 칭칭 휘감은 불빛들을 미친듯이 깜빡이면서 내항을 빠져나갑니다. 계절에 따라 유람선이 출항하는 시간은 바뀌지만, 일몰시간이면 대개 검모래 앞에 이른다는 것만은 변함이 없습니다. 요즘은 일몰시간이 점점 늦어져서 일곱시 반이나 되어야 겨우 해가 떨어집니다. 해가 떨어지고 나면, 유람선은 다시 진남 앞바다 쪽으로 다가오는데, 눈을 감고 있어도 그 기적을 느낄 수 있습니다. 왜냐하면 필리핀 여자가 부르는 아바 노래를 방파제에서도 들을 수 있으니까요. 그다음에는 뭐, 잘 아실 거예요. 동쪽 끝까지 갔다가 다시 방파제 쪽으로 와서는 그간 떠들어서 미안하다는 듯이 불을 다 끈 뒤에 비실비실 불꽃을 몇 개 터뜨리지요. 아무리 프러포즈 타임이라지만, 그때 정말 프러포즈하는 사람이 있다는 건 희재씨를 구조하고 난 뒤에 처음 알았습니다. (-.-;;)

불꽃이 점점이 떨어지다가 어둠 속으로 사라지고 나면 그제야 진남 앞바다에 저녁의 고요가 찾아옵니다. 이제 라디오에 귀를 기울일 만한 시간이 된 거죠. 매일 아홉시면 라디오에서는 진남방송국이 '바람의 말 아카이브'와 함께 제작한 프로그램인 〈우리들의 사랑 이야기〉, 줄여서 '우리사이'를 방송합니다. 바다에서는 바람의 방향과 세기, 파도의 높이 등 해상 예보를 잘 알고 있어야만 하니까 늘 라디오에 귀를 기울이지요. 그러다가 우연히 그 프로그램을 들었는데, 그게 여간 재미있지 않더라구요. 아니, 재미라기보다는 여자친구와 헤어진 뒤 이별의 고통 속에서 입대만 기다리는 제 마음을 그 이야기들이 잘 어루만지더라니까요. 방송에 소개되는 이야기들은 그간 바람의 말 아카이브가 수집한 이야기들이라고 하더군요. 그렇게 해서 매일 그 방송을 듣다보니 세상에는 정말 다양한 종류의 사랑이 있더군요. 마치 연인들 모두에게는 저마다 하나씩의 사랑이 있는 것 같더라구요. 물론 두 사람이 기적적으로 만나서 불가항력적으로 사랑에 빠지고, 더없는 행복 속에서 떠다니는 일의 무한반복이라는 점은 마찬가지였지만.

그렇게 저녁 아홉시마다 '우리사이'라는, 손발을 간지럽히는 듯한 제목의 방송을 들어보니 결론은 어떤 연인들도 결국에는 헤어지게 되더란 말이죠. 사람들은 이별하기 위해서 사랑에 빠진다고 말해도 될 것 같고, 또 이별하는 연인들이 없었던 순간은 유사 이래 단 한 번도 없었다고 말해도 될 것 같았습니다. 물론 제 생각이긴 하지만요. 그럼 뭡니까, 이 '우리사이'라는 건? 그건 결국에는 우리들의 이별 이야기, 즉 '우리이이'가 된단 말이죠. 무슨 말을 하려는 듯 길게 빼면서 우리이이…… 캄캄한 밤바다에 낚싯줄을 드리운 채 방파제에 홀로 앉아서는 차마 할말을 다 하지 못하는 것처럼 '우리이이'라고 중얼거리는 스물세 살의 신체 건장한 남자를 상상해보십시오. 느낌이 오지 않습니까? 세상에 그보다 더 칙칙한 광경은 없으리라 생각하시겠지만, 그러면서 서는 위로받았습니다. 여자친구와 헤어진 건 저 하나뿐이 아니라는 사실이, 아니, 모든 남자는 태어나서 어쨌거나 단 한 번은 좋아하는 여자와 헤어진다는 사실이 저를 위로하더군요.

그런데 어느 날 방송을 듣다보니까 게스트로 바람의 말 아카이브의 관장이 나오더라구요. 바람의 말 아카이브는 일종의 이야기 박물관으로 진남을 배경으로 전해오는 다양한 이야기를 수집해서 전시하는 공간이라고 하더군요. 그러면서 하는 말이 사랑의 이야기를 써서 방송국 홈페이지 우리사이 게시판에 올리면 방송에도 소개하고 바람의 말 아카이브에도 영구 보존하겠다고 하대요. 그 말을 들으니 저도 다른 사람들에게 제 이야기를 들려주고 싶은 욕망이 생기지 뭡니까? 누군가 우연히 저와 미연이의 사연을 듣고 제가 느꼈던 것과 똑같은 위로를 얻는다면 얼마나 보람차겠습니까? 하지만 막상 글을 써보려고 펜을 잡으니 쓸 이야기가 떠오르지 않더군요. 그렇게 며칠을 골똘히 생각하다가 이제 쓸 수 있겠다고 생각하고 얼른 노트를 잡아서 뭔가 긁적여보면 그게 다 신세 한탄에다가 원망뿐이더군요. 내가 쓴 글을 읽어보면 '우리들의 사랑 이야기'는 전혀 아름답지도, 애틋하지도 않았습니다. 우리 사랑이라는 게 겨우 그 정도였는가라는 생각이 들었지만, 그게 아니라 제 글솜씨가 아름다운 집도 변소로 묘사하는 수준이라는 걸 인정할 수밖에 없더라고요. 그러고 나니까 알겠더군요. 아름다움이란 솜씨의 문제이고, 솜씨는 어떻게 바라보느냐의 문제라는 걸. 그렇구나. 괴로웠다고 생각하면 괴로운 글을 쓰는 것이고, 행복했다고 생각하면 행복한 글을 쓰는 것이었습니다. 그때부터 저는 글을 쓰기 시작했습니다.

이 세상에서 미연이가 제일 예뻤습니다. 마음보다는 얼굴이, 얼굴보다는 몸이, 몸보다는 목소리가 더 예쁜 여자입니다. 신미연이라고 말하면 산들산들 불어오는 바람에 실려 어디선가 달콤한 과일향이 나는 것 같습니다. 미연이는 동물들의 소리를 잘 듣습니다. 길을 가다가도 새소리며 고양이 소리며 벌레 소리 같은 걸 잘 듣습니다. 그런 소리를 들으면 미연이는 꼭 제 귀에다가 대고 "오빠, 지금 저 새는 누군가 그리운가봐"라고 말하곤 했지요. 그래서 제가 물었습니다.

"미연이는 어떻게 그런 걸 다 알아?"

"목청이 간절하잖아."

새의 간절한 목청을 들을 줄 아는 아이, 그 아이가 제게는 둘도 없이 아름다운 아이, 미연이였습니다.

하지만 그런 우리의 작고 소중한 사랑을 하늘은 시기했나봅니다. 우리는 어처구니없는 이유로 헤어졌습니다. 그게 말하자면 사투리 때문인데…… 그런 식이라면 진남 출신은 어디 가서 사랑을 속삭인단 말입니까? 헤어지고 나서 한참 지난 뒤에 그런 생각이 들더군요. 미연이는 벌레 소리까지도 다 알아듣는다면서 왜 내 말은 귀에 들리는 대로 곧이곧대로 들었던 것일까요? 갑자기 억울해지더군요. 왜냐하면 언젠가 미연이가 제게 "오빠는 짐승이에요"라고 말한 적이 있기 때문입니다. 자기는 동물의 말을 다 알아듣는다면서 어째서 제 말만은, 자기 입으로 짐승이라고 말한 사람의 말만은 못 알아들었던 걸까요……

한번 손이 풀리니까 글은 쭉쭉 씌었습니다. 저는 하룻밤을 꼬박 새워 다섯 장에 달하는 사연을 쓴 뒤, PC방에서 사연을 정리해 방송국 투고 게시판에 올렸습니다. 방송하기 전에 청취자들이 미리 읽지 못하도록 그 게시판은 비밀 게시판으로 운영됐는데, 제가 사연을 올리면서 날짜를 살펴보니 이틀에 하나꼴로 사연이 올라오더군요. 엽서나 편지를 써서 보내는 사람들도 있겠습니다만, 뭐 그 정도라면 제 사연이 채택되지 않을까, 그런 자신감 같은 게 제게는 있었습니다. 만약 제 사연이 소개된다면, 저는 그날 자 방송을 다운로드한 뒤에 그녀에게 보낼 생각이었습니다. 그러면서 우리 예전으로 다시 돌아갈 수는 없겠느냐고 진지하게 물어볼 생각이었습니다. 그녀와의 추억들을 쓰고 보니 알겠더라구요. 제가 원하는 건 지금 막 헤어진 다른 사람을 위로하는 이야기를 들려주는 게 아니라 그녀와 다시 만나는 것이라는 걸 말입니다.

매일 그렇게 사연을 보내니 저녁 아홉시면 반드시 그 방송을 들어야만 했습니다. 손님들을 모시고 야간 투어를 나갈 때도 라디오는 꼭 지참했습니다. 그날 밤 바닷속에 들어갔을 때, 뭐 보신 게 있으신가요? 저는 밤바다에 들어가면 마치 태초의 공간속을 유영하는 듯한 느낌을 받습니다. 플래시를 켜면 캄캄한 어둠 속에서 뭔가가 나타나는데, 그때마다 감격스러워요. 이 지구라는 별에서 처음 생명이 탄생하는 순간을 보는 것 같지요. 밤의 바다 속에는 그런 감동의 순간만 있는 게 아니죠. 플랑크톤들이 반짝반짝 빛을 낼 때는 마치 물좋은 나이트클럽에 들어간 듯한 느낌도 들구요. 하지만 그중에서도 제가 제일 좋아하는 건 그믐 가까울 무렵 물 밖으로 나올 때입니다. 하늘에도 빛이 없으니까 그저 위를 향해서 올라가기만 하는데, 그러다가 갑자기 별들이 확 쏟아질 듯 제 시선으로 들어올 때가 있는데, 그러면 물 밖으로 다 나온 것입니다. 별빛이 제 쪽으로 떨어지는 그 순간은 정말 아름다워요. 이런 세상에 살 수 있어서 다행이라는 생각이 들 정도입니다.

아름다운 것들이 늘 그렇듯이 야간 다이빙에는 위험 요소가 많습니다. 물속에 있는 동안에는 긴장을 늦출 수가 없죠. 그래서 돌아오는 배에서는 다들 무사히 끝냈다는 생각에 기분이 풀려 있게 마련입니다. 다 끝난 뒤에는 소주를 한 잔씩 돌리기도 합니다. 겨우 한 잔씩인데도 성취감에 취하는 것인지 멀리 진남항의 불빛을 바라보면서 노래를 부르는 사람도 있습니다. 대개는 뱃노래를 부릅니다. 그러는 동안에도 저는 라디오를 오른쪽 귀에 갖다 대고 혹시 제 사연이 나오지 않을까 초조하게 기다립니다. 몇 주 동안 정말 별의별 사랑 이야기가 다 나왔습니다. 돌고래 동호회에서 만나 사랑을 나눴으나 결국에는 돌고래에게 연인을 빼앗긴 세무사(역시 전화번호라도 알 수 있다면 연락했을 겁니다), 유명한 모 김밥집에서 서빙하는 조선족 여자를 남몰래 좋아하게 돼 하루 세끼를 꼭 진남김밥으로 때우던 보일러 설비기사, 초등학교 1학년 때의 짝과 세 번 결혼한 밥집 아줌마의 사연 등등. 하지만 제 이야기는 끝내 나오지 않았습니다.

그렇게 야간 투어를 마치고 돌아오던 길이었습니다. 라디오를 켰더니 이미 방송은 시작한 뒤였습니다. 그날도 소주 한 잔과 밤바다의 바람과 별들과 구름에 취해서 사람들은 노래를 불렀지요. "배를 저어 가자, 험한 바다 물결 건너 저편 언덕에. 산천 경개 좋고 바람 시원한 곳, 희망의 나라로." 이 노래 아시는지요? 그다음에는 "돛을 달아라, 부는 바람 맞아 물결 넘어 앞에 나가자", 그리고 "자유 평등 평화 행복 가득한 곳 희망의 나라로", 뭐 이렇게 계속 이어지는데, 사람들이 재미가 들렸는지 계속 "자유 평등 평화 행복 가득한 곳 희망의 나라로"를 반복하는 것이었습니다. 그래서 그 빌어먹을 자유 평등 평화 행복 때문에 라디오 소리가 잘 안 들렸습니다. 그런데 아무리 들어봐도 내가 보낸 사연은 아니어서 라디오를 꺼버리려고 했는데, 이런 이야기가 들리지 않겠습니까?

"그때 모든 사람들은 그녀의 오빠가 아이의 아버지라고 믿었지요. 하지만 저만은 그렇지 않다는 것을 잘 알고 있었습니다.

왜냐하면 그때 저는 진남 앞바다에 뛰어들어 자살한 그 아이를 사랑하고 있었으니까요."

짧게 네 번, 길게 세 번,
짧고 길고 길고 짧게, 짧게 한 번

　너는 지훈의 파란색 스쿠터인 혼다 투데이에 매달리듯 올라탄다. 1인승 스쿠터여서 지훈에게 바짝 달라붙지 않으면 금방이라도 떨어질 것 같다. 달빛에 물든 구름들이 하얀 공 굴러가듯 하늘을 떠다니는 여름밤이다. 지금 남쪽에서 제9호 태풍 나비가 올라오고 있어 벌써부터 파도가 높아졌다고 말한 뒤, 태풍이 완전히 한반도를 빠져나갈 때까지는 바다에 들어갈 일이 없어 당분간은 한가로울 것이라고 지훈은 덧붙인다. 나름대로 너에 대한 호의를 표시한 것이었는데, 한국어 6급과정을 수료했다지만 네가 진남 토박이의 그런 뉘앙스를 이해하기란 쉬운 일이 아니라, 너는 그가 다이버로서 악천후를 걱정하는 것이라고 생각한다.

　너희는 스쿠터를 타고 횟집 골목을 지나간다. 건어물 상점에서 비닐에 감싸 내건 오징어들이 백열등 불빛에 반짝거린다. 서쪽 하늘에는 아직 어둠이 완전히 내리지도 않았건만 취한 관광객들 여러 명이 비틀거리며 걸어간다. 스쿠터는 횟집 골목을 지나 해변에 새로 조성한 대형 주차장 옆으로 난 소로를 따라 천천히 움직인다. 너는 지훈의 허리를 잡은 채, 고개를 돌려 잔잔한 내항 너머, 멀리 눈부시게 반짝이는 진남 시내의 불빛들을 바라본다. 그 길에서 스쿠터는 왼쪽으로 방향을 틀어 방파제 위로 올라간다. 부두의 불빛이 또렷하게 되비치던 내항의 물결과 달리 방파제에 쌓은 테트라포드로는 파도가 하얗게 밀려들고 있다. 벌써 동중국해 그 너머에 있다는 태풍의 영향권에 들었을 리가 없을 텐데도 밤의 방파제 위로는 바람이 불고 있다.

메일에서 말한 빨간 등대 옆에다 지훈은 스쿠터를 세운다. 그는 스쿠터 짐칸에서 휴대용 매트를 꺼내 방파제 한쪽에 펼친다. 시키는 대로 네가 거기에 앉자, 다운로드한 방송 파일이 들어 있는 휴대폰을 꺼내 네게 건넨다.

"오늘은 낚시 안 하나요?"

네가 묻는다.

"오늘은 희재씨도 있고 하니까."

그러더니 지훈은 뭔가 할말이 있는 듯 입을 벌리고 생각에 잠긴다.

"희재씨는 87년생이지요? 저는 90년생인데. 그럼 누나라고 부를까요?"

"왜요?"

"저보다 나이가 많으니까요."

"마음대로 하세요. 전 아무래도 상관없으니까."

"아, 안 되겠다. 그냥 희재씨라고 부를게요. 생각해보니까 안 되겠어요."

"글쎄, 마음대로. 이건 어떻게 듣나요?"

지훈이 네게서 휴대폰을 받아들더니 방송 파일을 재생시킨다. 그러자 완전히 어둠이 내린 바다로 E.L.O의 〈Midnight Blue〉가 흘러나온다.

"태풍은 언제쯤 여기까지 오나요?"

지훈에게 네가 묻는다.

"지금 필리핀 해상에서 북상하고 있다니까 여기까지 오려면 한 사흘 안 걸리겠습니까? 그런데 사흘 뒤에 그 태풍이 여기로 곧장 올라올지, 아니면 손민한이가 던진 공처럼 일본이나 중국 쪽으로 휘어버릴지는 아무도 모릅니다. 대개는 일본 쪽으로 확 꺾입니다."

"그럼 이번에도 일본 쪽으로 꺾이겠네요."

"그런데 이번에는 여기로 옵니다. 그냥 예감인데, 그렇습니다. 올여름에는 비가 너무 안 와서 다들 장마도 없나, 태풍도 안 오나, 그러고 살았거든요. 비 오라고 기도를 했으니 필리핀 바다에서 끌어모은 수증기 폭탄이 이번에 왕창 떨어질 겁니다."

"물이 저렇게 많은데도 비 오라고 기도하는 모양이네요."

"바닷물하고 빗물하고 어디 같습니까?"

어이가 없다는 듯 지훈이 너를 돌아본다. 지훈의 거침없는 말들이 너는 마음에 든다. 암시나 비유의 그늘은 전혀 보이지 않는, 백일하에 또렷하게 드러나는 언어. 너희가 대화하는 사이에 음악은 끝나고 DJ가 사연을 읽기 시작한다.

진남조선소에 다니던 아버지가 죽은 뒤로 지은이는 말을 잃어버렸습니다. 수업이 끝난 뒤, 저는 제가 담당하고 있던 도서실로 지은이를 따로 불러 말했습니다. 네가 어떤 일을 목격했는지, 또 왜 더이상 말을 하지 못하게 됐는지 잘 알고 있다. 나는 너의 담임으로서 너를 최대한 돕고 싶어. 아니, 담임이 아니더라도 내게는 너를 도와야 할 의무가 있어. 그렇게 말했습니다. 내 말을 듣고 있는지 안 듣고 있는지 잘 모르겠더라구요. 그래서 제가 그 아이의 손을 잡아끌면서 두 눈을 바라봤습니다. 내 말 듣고 있니? 그렇게 한번 더 물었지만 제 눈을 피할 뿐 대꾸가 없었습니다. 제가 그애의 손을 붙들고 다시 말했습니다. 나는 너를 돕고 싶을 뿐이야. 네가 다시 예전처럼 귀엽고 발랄한 소녀로 살아갈 수 있게 말이야. 제 간절한 마음에도 불구하고, 지은이는 여전히 대답이 없었습니다. 저는 그 아이가 책을 좋아한다는 걸 잘 알고 있었기 때문에 도서반에 가입하게 했습니다. 학교에는 도서실도 있고 도서반도 있었지만, 그때까지는 담당 교사가 없이 학생들끼리 독서토론과 글짓기를 하는 소극적인 모임이었습니다. 그래서 도서반을 본격적으로 운영하려고 하니 할 일이 한두 가지가 아니었습니다. 그래서 매일 지은이를 도서실로 불러서 같이 청소도 하고 서가도 정리했습니다. 우리가 언제부터 하루에 한 편씩 시를 읽기 시작했는지는 기억나지 않습니다만, 아마도 그러다가 시를 읽게 된 것 같습니다. 처음에는 시를 읽어주려고 읽은 게 아니라 도서실을 정리하다가 낡은 서가에서 서정주의 시집을 발견하고는 저도 모르게 소리내어 「연꽃 만나고 가는 바람같이」라는 시를 읽었던 것입니다.

섭섭하게,
그러나
아주 섭섭하지는 말고
좀 섭섭한 듯만 하게

이별이게,
그러나
아주 영 이별은 말고
어디 내생에서라도
다시 만나기로 하는 이별이게

거기까지 읽었는데, 지은이가 다가와서 저를 물끄러미 쳐다보

더군요. 왜? 무슨 일이라도 있어? 그랬더니 아무런 말 없이 고갯
짓을 하는 것이었습니다. 무슨 말인가 하려다가 시를 마저 읽으
라는 소리라는 걸 나중에야 깨닫고 이어서 시를 읽었습니다.

연꽃
만나러 가는
바람 아니라
만나고 가는 바람같이……

엊그제
만나고 가는 바람이 아니라
한두 철 전
만나고 가는 바람같이……

그게 발단이 됐습니다. 그 아이가 시에 관심을 보인다는 것
을 알고 저는 매일 오후마다 시를 읽어줬습니다. 서가에서 시집
을 찾아서 닥치는 대로 다 읽었습니다. 김종삼의 「스와니강이
랑 요단강이랑」, 이상의 「이런 시」, 박목월의 「윤사월」, 김영랑의
「끝없는 강물이 흐르네」, 윤동주의 「별 헤는 밤」, 김수영의 「비」
등등…… 그러던 어느 날이었습니다. 학교 뒷산 아카시아 숲의
꽃향기가 여전히 생생하게 떠오르는 걸 보면 1986년 5월이었던

모양입니다. 시 한 편을 다 읽고 나서 인쇄된 글자들의 요철을 손끝으로 더듬자니 갑자기 "그 나비는 바다를 건너갈 모양이네요"라는 말이 들리더군요. 시집을 내렸더니 지은이의 얼굴이 보였습니다. 드디어 제게 말을 한 것이죠. 교사로서 그때만큼 기뻤던 적은 없었습니다. 그때 우리가 함께 읽었던 시가 바로……

그다음은 너도 함께 말한다. 그리고 나도.

"김기림의 「바다와 나비」였습니다."

너는 "아무도 그에게 수심을 일러준 일이 없기에/흰 나비는 도무지 바다가 무섭지 않다"라고 시구를 중얼거린다. 나는 너와 함께 그 시구를 따라 왼다. 그러자 이젠 아예 테트라포드에 드러누워 하늘을 올려다보던 지훈이 소리친다.

"어, 그거 언제 들었습니까?"

"예?"

"벌써 다 들은 거 아니냐고요."

"아니에요."

"그런데 어떻게 저 사람이 무슨 말을 할지 다 아는 겁니까?"

"이건 우리 엄마 얘기니까요."

네가 말한다. 이건 우리 엄마 이야기니까요, 라고. 그 말을 내가 듣는다. 맞다. 그건 내 이야기다. 그러니 내 이야기를 조금 더 들어보렴, 얘야. 나보다 일곱 살이나 더 많은 나의 딸아.

서정주의 시 때문에 내가 다시 말하기 시작했다는 건 그 선생님의 착각이고, 굳이 그렇게 말하자면 그건 에밀리 디킨슨의 시 때문이었다고 하는 편이 더 옳겠다. 내가 최선생님에게 제일 먼저 들려준 이야기는, 그로부터 이 년 전, 그러니까 1984년 6월, 우리집 창문을 열고 난생처음으로 헬리콥터를 올려다보던 기억이었다. 경찰헬기가 조선소 위를 선회하고 있었고, 그 아래로는 검은 연기가 솟구쳤다. 전날 공장에 가서 아버지를 만나고 오겠다며 나간 오빠는 새벽이 될 때까지도 돌아오지 않았다. 무슨 일이 있어도 집밖으로 나오지 말라던 오빠의 말이 떠올랐지만, 나는 일이 어떻게 돌아가는지 궁금해서 견딜 수가 없었다.

조선소 정문 앞까지 가보니 도로에는 소방차와 구급차와 경찰차가 서로 뒤엉켜 전쟁이라도 벌어진 것 같았다. 나는 망연자실한 표정의 사람들 사이를 헤매다가 아는 얼굴을 발견하고는 "아줌마, 우리 오빠 못 보셨나요?"라고 물었다. 그러자 그 얼굴은 넋이 나간 표정으로 나를 힐끔거리더니 다른 쪽으로 가버렸다. 정문 맞은편 인도에는 구경꾼들이 서서 소방관들이 검은 연기를 향해 물줄기를 쏘아대는 광경을 지켜보고 있었다. 나는 한 중년 남자에게 저 검은 연기는 무엇이냐고 물었다. 그는 내 쪽은 바라보지도 않은 채, "끔찍한 화재가 발생했어. 이젠 모든 걸 돌이킬 수 없게 됐지"라고 말했다. 돌이킬 수 없는 불꽃…… 검은 연기를 바라보며 나는 생각했다. 그때 그 남자가 뭐라고 말했다.

"예? 뭐라고 하셨나요?"

내가 말했다.

"네 아버지도 저기 안에 있었냐고?"

그가 되물었다.

나는 고개를 저었다. 아빠가 거기 없다는 뜻이 아니라, 없었으면 좋겠다는 뜻이었다.

"생활관에서 농성하던 사람들은 대부분 경찰에 연행됐다."

하지만 내 표정을 보고 대충 눈치를 챈 남자가 넋두리를 하듯이 말했다.

"거기에 네 아버지가 있다면 장차 감옥에는 가겠지만 어쨌든 죽지는 않을 게다. 그런데 만약에 네 아버지가 사층으로 올라간 사람들 중 하나라면 얘기가 달라질 거다. 만약 이번 농성에 깊숙이 관여했다면 사층으로 올라갔겠지. 네 아버지는 어느 쪽이냐?"

나는 대답하지 못했다.

"만약 그랬다면 지금쯤 이 세상 사람이 아니겠구나."

그 말에 내 가슴이 철렁 내려앉았다. 아빠가 어느 쪽에 속하는지 당시의 내가 알 리는 없었다. 내게 아빠는 그저 아빠였을 뿐이니까. 내 얼굴이 사색이 된 걸 보면서 그가 말했다.

"하지만 네 아버지가 저 사람이라면 이야기가 또 달라진다."

그러더니 그는 정문 너머로 보이는 타워크레인을 가리켰다.

"저 사람은 어젯밤에 생활관을 혼자 빠져나와서 저기 위로 올라갔다니까 저기 있는 사람이 네 아버지라면 아직 죽지는 않은 거다."

나는 그 남자가 가리키는 타워크레인 위를 바라봤다. 거기 멀리 한 사람의 모습이 보였다. 그가 아빠인지 아닌지 얼른 구분이 되지는 않았다. 처음에는 검은 연기가 나는 생활관 쪽을 바라보고 있다고 생각했는데, 자세히 보니 그는 고개를 숙이고 있었다.

"고개를 숙이고 있어서 잘 모르겠네요."

나도 모르게 내가 말했다.

"아까부터 우리가 다 보고 있었는데, 저 사람 고개 숙이고 있는 거 아니다. 지금 울고 있는 거다."

그 남자가 말했다. 그 남자와 헤어져 정문 앞 거리를 두리번거리다가 간신히 오빠를 찾았다. 오빠의 머리는 부스스했고, 옷은 시커멓게 구겨졌다.

"학교에 왜 안 갔어?"

나를 보더니 오빠가 외쳤다.

"오빠 얼굴이 왜 그래? 다친 거야?"

내가 물었다. 오빠는 뺨을 한 번 만지고 그 손바닥을 들여다봤다.

"사람들과 전경들이 서로 밀치고 싸울 때 넘어졌어. 밤새도록 난리였어."

"그런데 오빠, 저기 크레인 위의 저 사람……"

"아빠야. 어젯밤에 저기로 올라갔어. 다행히도 경찰들이 저기까 진 못 올라가."

오빠가 목소리를 낮췄다. 나는 손뼉을 치며 펄쩍펄쩍 뛰었다.

"그러지 마. 좋아하지 마. 생활관에 화재가 난 뒤에야 아빠가 저 기 올라갔다는 사실을 알았어. 몇 명이나 불에 타 죽었는지 몰라. 사람들이 슬퍼하고 있어. 지금은 좋아하지 마. 마음속으로 생각해. 아빠를 생각해. 조심해. 아빠가 저기서 무사히 내려올 때까지 뭐든 지 조심해야 해. 그리고 최선을 다하자. 아빠가 내려올 때까지."

그날, 새벽하늘을 모두 그을려버릴 듯 타오르던 검은 연기는 시 간이 흐르면서 점차 사그라졌다. 생활관에서 농성하던 노동자들을 모두 연행한 뒤, 경찰은 시신들을 수습하고 현장을 보존하기 위해 조선소의 출입을 통제했다. 오전까지만 해도 아빠가 있던 타워크 레인마저도 진압하려는 듯 전경들이 그 아래에 집결했지만, 정오 가 지나면서 대부분의 병력들은 조선소 밖으로 빠져나왔다. 전경 들이 조선소에서 나오자 구경하던 사람들은 다들 무슨 일인가 하 고 의아한 표정이었다.

"이제 저 사람만 남았으니 제 발로 내려올 때까지 기다릴 모양 이구나."

누군가 말했다.

"과연 그럴 수 있을까? 자기 때문에 네 명이나 죽었는데?"

다른 사람이 말했다.

그리고 오후가 되자, 구경하던 사람들도 하나둘 자리를 뜨기 시작했다. 타워크레인 너머로 붉은 해가 저물 무렵에는 우리 남매와 동네 주민 몇 명만 아빠를 지켜보고 있었다. 그때까지도 아빠는 생활관 쪽을 향해 고개를 숙이고 있었다. 노을을 배경으로 한 아빠의 실루엣은 금방 지워질 듯 희미했다. 아빠는 곧 사라질 사람 같았다. 그때쯤 경찰서에 연행됐다가 풀려난 직원들이 하나둘 정문 앞으로 모여들었다. 우리에게 이제 그만 집으로 돌아가서 기다리라고 말하는 아저씨도 있었지만, 우리는 한 발짝도 뗄 수 없었다. 오빠와 나는 손을 맞잡았다. 우리는 최선을 다해야 해. 나는 생각했다.

그러나 오빠의 표정은 저녁이 내리는 바다처럼 어두워지기 시작했다. 오빠는 집에 잠깐 다녀오겠다고 말하더니 노을의 거리를 달려갔다. 나는 혼자라, 나 혼자 있을 때 아빠에게 무슨 일이 일어나기라도 하면 어쩌나 겁이 났다. 푸른 밤이 찾아와 나의 두려움과 아빠의 외로움을 가렸다. 아빠의 모습은 점점 흐릿해졌다. 숨을 헐떡이며 다시 돌아온 오빠의 손에는 전등이 있었다.

"전등은 왜?"

내가 물었다.

"이걸로 아빠한테 모스부호를 보낼 수 있어."

"아빠가 모스부호를 알까?"

"알아. 옛날에 배웠다고 했어."

오빠가 단호하게 말했다. 하지만 아빠가 지금도 모스부호를 해

독할 수 있는지 없는지는 중요하지 않았다. 우리에게는 최선을 다하는 일이 중요했다. 오빠는 책을 보면서 외운 뒤에 "짧게 네 번, 길게 세 번, 짧고 길고 길고 짧게, 짧게 한 번"이라고 중얼거리면서 여러 번 랜턴을 켰다가 끄는 일을 반복했다. 오빠가 타워크레인을 향해서 몇 번 불빛을 비추는 걸 보다가 내가 랜턴을 뺏어들었다. 오빠가 했던 말을 되뇌면서 나도 랜턴의 불을 켰다 껐다를 반복했다.

짧게 네 번, 길게 세 번, 짧고 길고 길고 짧게, 짧게 한 번.

봤을까? 나는 생각했다.

한번 더.

짧게 네 번, 길게 세 번, 짧고 길고 길고 짧게, 짧게 한 번.

이번에는 봤을까?

"이게 무슨 뜻이지?"

내가 오빠에게 물었다.

"H.O.P.E."

"희망이네."

그날 저녁, 우리의 희망은 아빠가 그 높은 크레인에서 내려오는 것이었다. 물론 살아서. 하지만 그 희망은 이뤄지지 않았다.

지나간 시절에, 황금의 시절에

너는 지훈의 스쿠터 뒷좌석에 앉아서 진남여고까지 간다. 어제보다 바람의 속도가 더 빨라졌다. 하룻밤 새 바람의 결이 얼마나 빽빽해졌는지 너는 놀랄 지경이다. 스쿠터는 진남여고 교문을 지나 단숨에 언덕길을 올라간다. 여름방학이 거의 끝나갈 무렵이라 학교 안은 고즈넉했다. 너희는 교장실로 먼저 가보지만, 문이 닫혀 있다. 교무실로 가니 세 사람이 앉아 있었다. 그중 문에서 제일 가까운 곳에 앉은 젊은 교사가 너희에게 다가와 무슨 일이냐고 묻는다. 너는 최성식이라는 선생님이 아직도 진남여고에 재직하고 있는지 묻는다. 그는 고개를 갸웃거리더니 돌아서서 다른 교사들에게 외친다.

"이번에 선거에 나오는 최성식 선생님이 우리 학교 출신이지요? 여기 그 선생님 뵙고 싶다고 찾아왔는데요?"

그러자 이번에는 좀더 나이가 많은 남자가 꾸물거리며 자리에서 일어나더니 너희에게 다가온다.

"최성식 선생님은 만나서 뭐할려고?"

머리가 반쯤 벗어진 그에게서 중년 남자 특유의 거들먹거리는 태도가 느껴진다.

"그분에게 확인할 일이 있습니다."

"확인할 일?"

그는 지훈과 너를 번갈아 바라본다.

"기잡니까?"

너는 망설이다가 고개를 끄덕인다.

"글을 쓰느라 취재중입니다."

적어도 거짓말을 하지는 않았다고 너는 생각한다. 그러자 그 남자의 음색과 태도가 달라진다.

"최국장님, 교육청으로 자리 옮긴 지가 벌써 언제인데, 학교로 찾아왔습니까? 혹시……"

그가 뒷말을 길게 끈다. 하지만 더 말하지는 않는다.

"정지은이라는 학생에 대해서……"

거기까지 네가 말했을 때, 그는 너의 말을 끊는다.

"내가 그럴 줄 알았어요. 그 이야기는 이제 그만하십시다. 그건 최성식 국장님뿐만 아니라 우리 학교의 명예까지도 심각하게 훼손하는 네가티브입니다."

그의 말을 너는 통 알아들을 수가 없다.

"네가티버가 뭔가요?"

네가 솔직하게 묻는다. 낯을 찌푸렸던 남자가 금세 표정을 환하게 바꾸면서 말한다.

"네가티버도 모르면서 기자라고 하나? 상대 후보 까는 거 몰라요?"

"깐다고요?"

네가 또 묻는다. 그러자 옆에 서서 둘의 대화를 듣고 있던 지훈이 나선다.

"선거할 때, 상대 후보의 숨겨진 비리 같은 걸 폭로하는 걸 말하는 거잖아요. 네거티브 캠페인."

그렇다고 네게 모든 게 명확해지는 건 아니다.

"선거 이야기가 여기서 왜 나오는 거죠?"

너는 지훈에게 묻는다.

"교육감 선거 때문에 온 거 아닙니까? 기자 아닙니까? 어째 좀 이상한데……"

"난 기자가 아니라 나의 출생과정에 대한 책을 쓰고 있습니다. 카밀라 포트만이라고 합니다. 원래 이름은 정희재입니다."

네가 말하자, 그는 짧은 탄식을 내뱉는다.

"아아, 이제 알겠다. 어쩐지 낯이 익는다 했더니만. 지난봄에 온 입양아네. 그렇다면 나는 할말이 하나도 없구만."

네가 미국에서 엄마를 찾아왔던 입양아 카밀라 포트만이라는 사실이 밝혀지자, 교무실에 있던 세 교사는 입을 다문다. 정지은 얘기에 네거티브 운운했던 그 중년 교사는 심지어 네 앞에서 입술을 지퍼로 잠그는 시늉까지 해 보인다. 그러면서도 자기들끼리는 쑥덕거린다. 소문이 미국까지 퍼진 모양이네. 발 없는 말이 천리를 간다더니. 요즘은 SNS가 발달해서요, 몇 시간이면 지구 끝까지도 퍼져요.

"교장 선생님과 연락할 방법은 없을까요? 그분이라면 날 도와줄 것 같네요."

"그 사람이 그 사람인데, 뭘 도와주겠나?"

중년 교사가 말한다. 그러자 옆에 있던 지훈이 네 팔을 잡아당긴다.

"왜요?"

"내가 알아요. 그 선생님 지금 어디 가면 만날 수 있는지."

그러자, 갑자기 네 목소리가 커진다.

"알면서 왜 이제껏 말하지 않은 건가요? 나만 빼놓고 다들 알면서 자기들끼리만 낄낄거릴 뿐이네요. 왜 그런 거죠? 그게 진남의 풍토인가요?"

세 교사가 너와 지훈을 쳐다본다.

"당신들도 마찬가지예요."

그들을 향해 네가 소리친다. 그들은 슬금슬금 뒤로 물러난다.

"나도 지금 생각났거든요. 그 이름을 어디서 봤는지 이제 알겠어요. 미안해요. 좀더 일찍 알았다면, 여기까지 안 와도 됐을 텐데."

지훈은 진짜 미안하다는 표정이다. 너는 고개를 돌려 제각기 자기 자리로 흩어진 교사들을 하나하나 쏘아본다. 너희는 교무실을 나와 스쿠터를 세워둔 본관 앞까지 걸어간다. 헬멧을 쓰다가 너는 문득 본관 앞 화단이 달라졌다는 사실을 깨닫는다. 봄에 봤던 동백나무들은 모두 없어지고 그 자리엔 가지가 앙상하고 키가 작은 묘목들뿐이다. 누군가 고의적으로 흔적을 지우고 있다고 너는 생각한다. 그게 누구인지는 대충 짐작이 갔지만, 왜 그래야만 하는지는 알 수 없다. 신혜숙은 왜 그 동백나무를 없애야만 했을까?

스쿠터 뒷좌석에 앉아서 너는 에릭이 보낸 상자 속에 손을 넣었다가 우연히 동백나무 앞에서 나와 찍은 그 사진을 꺼내던 일을 떠올렸다. 그때까지 너는 엄마의 얼굴이라는 걸 모르고 자랐다. 물론 네게도 앤은 있었다. 하지만 앤의 얼굴에는 다른 소녀들이 엄마의 얼굴을 떠올릴 때 느껴지는 감정 같은 게 없었다. 앤은 둘도 없는 친구 같은 사람이었다. 하지만 엄마는 자신과 인생이 꽤 많이 겹치는, 친구 이상의 존재여야만 했다. 그런 존재를 너는 떠올릴 수가 없었다. 그러니 아빠의 얼굴 같은 건 생각해본 일조차 네겐 없었다. 에릭은 금발에 눈동자가 푸르고 매부리코여서 네덜란드 사람을 보는 것 같았다. 어떤 심각한 상황에서도 농담을 던질 수 있는 게 가장 큰 장점이자 단점인 사람에게는 참으로 어울리는 얼굴이었지만, 외까풀의 쭉 찢어진 눈을 가진 아이의 아빠 얼굴이라고는 보기 어려웠다.

엄마 쪽이라면 거울을 보며 나이가 들었을 때의 자기 모습을 상상하면 되는 일이지만, 아빠의 경우에는 감도 안 잡힌다고 너는 생각했다. 머리를 짧게 깎고 코밑에 수염을 붙이면 아빠와 비슷해질까? 물론 그렇게 한다고 아빠의 얼굴이 될 수 없었다. 그러다가 진남여고 앞 삼거리 모퉁이에 붙은 도 교육감 보궐선거 입후보자 포스터에서 최성식의 사진을 보며 너는 아빠에게도 얼굴이 있었다면, 바로 저런 얼굴이었을까 하고 생각한다. 이마에 주름이 두어 개 파인 초로의 남자. 한국에 들어온 뒤로는 수없이 너의 곁을 스쳐간 듯한, 한국 구세대 남자의 전형적인 근엄한 얼굴. 웃음이나 유머라고는 전혀 찾아볼 수 없는 그 심각한 표정은 굳게 닫힌 문처럼 느껴진다. 너는 그 표정을 마주하고 선다.

인터넷으로 최성식에 대한 정보를 검색하다가 너는 교무실의 남자 선생들이 심심풀이 땅콩처럼 씹어대던, '최국장님'에 관한 '네가티버'가 무엇인지 알게 된다. 그건 처음에는 '24년 전 자살한 제자가 말하는 최성식 후보'라는 자극적인 제목으로 도 교육청 홈페이지 열린마당 게시판의 정보나눔방에 올라왔다가 금방 삭제됐다고 한다. 하지만 웹의 속성상 일단 게시판에 올라온 이상 그 이야기를 이 세상에서 깨끗하게 지울 수 있는 방법은 없었다. 곧 다른 교육 관련 사이트의 게시판에 이 글이 복사되기 시작했다. 너는 '바른 교육을 위한 학부모 모임'이라는 사이트에서 그 글을 발견한다. 최초 게시자는 '전교조와의 관련성이나 종북 단체의 적극적인 지원 등, 이 사람이 과연 교육 행정가로서 건전한 사상을 지녔는가를 살펴보는 것도 중요하겠지만, 다른 후보를 비리 후보라고 쏘아붙일 만큼 그 자신은 도덕적으로 완벽한지부터 나는 묻고 싶다. 이 글을 읽고 나서도 330만 도민이 이 사람을 우리 아이들의 미래를 책임지는 도 교육 행정의 수장 자리에 앉히는 데 동의한다면, 이의를 제기하지 않고 나는 기꺼이 그를 교육감으로 받아들이겠다'며 글을 올린 이유를 밝혔다. 이어서 이십사 년 전에 자살한 한 여학생이 남긴 편지에서 가감 없이 그대로 옮겼다며 '최성식 선생님이 나를 멀리하게 된 건 선생님과 내가 사귄다는 소문이 학교에 퍼졌기 때문이었어'라고 시작하는 글과 원문을 첨부했다.

어느 날, 가정 선생이 우리 반에서 수업을 하다가 아이들이 돌리던 쪽지를 압수한 거야. 거기에는 얼마 전 방과후에 독일어 선생과 내가 도서실에서 키스를 하는 장면을 목격했다는 내용이 적혀 있었지. 수업이 끝난 뒤, 가정 선생은 교장에게 그 쪽지를 넘겼고, 교장은 선생님을 교장실로 불렀지. 교장은 이렇게 말했다고 해. 여학교에 부임한 총각 선생들은 부주의하게도 예쁜 여학생을 편애하는 실수를 흔히 저지르는데, 누가 누구를 편애하느는지는 어떤 식으로든 교무실에 알려지게 돼 있다. 그러니 아무도 모른다고 생각하지 말고 각별히 주의하길 바란다. 하지만 그러면서도 교장은 그게 별일은 아니라는 듯 과거에 자기가 목격한 여러 사례들과 교사 모임 등에서 전해들은 이야기를 말하며 한가한 입을 놀렸다지. 그러는 동안 선생님의 얼굴은 점점 상기되기 시작했대.

교장이 생각하듯이 그건 흔히 여학교에서 총각 선생을 둘러싸고 생기는 과장되고 악의적인 소문이 아니라 사실이었으니까. 그날 우리가 도서실에서 키스한 건 사실이었으니까. 하지만 그건 정말 우연한 것이었어. 절대로 의도된 것도 아니고, 서로 그만큼 절실한 마음이 있었던 것도 아니야. 그건 부주의하게 길을 가다가, 아마도 울고 있거나 뭐 암튼 다른 곳에 신경을 쓰고 있다가 두 사람이 서로 부딪치는 것과 같았다고나 할까. 하지만 이제는 단순히 키스의 문제를 넘어섰지. 소문도 소문이지만, 선생님의 마음이 변하기 시작한 거야. 교장실에 불려가서 주의를 받게 되자, 더욱더 자신은 나를 사랑하는 것이라고 믿게 된 거야. 교장이 남자라면 그럴 수도 있지만 선생은 그래서는 안 된다고 말하니까 오히려 그 말에 반발심이 생겼고, 선생님은 그걸 비극적 사랑이라고 생각했던 모양이야. 그래서 그동안 총각 선생과 여학생 사이에서 벌어진 각종 연애 사건들에 대한 과장된 이야기를 우스개 삼아 교장이 늘어놓는 동안에도 선생님은 당장이라도 교장실을 박차고 나가 내게 달려오고 싶은 마음을 억눌렀다고 했어. 그리고 교장실을 나오자마자 바로 우리 교실로 찾아와서 나를 불러냈지. 나는 당연히 무서웠어.

도서실 안쪽 서가에서 방금 자신이 교장실에서 들은 이야기들을 내게 들려주더니 그는 내게 어떻게 생각하느냐고 물었어. 당연히 나는 교장 선생님 말이 맞다고, 그래서는 안 될 것 같다고 얘기했어. 그랬더니 선생님의 표정에 실망감이 스치더라. 그렇긴 해도 막 교장의 경고를 들어서인지 금방 이성을 되찾더니 우리 둘이 가깝게 지내는 건 서로에게 좋지 않다고 말했어. 그뒤로 선생님은 내게 거리를 두기 시작했어. 선생님이 먼저 말을 걸지 않으니 우린 대화를 나눌 기회가 없었지. 그러던 어느 날이었어. 선생님에게 빌린 시집들을 돌려주려고 교무실로 갔지. 교무실에는 다른 선생님들도 있었어. 체육 선생님, 그리고 수학 선생님. 그런데 선생님이 느닷없이 야단을 치기 시작한 거야. 교복 깃이 구겨졌다는 거지. 어처구니가 없어서 내가 "예? 지금 뭐라고요?"라고 반문했어. 그랬더니 이번에는 "선생님 말씀하시는데 그게 무슨 태도냐?"라고 말하면서 손에 들고 있던 시집들로 내 머리를 툭툭 쳤어. 툭툭. 자기 딴에는 안 아프게 살살 친다고 그랬겠지만, 마치 해머에 머리통이 부서지는 듯한 느낌이었어. 야비하고 더러웠지.

그러더니 선생님은 새로 부임한 영어 선생과 급속하게 친해지더라. 그 사람이 바로 신혜숙 선생님이야. 타지에 초임으로 근무하게 된 터라 여러모로 힘든 일이 많았던 그 여선생에게 그의 도움은 큰 의지가 됐어. 어려운 일들이 있을 때마다 의지하는 습관이 생기니 이내 남들에게는 감추고 싶은 약한 마음도 차츰 그에게 보여주게 됐겠지. 그런 마음을 서로 보여주고 보고 하니까 그런 게 사랑인가 싶은 생각도 들었을 테고. 둘의 사랑은 그런 식으로 시작됐어. 뜨겁게 타오르지도, 첫눈에 반하지도 않았지.

학교 바깥에서 두 사람이 함께 다니는 모습이 눈에 띄자, 교장이 말한 대로 그 일들은 어떤 식으로든 교무실과 각 학급에 알려졌지. 처음에는 나와의 관계를 감추기 위해서 위장 연애를 한다는 식의 소문들이었지만, 얼마 지나지 않아 두 사람이 결혼을 발표하자 그런 유의 소문들은 완전히 자취를 감췄어. 대신에 내가 걸레라는 소문이 퍼지기 시작한 거야. 내가 워낙 걸레라서 총각 선생에게 못할 짓을 했다는 거지. 더 심한 소리도 들었어. 돈이 필요할 때마다 내가 남학생을 따라 양관에 올라간다는 거지. 그러니까 귀신이 나오는 그 끔찍한 집에서 내가 몸을 판다는 거야. 나는 누가 그런 소문을 내는 것인지 알고 싶었어. 도대체 왜?

그러던 어느 토요일이었어. 도서실 안쪽 서고에 앉아서 페터 한트케의 『긴 이별을 위한 짧은 편지』를 읽고 있는데, 누군가 안으로 들어오더라. 누군가 해서 봤더니 선생님이었어.

"무슨 책을 읽는데?"

그가 물었지.

나는 책을 뒤집어 제목을 보여줬어.

"페터 한트케네."

"아세요?"

"당연히 알지. 어디까지 읽은 거야?"

나는 읽던 부분에 검지를 끼우고 책을 들어 읽은 분량을 보여
줬어. 그는 물끄러미 내 손가락을 쳐다봤지. 나는 다시 책을 내
렸어.

"그 정도면 '긴 이별'은 시작하지 않았겠구나, 아직."

"아직은 '짧은 편지'예요."

"짧다고는 말할 수 없는 편지지. 뒷부분에 가면 이런 문장이
나올 거야. '자정이 한참 지난 시간이었다. 그러자 불현듯 이제
내가 서른 살이 됐다는 생각이 들었다.' 대학 다닐 때, 그 문장을
참 좋아했었지."

"왜요?"

"왠지 서른 살은 그렇게 맞이해야만 할 것 같아서. 정신없이
하루를 보내다가, 어쩌면 그 사람처럼 자기를 버리고 떠난 여자
를 찾아서 낯선 나라를 헤매다가 어느 밤 갑자기 자기가 늙어버
렸다는 걸 깨닫는 거지. 그런 느낌이라도 없으면 어떻게 삼십대
를 맞이하겠니?"

"지금도 충분히 늙어 보이시는걸요."

"내가? 아직은 아니야. 아직은 나도 이십대야. 할 일이 많아. 벌써부터 늙은이 행세하고 싶지는 않아."

그가 말했어.

"결혼하신다고 들었어요."

내가 말했지.

"그렇게 됐지."

남 얘기 하듯이 그가 말했어.

"축하드려요."

"잘된 일이야. 세상은 무서운 곳이야. 별별 소문이 다 돌지. 다 미친 것 같아."

"선생님은 소문이 무서운가요?"

내가 선생님에게 물었어. 그는 당황했지.

"저는 소문 같은 건 하나도 안 무서워요. 사람들은 자기가 다른 사람의 마음을 다 들여다본다고 생각하지만, 그럴 때조차도 자기 마음 하나 제대로 모르는 바보들이니까요. 저는 자기 마음도 모르는 사람들이 하는 말들은 하나도 무섭지 않아요. 그 무지한 마음이 무서울 뿐이죠."

그러는 동안, 서고 안은 점점 어두워졌어. 어디선가 말소리가 들려왔지. 기억 속의 아련한 대화처럼 멀리서, 소곤소곤. 그는 주위를 둘러봤어. 닫힌 창문들로 화단의 관목들이 보였지. 늦게

까지 집에 가지 못하고 남아 있는 당번들인 듯, 두 여학생이 재잘대면서 도서실 쪽으로 걸어오고 있었지.

"이제 여기 문을 잠글 거야. 나가자."

헛기침을 한 번 내뱉은 뒤, 그가 말했어. 내가 의자에서 일어나 문 쪽으로 걸었지.

"잠깐 그 책 좀 줘봐. 거기 보면 내가 대학에 다닐 때 노래로 만든 구절이 있어."

갑자기 그가 말했어. 나는 그에게 책을 건넸어. 그건 '지나간 시절에. 황금의 시절에. 49년 즈음에'라는 구절이었지만, 책을 들춰보지 않아도 이미 기억할 만했지만, 그는 책을 뒤적거리는 척했지.

"불을 켤까요?"

내가 말하며 스위치 쪽으로 걸어갔어.

"안 돼. 불 켜지 마."

그가 내 팔을 잡으며 말했어. 그 바람에 책이 바닥으로 툭 떨어진 거야. 바로 그때, 여학생들이 캄캄해서 안이 잘 보이지 않는 도서실 옆을 지나가고 있었어. 그러니까 본관 벽돌 건물 앞의 동백나무가 사과라고 해도 좋을, 어쩌면 홍등이라고도 부를 만한, 붉은 것들을, 꽃들을, 동백들을 피우던 시절이었어. 너무나 아름다운 시절이었어.

태풍이 불어오기 전날의 검모래

　자동차는 진남 시내를 가로지른다. 시내의 도로에는 교통량이 많아 교차로를 지날 때면 종종 빨간 신호에 멈춰 서야만 한다. 그럴 때마다 지훈의 파란색 스쿠터는 조수석에 앉은 너의 옆에 정지한다. 자신이 뒤따르고 있으니 안심하라는 듯 오른손 엄지를 들어 보이는 지훈을 보자 바닷속에서 처음 만난 인연의 두께가 금문교의 쇠사슬 정도는 되리라던 그의 너스레가 떠오른다. 그렇게 몇 번 파란색 스쿠터가 자동차에 바짝 다가서자 최성식도 지훈의 존재를 눈치챈 듯했다. 너희가 탄 소나타는 곧 시내를 벗어나 공업단지 구역으로 접어든다. 네가 사는 샌프란시스코 만에서도 흔히 볼 수 있는 하역 크레인들이 부두에 줄지어 서 있다. 회색빛 공장 건물과 붉은 벽돌로 지은 사원용 연립주택 사이에 곧게 뻗은 4차선 도로로 접어들자, 최성식은 속도를 높이기 시작한다. 너는 고개를 돌려 낡은 연립주택들을, 인도와 주택을 구분하는 울타리와 가로수들을, 그리고 점점 뒤로 물러나는 파란색 스쿠터를 바라본다.

공단 구역을 벗어나자 4차선이던 도로가 2차선으로 좁아진다. 거기서부터는 풍경이 사뭇 다르다. 왼쪽으로 크게 굽은 길을 따라 둔덕을 넘으니 전형적인 시골 마을이 나타난다. 두어 개의 과속방지턱을 지나자 초등학교 앞, 어린이보호구역이라는 표지판이 보이고 그 너머로 신호등이 설치된 교차로가 나온다. 교차로 주변에는 슈퍼마켓, 통닭가게, 잡화점 따위의 간판을 내건 단층 건물들이 어깨를 맞대고 서 있다. 오전이라 그런지, 아니면 원래 그런 마을이라 그런지 행인들이 많지 않아 다소 한적한 분위기다. 교차로를 지나 동네를 빠져나오자 오르막길이 시작된다. 그 길은 진남반도의 최남단에 위치한 곳으로 향한다. 코너를 돌 때마다 180도 가까이 방향을 꺾어야만 할 정도로 구불거리는 길을 따라 꼭대기까지 올라가니 다도해를 바라볼 수 있는 전망대와 구운 감자, 컵라면 따위를 판다는 플래카드를 내건 작은 매점이 나온다. 검은 섬들이 회색 바다 위에 떠 있다. 매점 한쪽에는 갈색 데크 위에 유료 망원경을 설치한 전망대가 있다. 그러나 네게 다도해의 풍광을 보여주려고 거기까지 간 건 아니니까 당연히 자동차는 전망대를 지나친다.

그다음부터는 완만한 내리막길이다. 십여 분 정도 도로를 따라 달리던 최성식은 바다 쪽 차선 옆에 시멘트로 투박하게 지은 버스정류장이 나오자 자동차를 그 옆에 주차한다. 도로 아래로 붉거나 푸른 지붕들이 내려다보인다. 지붕들 주위로는 계단식 논들이 층층이 이어진다. 그 논들의 초록빛을 따라 한 칸 한 칸 시선을 옮기면 손바닥만한 해변과 검은 갯바위들이, 그리고 마치 하얀 쉼표들을 찍은 듯 갈매기들이 내려앉아 있는 게 보인다. 최성식은 시동을 끈다. 실내가 조용해지자 그의 얼굴이 갑자기 네 눈에 확 들어온다. 가까이서 바라보니 선거 포스터의 사진과는 달리 젊은 얼굴이다. 빗방울을 막을 수 있을 만큼 뻣뻣하게 이마를 타고 흘러내리는 앞머리칼, 사람을 골똘히 바라볼 때의 날카로운 눈매와 단단한 미간, 미소를 머금고 있어 상대방을 깔보는 듯한 착각을 불러일으키는 입술…… 바로 그 얼굴을 엄마가 사랑했는가 싶어서 너는 한참 바라본다.

"내가 카밀라 양에게 용서를 구할 일은 딱 하나뿐이에요."

최성식이 언덕 아래를 가리키며 네게 말한다.

"저는 더이상 카밀라가 아닙니다. 희재라고 불러주세요."

그가 너를 쳐다본다.

"좋아요, 희재양. 그 얘기를 하려고 여기까지 온 겁니다. 여기 오니까 어떤 느낌이 듭니까?"

너는 언덕 아래 해변 마을의 풍경을 바라본다. 태풍이 다가온다는 뉴스를 들었기 때문인지 어쩐지 웅크린 듯 지붕이 더 낮아 보인다.

"처음 온 곳인걸요."

네가 말한다. 그러자 그가 너를 바라본다.

"여긴 검모래라는 곳입니다. 그 지명은 퇴적된 토양의 속성 때문에 검은빛을 띠는 해변에서 비롯했습니다. 요즘 들어 이 마을은 전국적으로 유명해졌어요. 밀밭 체험이니 옹기 축제니 하는 지역 관광상품 개발 붐을 타고 이 지역의 계단식 논이며 검은 해변도 관광상품이 된 거죠. 지금은 진남을 방문하는 사람이라면 누구나 한 번쯤 들르는 명소가 됐지만, 이십 년 전만 해도 여긴 버스가 하루에 두 대만 다니던 곳이었습니다."

너는 그를 쳐다본다. 흡사 정년퇴직한 뒤 소일 삼아 관광 안내원으로 일하는 전직 대학교수의 말투 같다. 그의 집 앞에서 지훈과 함께 기다리다가 마침내 그를 만났을 때도 무척 긴장한 너와 달리 그는 민원을 접수하는 창구의 직원처럼 자신이 무엇을 도와주면 좋겠느냐고 물었다. 그는 이미 네가 자신을 찾아오리라는 걸 알고 있는 듯한 눈치였다. 너는 아직 눈치채지 못했지만, 그는 이미 아내에게서 네가 엄마를 찾아서 진남에 왔다는 이야기를 들었을 것이다. 너는 그에게 네게는 무척이나 중요한 일이니까 자기 질문에 솔직하게 대답해달라고 부탁했다. 그리고 네가 물었다. 1987년 진남여고에 재학중이던 정지은을 아느냐? *끄덕끄덕.* 내가 그녀의 딸이 맞느냐? 역시 *끄덕끄덕.* 너의 질문은 계속됐다. 나의 아버지를 아느냐? 잠시 망설이다가 다시 *끄덕끄덕.* 당신은 정지은을 사랑했느냐? 이번에는 그의 몸짓이 멈췄다. 너는 재차 물었다. 정지은을 사랑했느냐? 여전히 그는 대꾸가 없었다.

그의 침묵에 갑자기 너는 화가 치밀었다. 너는 생각한다. 한 소녀가 고독 속에서 죽어갔다. 그건 누구도 그 소녀에게 너는 혼자가 아니며, 이 우주에 최소한 한 명은 너를 소중하게 여긴다는 말을 해주지 않았기 때문이다. "만약 당신이 나의 아버지라면", 너는 그의 얼굴에 침을 뱉듯이 내뱉었다. "당신은 이루 말할 수 없을 정도로 질 낮은 인간이에요." 그러자 그가 너를 물끄러미 바라봤다. "나는 네가 생각하는, 그 정도로……" 하지만 말은 이어지지 않았다. 그는 갑자기 네 팔목을 잡았다. 가볼 곳이 있으니 같이 나가자고 그가 말했다. 또 너와 함께 온 지훈에게는 둘이서 갈 곳이 있으니 따라오지 말라고 말했다. 하지만 그 말을 들을 지훈이 아니다. 자동차를 타고 가는 동안, 그를 향해 격렬하게 끓어오르던 너의 감정들은 의문과 불안만을 남긴 채 졸아들었다. 그렇게 해서 오게 된 곳이 여기 검모래다. 너는 생각한다. 왜 이 사람들은 자신의 부모가 누구냐는 질문에 대답하는 대신 열녀각이며 검모래 따위를 보여주는 것일까?

"제게 무슨 용서를 구한다는 것인지 그것부터 말씀해주시죠."

"일단 마을부터 한번 둘러보기를 바랍니다."

"이런저런 명소를 둘러보고 제가 태어난 고향이 얼마나 대단한 곳인지 자부심이라도 가지라는 건가요? 미안하지만 전 한가하게 관광이나 다닐 처지가 못 되네요."

네가 힐난하듯이 말하자, 그는 열을 내면서 말한다.

"왜 검모래를 둘러보라고 하느냐면, 희재양이 내게 이루 말할 수 없을 정도로 질 낮은 인간이라고 말했기 때문이에요. 내가 선생으로서, 아버지로서, 남편으로서 그렇게 훌륭하지는 않을 수도 있어요. 물론 이런저런 결함이 있을 수도 있어요. 하지만 그렇다고 해서 인간으로서 자격 미달이라고 말할 수는 없습니다. 우리가 살아온 시대를 지금의 잣대로 재단하는 것은 옳지 않습니다. 보수 세력들이 나의 당선을 막기 위해 어떤 터무니없는 인신공격을 퍼붓고 있는지 잘 알고 있습니다. 하지만 그런 저열한 짓거리에 흔들릴 만큼 엉망의 인생을 살지는 않았습니다. 그들에게는 오직 인간적인 연민이 들 뿐, 내 도덕성에는 어떤 흠집도 나지 않습니다."

그의 눈빛이 이글거린다.

"도 교육청 홈페이지에는 정지은이 쓴 글이 올라왔는데요."

그렇게 물으면서 너는 그의 눈빛을 살펴보지만, 무엇도 읽을 수 없다.

"나를 음해하는 자들이 쓴 글까지 읽기에는 인생이 너무 짧아요."

"그럼 타워크레인도, 페터 한트케의 『긴 이별을 위한 짧은 편지』도 모두 음해하기 위해서 지어낸 이야기인가요?"

"정지은과 관련해서 도의적으로는 모를까, 도덕적으로 내가 비난받을 만한 일은 하나도 없습니다."

너는 그 말이 혼란스럽다. 도의와 도덕의 경계는 과연 어딜까?

"그럼 그 모든 걸 알면서 선생님을 음해하는 그 사람은 누구인 가요?"

"이제 그 이야기를 해봅시다."

최성식이 차문을 열면서 말한다. 너희는 차에서 내려서 검모래 마을 쪽으로 걷는다. 볼품없는 버스 정류장 옆으로 시멘트 길이 나 있다. 8월 초순인데도 그다지 덥다는 느낌은 들지 않는다. 하 늘에는 구름이 가득하고 바람이 부는데, 그건 태풍이 점점 다가오 고 있다는 뜻이리라. 검모래는 언덕을 개간한 마을이라 어느 집에 서나 바다가 보인다. 관광객들이 자주 찾는 듯, 많은 집들이 민박 을 겸한다며 대문에 아기자기한 이름의 간판들을 내걸고 있다. 벽 화가 그려진 담장 사이를 완전히 빠져나오니 아름드리 고목 한 그 루가 서 있고, 그 아래에 평상과 파라솔이 놓여 있다. 평상에는 빨 간색 등산 조끼를 입은 늙은 남자 세 명이 김치에 막걸리를 마시고 있다. 늙은 남자들은 술에 취해 어떤 얘기든 재미있게 듣는 것인 지, 아니면 누군가 워낙 재미있는 이야기를 잘하는 사람이 있는 것 인지 시종일관 박장대소하면서 떠든다. 그들을 지나치며 최성식이 네게 말한다.

"이십오 년 전에 우리는 지금과 완전히 다른 사람이었어요. 희 재양, 나, 그리고 정지은 모두 말입니다. 그때 우리가 어떤 사람이 었는지 우리는 기억하지 못해요. 그럼에도 그때의 우리는 유령처 럼 지금의 우리를 따라다닙니다. 왜냐하면 도서실, 타워크레인, 페

터 한트케, 동백나무 등은 그대로니까. 검모래도 그중 하나죠. 검
모래에 관광객이 몰린다는 뉴스가 보도될 때마다 나는 외면했어
요. 지은이가 죽고 난 뒤로 여기까지 내려온 건 이번이 처음입니
다. 몇 번 저 위의 도로를 지나간 적은 있었지만, 한 번도 여기까지
내려오지는 않았어요. 그런데 오늘은 왜 내가 여기까지 온 건지 알
겠나요?"

"그걸 제가 어떻게 아나요?"

최성식이 너의 눈을 빤히 쳐다보면서 묻는다. 너는 지지 않고 그
매서운 눈빛을 바라본다.

"잘 생각해봐요. 여긴 아마 처음 온 게 아닐 거예요. 기억은 안
난다고 해도 느낌은 있을 거 아닌가요? 여기, 검모래. 희재양은 여
기서 태어났잖아요."

모든 것은 두 번 진행된다. 처음에는 서로 고립된 점의 우연으
로, 그다음에는 그 우연들을 연결한 선의 이야기로. 우리는 점의
인생을 살고 난 뒤에 그걸 선의 인생으로 회상한다. 정상적인 사람
들은 과거의 점들이 모두 드러나 있기 때문에 현재의 삶에 어떤 영
향도 끼치지 못한다. 앞으로 어떤 점들을 밟고 나가느냐에 따라서
그들의 인생은 지금보다 좋아질 수도 있고, 나빠질 수도 있다. 하
지만 너 같은 경우는 완전히 다르다. 과거의 점들이 모두 발견되지
않았다는 점에서 네 인생은 몇 번이고 달라지리라. 인생의 행로가

달라진다는 말이 아니라 너라는 존재 자체가 달라진다는 뜻이다. 예컨대 진남을 방문하고 미국으로 돌아간 뒤, 이따금 어린 시절의 일들이 다른 의미를 띠면서 떠오를 때가 있었다. 입양 초기 걸음마를 겨우 배웠을 무렵부터 너는 바다를 무척이나 좋아해서 에릭이 일하러 나갈 때마다 늘 자기도 데려가달라고 조르곤 했었다는 말을 앤에게서 자주 들었다. 너는 자신이 산보다 바다를 더 좋아하는 것은 바그너보다 브람스를 더 좋아하는 것과 마찬가지의 이유 때문이라고 생각했다. 그건 개인적 취향이라고.

개인적 취향에 불과했던 그 일은 진남을 방문한 뒤부터 중요한 의미를 띠게 됐다. 너는 자신의 취향이 무의식, 즉 자신이 알지 못하는 과거의 어떤 우연한 점에 의해서 결정됐을 수도 있다는 사실을 깨달았다. 즉 진남이라는 항구도시에서 태어났기 때문에 바다를 좋아한 것일 수도 있다는 사실 말이다. 그렇게 이전에 보이지 않던 점들이 발견될 때마다 그 점들을 잇는 새로운 선들이 그어졌고, 네 인생은 그때마다 달라질 수밖에 없었다. 그리고 선이 달라질 때마다 너라는 존재도 바뀌었다. 검은 머리에 검은 눈동자를 가지고 태어났기 때문에 카밀라라는 이름이 붙은 미국 소녀에서, 동백나무 아래에서 찍은 사진이 있었기 때문에 카밀라라는 이름을 얻게 된 입양아를 거쳐, 아이를 낳으면 '희재'라는 이름을 짓겠다던 열일곱 살 여고생의 딸까지. 새로운 점들은 너라는 존재를 그처럼 가변적으로 만들었다. 문제는 과거의 그 점들을 통제할 방법이 네게는 없었다는 점이다. 물론 네가 강력하게 원하긴 했지만, 그 점들은 일방적으로 너의 정체성을 뒤바꿔놓았다. 너는 자신의 뿌리를 찾아가는 일에 조금씩 질문을 던지기 시작했다. 너라는 존재를 바꿔버려도 좋을 만큼 그 점들은 중요한가? 필연적인가? 진실은 과연 그토록 중요한가?

최성식과 찾아간 그 집 앞에서도 너는 바로 그 질문을 자신에게 던진다. 늙은 남자들이 막걸리를 마시던 평상 맞은편 돌담 사이 좁은 골목길을 따라 걷다가 바다 쪽으로 모퉁이를 돌아서니 검은 돌을 깔아놓은 진입로가 나왔다. 그 길의 끝에는 창살 사이로 속이 들여다보이는 하얀 철제 대문이 있었다. 안쪽의 마당에도 진입로와 마찬가지로 검은 자갈을 깔아놓은 게 보였다. 그 대문 앞에 서서 최성식은 거기가 바로 네가 태어난 집이라고 말했다. 너는 마치 거대한 불길에 휩싸인 집 앞에 서 있는 듯하다. 이제 네가 그 집으로 들어가려고 하자, 온몸의 감각이 사이렌을 울리듯 예민해지기 시작하고, 마음은 그 불편한 느낌을 가만두지 않고 자꾸 언어로 표현하려고 애를 쓴다. 너는 그 마음의 목소리를 외면할 수가 없다. 자신이 태어난 집이라는 말을 들었을 때 온몸에 소름이 돋고 심장 박동이 빨라지는 걸 마음은 이렇게 언어로 해석한다. 그 집에 들어가는 순간, 지금까지의 너란 존재는 완전히 타버릴 거야. 한줌의 재도 남기지 않고 흔적도 없이 너는 사라질 거야. 그럼에도, 안에 들어가보겠느냐는 최성식의 말에 너는 아무렇지도 않은 듯 고개를 끄덕인다. 대문은 열려 있다. 두 사람은 마당으로 들어간다. 마당에는 여윈 듯한 느낌의 야자나무 아래 나무 테이블과 의자들이 놓여 있다. 주인이 부지런한 사람인 듯, 화단에는 꽃들이 피어 있다. 그 너머는 섬들이 드문드문 떠 있는 바다다. 바다의 저편에서는 검은 구름들이 몰려오고 있다. 아마도 태풍 나비가 몰고 오는 구름이리라.

"희재양이 태어나던 해의 여름이니까, 1987년 7월의 어느 밤이었습니다. 그해 여름에는 태풍 셀마가 남해안을 덮쳐 전국적으로 삼백 명이 넘는 인명 피해가 났었는데, 여기 검모래에서도 전신주가 뽑히고 지붕이 날아가는 등 큰 피해가 발생했죠. 그 일이 있기 얼마 전, 6월부터 무단결석하던 지은이를 이 동네에서 봤다는 한 학생의 이야기를 전해듣고 그 아이를 만나러 여기에 왔습니다. 수소문해보니 바로 이 집이었지요. 나는 지은이를 설득할 생각이었어요."

"1987년 7월이라면 선생님이 설득하려고 했다는 건……"

너는 얼른 머릿속으로 계산한다. 그는 너를 빤히 쳐다본다. 그러더니 혀끝으로 입술을 적시고, 그러고도 잠시 더 머뭇거린다.

"경위야 어찌됐건 기왕 이렇게 된 거 그 일을 용서해달라는 겁니다."

"무엇을 용서해달라는 건가요?"

"그냥, 전부 말입니다. 모든 것. 지은이에게 희재양을 낳지 말라고 권했던 그 밤의 일들 말입니다. 지금 나를 음해하는 말들, 내가 짊어진 그 십자가는 잠시나마 생명을 부정하려고 했던 바로 그 대가겠죠. 지난 이십오 년 동안, 그 일로 나와 나의 가족은 충분히 고통받았지만, 어쨌거나 희재양이 당사자이니 다시 한번 용서를 구한다는 뜻입니다."

그가 말한다.

"그게 나한테 용서를 구할 일은 아닌 것 같은데요. 하지만 엄마에게도 용서를 구할 일이 없겠군요. 그럼에도 엄마는 나를 낳았으니까."

그는 이십오 년 전에 우리가 어떤 사람이었는지 기억하지 못한다고 하지만, 나는 어제의 일처럼 똑똑하게 기억하고 있다. 이십오 년 전의 검모래는 며칠 뒤에 지붕들이 날아가고 나무가 뽑혀나가는 정전의 밤이 찾아오리라는 건 상상조차 할 수 없을 정도로 평화로운 마을이었고, 이십오 년 전의 그는 뜻하지 않은 임신으로 혼란에 빠진 제자에게 은밀하게 낙태를 강권하기 위해 한밤중에 택시를 대절해 그 마을을 찾아가던, 신혼의 독일어 선생님이었고, 이십오 년 전의 너는 그 모든 일들에 대해서는 아무것도 모른 채 엄마의 양수 속에서 안전하게 보호받으며 무럭무럭 자라던 태아였다. 그리고 이십오 년 전의 나는 너라는 날개를 품은 행복한 사람이었다.

"정지은을 사랑했나요?"

네가 묻는다. 그는 묵묵부답이다.

"엄마를 사랑했나요? 말해주세요."

"그때 지은이는 아버지를 잃은 슬픔에서 헤어나오지 못하고 있었어요. 난 선생으로서 그런 지은이를 도와주려고 했던 것뿐이에요."

"그렇다면 왜 일부러 찾아가서까지 낙태를 시키려고 했나요?"

너를 바라보는 눈빛이 흔들리는가 싶더니 이내 그는 고개를 돌린다.

"그 일만은 카밀라 양, 아니 희재양에게 용서를 구하고 싶어요. 하지만 그때는 누구도 지은이가 희재양을 낳는 걸 바라지 않았어요. 누구에게도 좋은 일이 될 수 없었구요. 그중에서도 지은이에게 가장 좋지 않은 일이었지요."

"엄마도 그렇게 생각했나요?"

"설득은 실패했어요. 혼자서 결정할 수 없는 문제라고 했지요. 그래서 내가 물었어요. 아이의 아버지가 누구냐고."

"누구라고 하던가요?"

네가 묻는다. 최성식은 너를 물끄러미 쳐다본다. 너도 그를 물끄러미 쳐다본다.

"대답하지 않았어요. 대신에 그날 밤, 나는 이 집에서 나오다가 그 사람이 휘두른 칼에 옆구리를 찔렸지요. 그 사람은 나와 지은이가 나누는 대화를 다 엿듣고 있었던 거예요."

"그 사람이라뇨? 누굴 말하는 건가요?"

그때 하늘색 스카프를 목에 두르고 맵시 있게 정장을 차려입은 오십대 여자가 집안으로 들어왔다.

"집 앞에서 당신이 이 아이를 자동차에 태우고 가는 걸 봤어요. 여긴 왜 온 거죠? 뒤늦게 이 아이한테 혈육으로서 도리를 다하겠다는 건가요?"

그녀가 쏘아붙인다. 보자마자 네가 알아차렸듯이 그녀는 너와 유이치가 진남여고를 방문했을 때 너희를 열녀각으로 안내했던 교장, 그러니까 신혜숙이다.

그대가 들려주는 말들은
내 귀로도 들리고

　자기 관리에 실패한 중견 탤런트처럼 한물간 듯한 과장된 표정과 목소리로 최성식이 "내가 이애의 아버지가 될 수 없다는 걸 당신이 더 잘 알잖아?"라고 시작하는 말들을 신혜숙에게 쏟아내는 동안, 너는 그날 아침 뉴스에서 본 한반도 기상위성 사진을 떠올린다. 더 정확하게 말하자면, 그 기상위성 사진 앞에 선 캐스터였다고 말하는 게 옳겠지만. 그녀는 목련꽃잎을 연상시킬 만큼 유별나게 너른 깃이 달린 하얀색 블라우스에 빨간 미니스커트를 입고 있었다. 그런 젊은 차림새와는 어울리지 않는 심각한 표정으로 캐스터는 오른손으로 대만과 일본 사이의 해상을 가리켰다. 그 손끝에서 작고 검은 구멍을 품은 하얀 원이 왼쪽으로 회전하고 있었다. 얼핏 봐도 남한 전체를 뒤덮고도 남을 만큼 큰 태풍이었다.
　"그날 내가 지은이를 찾아온 것도 다 당신 때문이었잖아. 당신이 왜 나를 여기에 보냈는지 그 이유를 차마 내 입으로 말할 수는 없지만, 어쨌든 그 일이 아니었다면 내가 그 친구의 칼에 찔리는 일도 없었겠지. 그랬다면 모든 게 달라지지 않았을까?"

"무슨 소리야? 내가 당신을 지은이에게 보낼 이유가 어디 있어? 무슨 다른 이유가 있으니까 그 깊은 밤에 지은이를 만나겠다고 여기까지 온 것이겠지."

신혜숙이 최성식에게 말한다.

"정말 기억나지 않아? 왜 당신이 나를 지은이에게 가라고 말했는지?"

최성식은 금방이라도 울음을 터뜨릴 듯한 표정을 짓는다. 그런 그를 측은하다는 듯 신혜숙이 바라본다.

"그 밤에, 당신은 지은이가 보고 싶어서 여기까지 온 거지. 어떻게 됐는지 궁금해서 미칠 지경이었을 테니까."

최성식은 고개를 설레설레 흔든다. 그의 표정은 다시 정상으로 돌아온다.

"그 밤에 내가 여기에 온 건 다른 이유가 있었지만, 이 자리에서 그걸 말할 수는 없겠지. 하지만 당신은 나를 믿어야만 해. 당신이야말로 내 말을 믿어야만 해."

그러더니 그는 너를 쳐다본다.

"희재양도 내 말을 믿어야만 합니다. 내게 잘못이 있다면, 그날 밤 지은이에게 낙태를 강요한 일뿐입니다. 그 대가는 이미 치를 만큼 치렀어요. 희재양이 태어나면서 지난 이십오 년 동안 우리 부부는 고통을 받았으니까요. 게다가 교육감 선거에 나서는 나를 낙마시키기 위해서 제자와 부도덕한 일을 저지른 교사로 나를 몰고 가려는 사람들이 있다는 걸, 그들 중에는 내가 가르친 제자도 있다는 걸 나도 알고 있어요. 하지만 그렇다고 해서 아닌 걸 맞다고 인정할 수는 없어요. 그러니까 내 말은……" 그는 신혜숙을 힐끔 쳐다봤다. "저 사람은 아직까지도 나를 의심하지만, 나는 희재양의 아버지가 아닙니다. 지은이와 부도덕한 일을 한 적도 없습니다. 그러니 더이상 우리를 찾아오지 마세요. 알겠나요?"

"그 밤에 선생님을 칼로 찔렀다는 그 사람은 누구인가요?"

네가 최성식에게 묻는다.

"정재성이에요."

그러나 대답은 신혜숙이 한다. 마치 외세의 침략 앞에서 정쟁을 잠정 중단한 정치인들처럼.

"그게 누군가요?"

너는 그 이름을 잊었는지 모르지만 그는 나의 오빠다.

비가 내리기 전에 호텔로 돌아가야만 할 것 같아서 마음이 급한데, 해풍이 먼저 너희의 귓전을 스쳐 산마루로 향한다. 오르막길이라 스쿠터 엔진 소리가 요란하다. 너는 지훈의 등에 몸을 바투 기댄 채 두 팔로 허리께를 꽉 잡고 있다. 가파른 시멘트 길이 끝나고 버스 정류장이 있는 2차선 도로로 나오자, 엔진의 울부짖음이 잦아든다. 거기서 다시 고갯마루 쪽으로 향하기 전에 너는 네가 태어났다는 그 마을을 한번 돌아본다. 검모래, 내가 너를 처음 만난 그 마을을. 화가가 자신이 그린 풍경화가 마음에 들지 않아 무채색 물감을 먹인 솜으로 색깔을 뭉개듯 해무가 검모래의 자랑인 계단식 논들을 지우고 있다.

바람에 고무된 탓인지 너희가 탄 스쿠터가 다도해 전망대가 있는 정상에 도착할 무렵에는 안개도 발치까지 밀려들 정도로 바지런하다. 지훈은 전망대 주차장에 스쿠터를 세운 뒤, 헬멧의 실드를 위로 올린다. 간이매점인 회색 컨테이너 박스의 상단에 내건 플래카드가 바람 소리를 내며 요란하게 떨어댄다. 주차장에는 자동차 두 대가 서 있었지만, 다들 매점으로 들어갔는지 사람들은 보이지 않는다. 길을 잃은 토끼처럼 그는 양발을 땅에 디디고 고개를 쭉 내밀어 좌우로 두리번거린다. 엄청난 속도로 밀려드는 해무의 물결뿐, 공단과 진남 시내는 전혀 보이지 않는다.

"괜찮아요?"

자신을 잡은 손길이 너무 절박하게 느껴져 지훈이 묻는다. 왼쪽으로 몸을 돌려 너의 표정을 읽으려고 했으나 네가 얼굴을 등에 바짝 붙이고 있어 그의 눈에는 푸른색 헬멧만 얼핏 보일 뿐이다. 바람이 너무 세차게 불어서 너는 그의 말을 듣지 못했을 수도 있다. 만약 네가 뭐라고 대꾸했더라면, 그는 너에게 눈으로 보고 귀로 들었다고 해서 모든 걸 곧이곧대로 믿어서는 안 된다고 말했을 것이다. 그건 경험에서 우러난 생각이다. 익사자를 수색하면서 지훈은 눈과 귀 때문에 오히려 많은 것들을 보지도, 듣지도 못한다는 걸 배웠으니까. 그건 두려움 때문이다. 일단 두려움에 사로잡히면 눈과 귀는 제멋대로 보고 싶은 것만 보고, 듣고 싶은 것만 듣는다. 하지만 그는 괜찮으냐고 한번 더 묻지 않는다. 지금 너에게는 그런 어설픈 위로의 말 따위는 아무런 소용도 없다는 게 등으로 느껴지기 때문이다. 여전히 너는 그의 등에 몸을 바짝 붙인 채, 두 팔로 그를 잡고 있다. 지훈은 등으로 너의 존재를 고스란히 느낀다. 인간은 가여운 존재라 끊임없이 다른 인간을 필요로 한다고 그는 생각한다. 그게 설사 아무런 표정도 느껴지지 않는 등이라고 해도. 그런 생각을 하니, 몸속 어딘가 딱딱하게 굳은 고형의 덩어리가 녹아내리는 것 같다고 지훈은 생각한다.

그때 뒤쪽에서 검은색 자동차 한 대가 헤드라이트를 밝히며 고개를 넘어온다. 그 자동차를 보는 순간, 지훈은 그게 최성식의 소나타라는 걸 알아차린다. 소나타는 갓길에 지훈의 스쿠터가 서 있는데도 속도를 늦추지 않고 그들을 향해 달려온다. 이미 피할 방법은 없다. 쩌려보면 그 차의 속력을 늦추는 초능력이라도 발휘할 수 있다는 듯 지훈이 운전석에 앉은 최성식을 쏘아본다. 최성식의 얼굴은 검정 셀로판지 뒤에 있는 것처럼 불투명하고 흐릿하다. 그의 자동차가 그 속력 그대로 너희가 탄 스쿠터를 스쳐지나간다. 지훈의 입에서 욕설이 튀어나온다. 지훈이 실드를 내리고 다시 출발하려는데, 뒤쪽에서 경적 소리가 들린다. 돌아보니, 하얀색 모닝이 비상등을 깜박이며 천천히 다가오고 있다. 너희는 고개를 돌려 운전석에 앉은 신혜숙을 쳐다본다. 그녀는 오른손을 흔들며 잠깐 서라고 손짓을 보낸다. 너희 옆에까지 온 신혜숙은 조수석의 차창을 내린다.

"지금 여름방학을 이용해서 도서실이 있는 부속 건물을 철거중이에요."

신혜숙이 뒷좌석에 앉은 너에게 말한다.

"정말인가요?"

너의 목소리가 떨린다.

"벌써 오래전에 철거했어야 했던 건물이에요. 카밀라 양이 안타까워할 이유는 전혀 없어요. 어쨌든 그래서 방학이 시작되기 전에 가치가 있는 책들을 고른 뒤 남은 책들을 모두 고물상으로 넘겼어요. 그러다가 이 책을 찾았어요. 지난번 카밀라 양이 학교 도서실에 왔을 때, 혹시 발견하게 되면 연락해달라던 문집이에요. 『바다와 나비』제2집입니다. 정지은이 쓴 시가 두 편 실려 있어요."

신혜숙이 조수석에 있는 책을 들어서 너에게 내민다. 너는 손을 뻗어 그 문집을 받는다.

"찾아서 다행이네요."

네가 말한다.

"정말 다행이에요. 나도 이번에야 거기 실린 정지은의 시를 읽었는데, 그 시를 읽고 나니 카밀라 양이 남편의 딸이 아니라는 걸 알겠더군요."

"어떻게 아신다는 건가요?"

너의 물음에 신혜숙은 고개를 갸우뚱거린다.

"이유를 설명할 수는 없어요. 그냥 감이에요. 여자로서의 감. 그이가 말한 것처럼 난 지난 이십여 년 동안 그이를 의심했어요. 카밀라 양이 그이의 딸이 아닌가 해서요. 카밀라 양이 태어난 뒤로 난 단 하루도 그이를 진심으로 사랑해본 일이 없어요. 하지만 지금 와서 다시 그이를 사랑할 수도 없어요. 그건 불가능해요."

"사랑하지도 않으면서 어떻게 이십여 년을 함께 살 수 있는 건가요?"

그 말에 신혜숙이 낯을 찌푸린다. 이십오 년 전에 그랬듯, 지금도 그 여자에게는 자존심이 가장 중요하다는 걸 알겠다. 신혜숙은 네게 반말을 하는 것으로 손상받은 자존심을 회복하려고 한다.

"넌 천만번 다시 태어나도 내 마음을 알 수 없어. 그런 주제에 우리 부부에 대해서 다 아는 것처럼 글을 쓰지 않기를 바랄 뿐이야. 문집은 네 아버지가 그이가 아니라는 걸 알려주기 위해서 주는 거야. 이젠 미친 짓을 그만했으면 좋겠어. 만약 무슨 책 따위에 우리에 대해서 한 줄이라도 써놓는다면, 거기가 미국이든 어디든 가만두지 않겠어. 네 엄마에 대해서 일부러 말하지 않은 사실들이 한둘이 아니니까. 미리 경고하는 거야. 그리고 앞으로 우리가 개인적으로 만날 일은 절대로 없을 거야."

네가 뭐라고 대꾸하기도 전에 조수석의 창문이 천천히 올라간다. 창문이 다 올라가자, 신혜숙은 고개를 돌리고 출발한다. 모닝이 안개 속으로 들어가고 난 뒤에도 비상등은 오래도록 깜빡인다. 그 비상등이 거의 보이지 않을 때까지 기다렸다가 지훈도 다시 출발하겠다고 네게 말하고 안개 속으로 들어간다. 지그재그로 내려가는 도로라 멀리 모닝의 비상등이 또렷해지는가 싶으면 다시 사라진다. 조금 더 다가가면 안개는 그만큼 더 물러서고, 조금 더 빨리 다가가면 안개는 그만큼 더 빨리 멀어진다. 이 안개는 영리하고도 재빠르다.

호텔에 거의 도착할 무렵, 빗방울이 떨어지기 시작한다. 너를 먼저 호텔 현관에 내려준 뒤, 지훈은 그랜드볼룸이 있는 별관 옆에 스쿠터를 세운다. 호텔 현관으로 걸어가다가 그는 언젠가 네가 보낸 메일을 떠올린다. 메일함에 제목도 없는 메일이 들어 있기에 그냥 지우려다가 'Camilla Portman'이라는 이름이 낯이 익어서 그는 메일을 열어봤다. 메일에는 안부를 묻거나 날씨 얘기 같은 것도 없이 다짜고짜 한 줄의 문장만 적혀 있었다. '왜 그때 나를 죽게 내버려두지 않았나요?' 지훈은 그 자리에서 세 시간 동안 A4용지로 두 페이지가 넘는 기나긴 메일을 썼다. 왜 당신을 죽게 내버려두지 않았느냐면 말입니다. 뭐, 그렇게 시작하는 메일이었다. 다음날 잠에서 깬 뒤, 지훈은 그 메일을 지워버렸다. 다시 읽어보니 너와는 아무런 상관도 없는, 자기 연민에 가득찬 글이었기 때문이다. 그때 알게 된 메일 주소가 없었다면, 라디오에서 그런 사연을 들었다고 해도 네게 연락을 취하진 않았을 것이다. 아니, 메일 주소를 안다고 해도 네 메일이 지훈의 안부도 묻고, 자신의 근황도 얘기하고, 또 그때는 고마웠다는 식이었다면. 하지만 메일은 달랑 한 줄뿐이었고, 너와 재회하지 않는 한, 그 한 줄이 평생 자신을 따라다닐 것을 지훈은 알고 있었다. 그가 너에게 연락한 건 그 때문이었다.

호텔 현관에 이르자, '長崎外国語大学'이라고 써놓은 종이가 붙은 관광버스에서 승객들이 줄지어 내리고 있다. 퍽이나 운이 나쁜 일본인들이다. 며칠 전까지만 해도 부두를 날아다니는 갈매기들의 몸통이 새하얗게 느껴질 정도로 하늘이 파랬는데. 하지만 우산살이 그대로 드러날 정도로 바람이 부는 거야 우리에겐 일상다반사라고 말하는 듯 나가사키 사람들의 표정은 나쁘지 않았다. 회전문을 밀고 안으로 들어가자 나가사키 외국어대학에서 온 사람들인 듯 캐리어를 끌고 온 남자들이 둥글게 빙 둘러서서 떠들고 있었다. 다습한 실외 공기 때문에 로비에는 에어컨을 강하게 켜놓아서 춥다고 느껴질 정도다. 그건 어쩌면 대리석 바닥 때문인지도 모른다. 리셉션에서 식당 쪽으로 가는 길에는 어쩐지 투박하다는 느낌이 들 정도로 파랗기만 한 기둥 사이로 통유리를 설치해 바깥 부두 쪽이 환히 보이도록 했다. 그 통유리창으로 빗물이 여러 줄기를 이루면서 흘러내리고 있었다. 그 통로를 따라 걸어가면서 둘러봐도 네가 보이지 않았기 때문에 그냥 방으로 올라간 것인가 하고 지훈은 생각한다. 그냥 방으로. 작별 인사도 없이.

　놋쇠 뚜껑을 닫아놓은 뷔페용 음식 그릇이 줄지어 서 있는 풍경이 보이는 식당까지 갔다가 지훈은 다시 돌아선다. 그제야 통유리창 맞은편에 있는 카우치 소파가 눈에 들어온다. 등받이를 펼치면 침대로 바뀔 것 같은, 밋밋한 베이지색 3인용 소파다. 너는 그 소파의 맨 왼쪽 자리에 앉아 있다. 네 옆에는 통유리창 옆의 기둥과 같은 색깔인 푸른색 터키 도자기가 놓인 탁자가 있고, 그 탁자 위에는 타원 거울이 붙어 있다. 소파가 그다지 높지 않은 탓에 너는 몸을 웅크려 두 팔꿈치를 무릎 위에 올려놓은 채 미간을 찌푸리며 골똘히 신혜숙에게서 받은 문집을 들여다보고 있다. 하얀 민소매 셔츠 덕분에 양쪽 어깨와 두 팔이 더욱 짙어 보인다. 아마도 비바람이 몰아치는 통유리창에 마음을 빼앗겨 너를 보지 못한 모양이라고 지훈은 생각한다. 로비에 관광객들이 많았기 때문인지, 아니면 문집에 사로잡혔는지 지훈이 옆에 앉는데도 너는 인기척을 느끼지 못한다. 그는 네가 고개를 들어 자신을 바라볼 때까지 네 옆모습을 자세히 뜯어본다.

　"언제 왔어요? 왔다고 말하지 그랬어요?"

　마침내 고개를 돌린 네가 지훈에게 말한다.

"그걸 너무 열심히 들여다보시길래. 재미있나요?"

문집을 가리키며 지훈이 묻는다.

"재미? 모르겠어요. 시는 아직 잘 모르겠어요."

네가 말한다.

"제가 잠깐 봐도 될까요?"

"물론이에요."

지훈은 네게서 문집을 받아든다. 색을 여러 번 칠해서 탁하게 만든, 흡사 추상표현주의를 연상시키는 표지화 위에 해서체로 '바다와 나비'라는 제목이, 제목 아래에는 '第2集 1987年'이라고 발행 연도가, 그림 아래에는 '鎭南女子高等學校'라고 학교 이름이 명조체로 인쇄돼 있다. 표지를 넘기자 목차가 인쇄된 코팅지가 나온다. 『바다와 나비』 제2집에 나는 두 편의 시를 실었다. 지훈은 그중 첫 번째 시를 찾아서 눈으로 읽는다. 나 역시 그 시를 읊조린다.

北海

이 해변에 더 必要한 것은 거의 없다

파란 달이라거나
바닷속의 무지개
혹은 분수에서 뛰어노는 돌고래들조차도

물새들은 해변의 체취를 밟으며 걸어간다
물새들의 발은 비리고
머리는 환하다
별들 사이에 있다

나는 누구인지도 모르면서 그 이름을 부른다
어쩌면 나는 오래전부터
한 사람만을 기다려온 것일지도
알뜰하게
해변의 *必要* 안에서
꼭 그만큼만
이 순간만
이 한 사람만

바람은 *海松*의 머리칼 사이로 스며들고
낮은 길어서 아직 빛은 풍요롭고
그대가 들려주는 말들은 내 귀로도 들리고
사랑이라고도 하고, 또 사랑이 아니라고도 하고
불행하다고도 하고, 또 불행하지 않다고도 하고
외로운 소리는 한 번 들려왔다가 또 멀어졌다가

바다여

　　바다여

　　"어떤 시 같아요?"

　　네가 묻는다. 지훈이 고개를 들고 너를 쳐다본다.

　　"어딘가 이 세상에 없는 곳에 대해서 쓴 시인가봐요. 현실이 아닌 비현실을 노래했거나."

　　그가 말한다.

　　"어째서 그런가요?"

　　"이 한자는 북쪽 바다라는 건데, 우리나라에는 북쪽에 바다가 없거든요. 서해, 동해, 남해뿐이거든요. 북해라는 바다는 없어요."

　　너는 알 듯 말 듯한 표정을 짓는다.

　　"다음 시에는 내 이름이 나와요. 다음 시도 읽고 해석해주세요."

　　네가 말하는 시의 제목은 '어느 저녁, 洋館에서'인데, 거기에다 나는 '20년 뒤의 희재에게'라는 부제를 붙였다. 너는 지금 그 이야기를 하고 있다.

　　어느 저녁, 洋館에서

　　—20년 뒤의 희재에게

기다림이 하나의 계절이 되었다
그대 굽은 팔꿈치를 닮은 어린 달이
마른 감나무 가지에 걸리는 동안,
떼를 지어 날아가는 겨울 철새들
걸어도 그 끝에 가닿을 수 없었던 어떤 오솔길로
십일월의 몇몇 날들이 빗방울처럼 져버리고
재가 날리듯 여기저기 안개가 피어오른다

착한 사람들 모두 잠자기 좋은 저녁 공기다
눈물도 가깝지 않고 이별도 멀리 있으니
세세토록 이 나라에서 평안하리라
안개를 닮은 사람들, 가마니로 나무의 등걸을 감싸고
한 별빛이 다른 별빛을 만나 하얀 강을 이룬다
저녁 강은 되비춰 하늘을 가르며 흐른 뒤,
그대 웃음을 닮은 하얀 새벽으로 쏟아진다

기다림이 하나의 계절이 되었다
멀리 있는 어스름, 멀리 있는 물푸레, 멀리 있는 우물
여기에서 모든 것은 서로 나란히 떨어져 서 있으니
안개가 만든, 안개를 닮은, 안개의 너와 나

지훈은 시를 한번 더 읽는다. 이번에는 낮은 목소리로 중얼거리기도 한다. 그가 시를 끝까지 읽는 동안, 나는 희재를 생각한다. 희재. 나의 심장, 나의 피.

"이건 희재씨를 위해서 쓴 시네요."

지훈이 네게 말한다.

"나중에 아이를 낳으면 희재라고 이름을 짓겠다고 엄마가 문집에 써놓았어요."

"그렇군요. 이건 재미있네요. 여기서 말하는 양관이 어딘지 알겠네요. 진남여고 근처에 있는 이층 벽돌 건물인데, 지금은 '바람의 말 아카이브'가 됐어요. 일제시대 때 호주인 선교사가 지은 건물이라 어른들은 목사관, 또는 양관이라고 불렀다고 들었어요."

그렇게 말하고 지훈은 통유리창을 바라본다. 한밤중인 것처럼 어두운 하늘에서 비바람이 창을 향해 쏟아지고 있다. 아이맥스 영화관에 앉아 있는 듯한 기분이다.

"바람의 말 아카이브라는 건 뭔가요?"

"진남에서 살았던 사람들의 개인적인 역사를 수집하는 곳이라고 하던데요. 어제 희재씨가 들었던 그 방송에 소개되던 이야기가 바로 그 바람의 말 아카이브의 소장 자료예요. 지금 매주 한 편씩 바람의 말 아카이브에 수집된 자료들 중에서 사랑과 관련한 것들을 소개하고 있거든요."

"그러고 보니 진남여고 근처의 이층 벽돌 건물이라면 나도 한

번 가본 적이 있어요. 지난봄에 진남여고에서 나와서 정신없이 걸어다니다가 막다른 골목에 이르렀는데, 거기 끝에 이층 벽돌집이 있었어요. 거기가 어딘지도 모르고 안으로 들어갔지요. 대문을 지나면 양쪽으로 정원이 있고, 현관으로 올라가는 계단이 나오지 않나요?"

"글쎄요. 진남여고 근처에는 그런 오래된 이층 벽돌집이 양관뿐이니까 맞겠죠."

"하얀색 격자창에, 음, 그리고 정원 한쪽에 그네가 있었는데."

네가 기억을 더듬으면서 지훈에게 말한다.

"그럼 맞겠네요. 별거 아닌 그네인데, 앨리스가 타던 그네라고 그걸 보려고 찾는 사람들이 많아요. 한동안 폐가나 다름없었는데 바람의 말 아카이브가 되면서 싹 바뀌었죠. 그래서 희재씨도 들어갈 수 있었겠지만."

너는 그날 그 그네에 앉아 있던 오후를 떠올린다. 양관 앞에 서 있던 시비에 적힌 'And sore must be the storm/That could abash the little bird/That kept so many warm(매서운 폭풍에도 굴하지 않고/그 작은 새는 수많은 이들을/따뜻하게 지켜주리니)'라는 구절을 읽고 너는 이십여 년 전, 절망에 빠져 바다에 뛰어든 한 소녀를 누군가 한 사람은 생각해야만 한다면, 그건 바로 너여야만 한다는 사실을, 그러므로 그때까지 너를 이끈, 왜 친모는 나를 버렸을까 하는 질문은 잘못됐다는 사실을 깨달았다. 버림받은 사람은 네가 아니라 나였다고 너는 생각한다. 그러면서 한 번도 본 일이 없는 나를, 그러니까 너의 엄마를 생각한다.

"거기 그네를 타고 있으면 멀리 진남 앞바다가 보였어요. 그날 그 언덕에서 내려와서 저녁에 유람선에서 뛰어내린 거예요. 그뒤의 이야기는 저보다 더 잘 아시겠죠?"

"뭐, 덕분에 그 만나기 어렵다는 생명의 은인이 됐지요."

지훈이 진담을 우스개처럼 말한다.

"물론 지훈씨 덕분에 그때 나는 살아날 수 있었어요. 그런데 거기에 한 사람이 더 있었어요. 구조된 뒤에 다시 바다로 들어가려고 한 건 재차 자살 시도를 하려는 게 아니라 한 번만 더 그 얼굴을 봤으면 해서였지요."

네가 말한다.

"거기에 한 사람이 더 있었다니, 그게 무슨 말인가요? 바닷속에 나말고 또 누가 있었단 말인가요?"

지훈이 의아하다는 듯 묻는다. 너는 고개를 끄덕인다.

"맞아요. 거기 바닷속에 한 사람이 더 있었어요. 그러니까⋯⋯ 엄마가. 사진으로 봤을 뿐 한 번도 만나본 일이 없었지만 엄마라는 걸 알겠더라구요. 열여덟 살 그 모습 그대로, 눈을 감고 있었어요. 내 말이 믿기지 않겠지만, 거기 엄마가 있었던 건 사실이에요. 혹시 눈을 뜰까 싶어서 손을 뻗어 얼굴을 만졌는데, 그 살의 부드러움과 그 뼈의 단단함이 고스란히 느껴졌어요. 그 느낌은 한동안 손끝에 생생하게 남아 있어요. 말하자면 그 손끝의 감각에서 나는 다시 태어난 거예요. 그렇게 오래도록 엄마는 눈을 감고 있었어요. 지금까지는 늘 왜 나는 이 세상에서 환영받지 못했을까가 궁금했는데, 그뒤로는 그녀가 더 궁금해졌어요. 왜 그녀는 외롭게 죽어야만 했을까. 내 말이 이상하게 들리겠지만, 나는 나보다 어린 엄마를 만난 적이 있어요."

나는 네가 조금도 이상하다고 생각하지 않는다. 지금 네 이야기를 들으며 창밖으로 쏟아지는 빗줄기를 바라보는 지훈처럼 나도 너의 말을 곧이곧대로 믿는다. 파도가 바다의 일이라면, 너를 생각하는 건 나의 일이었다. 너와 헤어진 뒤로 나는 단 하루도 너를 잊은 적이 없었다. 2005년을 기점으로 너는 나보다 더 나이가 많아졌지. 그럼에도 네가 영원히 내 딸이라는 게 믿기지 않는다. 내 안에서 나보다 나이가 많은 네가 나왔다니, 그게 얼마나 대단한 경험인지 네게 말하고 싶지만 말할 수 있는 입술이 내게는 없네. 네 눈을 빤히 쳐다보고 싶지만, 너를 바라볼 눈동자가 내게는 없네. 너를 안고 싶으나, 두 팔이 없네. 두 팔이 없으니 포옹도 없고, 입술이 없으니 키스도 없고, 눈동자가 없으니 빛도 없네. 포옹도, 키스도, 빛도 없으니, 슬퍼라, 여긴 사랑이 없는 곳이네.

"나는 어린 엄마를 꽉 안았어요."

네가 말한다.

너희는 호텔 앞에서 검정색 개인택시를 잡아탄다. 바람을 탄 빗방울들이 검은 밤 속으로 제멋대로 몰려다닌다. 너는 비에 젖은 이마를 오른손으로 닦으며 왼쪽 창밖을 바라본다. 바로 옆이 내항이건만 퍼붓는 빗줄기 때문에 가로등 불빛이 멀다. 그 바다의 모든 빛들은 흔들리면서 사라지고 있다. 너는 망각이 아니었다면 우리에게는 행복도, 명랑함도, 희망도, 자부심도, 현재도 있을 수 없다던 니체의 말을 떠올린다. 밤이 있어서 얼마나 다행인가! 인간은 잊을 수 있어서. 그렇게 중얼거리면서도 너는 양관으로 향하고 있다. 검정색 택시는 밀려드는 빗물을 처리할 능력을 상실한 하수구 때문에 물이 고인 도로 위를 미끄러지듯 나아간다. 진남여고 앞에서 택시는 작은 고개 너머 양관 삼거리 쪽으로 좌회전한다. 바다를 향해 흘러내리는 빗물과는 반대 방향으로, 그리고 눈물도 가깝지 않고 이별도 멀리 있으니 세세토록 평안할 어떤 나라 쪽으로 올라가리라.

나는 너희보다 먼저 양관으로 향한다. 양관은 이십오 년 전과 마찬가지로 거기 그대로 서 있다. 태풍 전야는 칠흑처럼 어둡지만, 눈동자를 통하지 않고서도 나는 그 풍경을 볼 수 있다. 붉은 지붕 바깥으로 튀어나온 다락방의 창문, 부엌으로 올라가는 계단과 붉은 벽돌 한쪽 귀퉁이를 따라 쭉 이어지는 빗물받이, 바다를 향해 두 팔을 펼치는 듯 양쪽으로 활짝 열리던 이층의 창문들…… 비가 오는 밤이면 지붕을 때리는 빗소리에 잠을 못 이룰 정도였으니 태풍이 부는 오늘 같은 밤이라면 어떤 사람이라도 깨어 있으리라. 짐작대로 양관의 창마다 불빛들이 환하다. 거기 일층 창으로 한 사람의 그림자가 어른거린다. 그는 창밖을 바라보고 있다. 벌써 오래전부터 우리는 그렇게 깊은 밤이면 서로를 응시하고 있다. 거기, 양관의 밤에는 우리말고도 소녀가 또 있다. 그리움처럼 그 소녀는 밤의 양관을 떠돈다. 그는 그 소녀를 보고, 또 나를 본다.

　이윽고 너희가 탄 택시의 전조등 불빛이 마치 춤을 추듯 양관 입구에 서 있는 사철나무들 푸른 이파리 위에서 흔들린다. 그는 어둠에서 시선을 돌려 그 불빛을 바라본다. 차에서 내린 너희의 실루엣을 비추던 전조등 불빛이 왼쪽으로 선회하면서 사라지고, 다시 어둠과 빗소리만 남는다. 너와 지훈은 호텔 벨보이가 들고 있던 것과 똑같은 우산을 들고 바람의 말 아카이브의 대문까지 걸어간다. 너와 지훈은 마치 하나의 몸인 것처럼 꼭 붙어서 움직인다. 바람은 그런 너희를 떼어놓겠다는 듯 기세등등하게 몰아친다. 그는 너희가 대문의 초인종을 누를 때까지 창가에 서서 기다린다. 잠시 뒤, 초인종 소리가 집안을 울린다. 그는 초인종 소리가 한번 더 울릴 때까지 기다린다. 이십사 년을 기다렸기 때문에 조금 더 기다리는 건 그다지 어렵지 않으니까. 그러나 이번에는 좀체 초인종이 울리지 않는다. 그는 눈을 감는다. 십여 초가 더 흐른 뒤, 다시 초인종 소리가 들린다. 이번에는 그가 현관문을 열고 바깥으로 나간다. 그는 우산을 펼치고 입구까지 뛰어간다. 억수같이 쏟아지는 비라 금

세 바짓단이 젖는다. 그는 크게 심호흡을 한 뒤, 대문을 연다. 거기
문밖에 네가 서 있다.

"관람시간이 지났습니다."

그가 말한다.

"죄송합니다. 내일까지 기다릴 수 없어서 이렇게 찾아왔습니
다."

네가 말한다.

"부탁이 있습니다."

"누구신가요?"

그가 묻는다.

"아, 저는 카밀라 포트만이라고 합니다. 한국 이름은 정희재입
니다."

네가 너를 소개한다.

"희재라고요?"

"예, 희재입니다. 왜 그러신가요?"

"왜냐하면, 제 이름도 희재거든요."

그가 너를 바라본다. 너도 그를 바라본다. 벌써 오래전부터 서로
를 응시하고 있었다는 듯이.

제3부

우리

적적함, 혹은 불안과 성가심 사이의
적당한 온기

우리 시대에는 고독이 외롭다. 지난봄, 미국에서 한 입양아가 친모를 찾아서 진남을 방문했다는 기사를 트위터 링크를 통해 읽었을 때, 윤경의 머리에 제일 먼저 떠오른 생각이었다. 그 기사를 발견하고 사진까지 올린 정희가 '지은이 딸이 엄마를 찾고 있다네'라는, 그 뜻에 비해서는 꽤 무덤덤하게 들리는 설명을 덧붙이지 않았다면, 다들 꽃이 핀 동백나무 앞에서 갓난아이를 안고 있는 그 여학생이 한때 자신과 같은 고등학교를 다녔던 소녀라는 걸 눈치채지도 못했을 것이다. 그건 우리가 둔감하거나 무정했기 때문이라기보다는 그 촌스러운 단발머리와 아줌마나 입고 다닐 듯한 검정색 긴 원피스 때문이었다. 솔직히 말하자면, 처음에는 정희가 쓴 설명을 읽고도 우린 그게 무슨 소리인지 이해하지 못했다. 이 촌스러운 애가 지금 누구를 안고 있는 거니? 뭐야, 얘가 엄마를 찾는 게 아니라 이 갓난애가 얘를 찾고 있는 거라고? 정말 애가 애를 찾네. 누구라고, 그랬지? 지은? 정지은? 1학년 4반, 우리 반 정지은? 맞아, 그런 애가 있었지…… 반나절 사이에 그런 말들이 순식간에 타임라인을 채웠다가 아래로, 아래로 밀려났다.

윤경은 그 사진을 한참 들여다봤다. 우리와 마찬가지로 윤경 역시 정희가 말하는 지은이 어떤 아이였는지 잘 기억하지 못했다. 그건 예전에도 마찬가지였다. 그때도 윤경은 지은을 잘 몰랐다. 윤경이 지은에 대해 안다고 생각하는 사실들은 대부분 다른 친구들, 예컨대 미옥이나 현숙 등에게 들은 이야기였는데, 그 이야기들도 또 누군가 다른 애에게서 전해들은 풍문이었다. 그 사진을 찍을 무렵에도 지금처럼 트위터 같은 게 있어서 지은의 계정을 볼 수 있었다면 아마 윤경도 지은에 대해서 더 많은 것을 알 수 있지 않았을까? 하지만 그때는 지금의 세상과 너무나 달랐다. 그 사진 속, 갓 낳은 딸을 안고 있는 열아홉 살의 지은을, 그 아이의 고독을 이해할 수 있는 사람은 그때도 거의 없었다. 그러니 이제 와 그 고독을 이해해줄 사람은 아무도 없으리라. 그렇게 윤경은 사진에서 눈을 떼고 스마트폰을 껐다.

그때는 명진과 윤경이 아직 한창 좋을 때여서 그녀는 트위터 같은 것에 별로 신경을 쓰지 않았다. 일로 만난 잡지사 편집장과 프리랜서 사진작가의 연애는 아무래도 은밀하게 진행될 수밖에 없었는데, 덕분에 일주일에 한두 번 그의 오피스텔에서 머물다가 가는 짧은 만남은 더없이 짜릿했다. 짧게 자주 만나는 게 관계에 더 몰입하게 만든다는 것을 알고 있었기 때문에 윤경이 그의 침대에서 자고 가는 경우는 한 번도 없었다. 그렇게 연애 경험이 풍부한 여섯 살 연하의 남자에게 폭 빠져 있었으므로 윤경은 옛 급우의 딸이 엄마를 찾는다는 소식을 알고도 진남의 고향 친구들이 그냥 묻어두자고 모의한다는 사실을 전혀 모르고 있었다. 나중에 유진이 그 아이에 대해서 물었을 때에야 비로소 윤경은 카밀라 포트만이라는, 미국에서 엄마를 찾아서 진남에 왔다는 그 아이에 대해서 관심을 가질 수 있었다.

우리 중에서 트위터를 제일 먼저 시작한 사람은 진남사회운동연합에서 사무국장으로 일하는 미옥이었다. 미옥은 업무상 필요해서 트위터 계정을 개설한 뒤, 은행원의 아내인 정희를 끌어들였다. 트위터에 들어가서 아는 사람들의 이름을 검색하던 정희는 서울에서 '세븐틴'이라는 잡지사의 편집장으로 일하는 윤경에게 이미 트위터 계정이 있다는 사실을 알아냈다. 곧 정희는 윤경에게 멘션을 보냈고, 얼마 뒤 두 사람의 계정은 연결됐다. 여고 삼 년 내내 전교 수석을 놓치지 않았던 윤경은 이화여대 법학과에 진학하면서 엘리트의 길을 차근차근 밟아가기 시작하는 것처럼 보였다. 그렇게 진남을 떠난 뒤에는 고향의 친구들과 조금씩 멀어졌기 때문에 몇 년 뒤 윤경이 법률보다는 글쓰기에 더 많은 관심을 가졌으며, 그래서 첫 직장으로 『바자』의 피처 담당 기자로 일하게 됐다는 사실을 아는 친구들은 손에 꼽을 정도였다. 그렇게 졸업한 뒤에도 윤경과 계속 교류한 친구 중 하나가 바로 유진이었다.

진남의 친구들은 윤경만큼이나 유진의 근황을 잘 몰랐는데, 정희가 윤경을 팔로잉해서 계정을 살펴보니 그애가 팔로잉하는 사람 중에 유진이 있었다. 유진의 대학 시절이라면 PD민중민주주의 계열의 운동권이던 선배와 연애하느라 카메라를 들고 노동계의 이슈를 좇아 부천으로, 울산으로 뛰어다닌 게 거의 전부라고 할 수 있었다. 인간으로서 가장 뜨거웠던 한 시절을 함께 보낸 그 선배는, 하지만 몇 년 뒤 둘이 속한 연합 동아리의 다른 후배와 양다리를 걸치기 시작했고 유진은 몇 달에 걸친 이별 절차, 혹은 궁상떨기 끝에 첫사랑의 열병 속에서 차츰 벗어날 수 있었다. 그때 심야의 술친구가 되어준 사람이 바로 잡지 마감하느라 밥먹듯이 야근을 하던 윤경이었다. 친구의 궁상에 대한 윤경의 처방은 회사의 사진기자를 소개하는 일이었다. 그리고 유진은 깨달았다. 첫사랑은 잊히지 않는다는 사실을. 우리가 두번째 사랑을 하지 않는다면. 물론 첫사랑이 끝난 뒤, 우리는 대부분 두번째 사랑을 시작한다.

지은의 딸이 진남을 방문했을 당시 유진은 영국의 런던 서남쪽 외곽, 트래블카드의 존 6Zone 6에 속하는 킹스턴에서 영화감독 레지던스 프로그램에 참가하고 있었다. 봉준호, 장준환 등과 함께 한국영화아카데미를 11기로 졸업한 유진은 영화계로 진출해서 상업영화를 두 편 찍었다. 2003년 개봉한 첫 영화 〈초원의 빛〉은 디테

일이 살아 있다는 평을 받긴 했어도 그다지 큰 반응을 얻지는 못했는데, 2005년 두번째 영화인 〈사랑이 끝난 뒤〉는 여성주의 성애 영화를 표방하면서 인터넷에서 시끌벅적한 논란의 대상이 됐다. 그 논란의 시초는 『씨네21』과 가진 짧은 인터뷰 기사였는데, 거기서 유진은 "여성주의 성애 영화라는 게 도대체 무엇인가?"라는 기자의 질문에 "흡입을 배제한 모든 육체적 사랑을 뜻한다"고 대답했던 것이다. 당연히 유진에게는 동성애자의 혐의가 덧씌워졌는데, 그런 시선에 대해 "양성애자라면 모를까"라던 윤경의 냉소에서 알수 있다시피, 그러기에 유진의 연애 편력은 좀 남달랐다. 그래서, 그럴 리는 없겠지만, 어쨌든 유진은 그 사진에 대해 우리와 생각이 조금 달랐다.

벌써 며칠째 명진에게서는 연락이 없었다. 그렇다고 윤경이 그 사실을 서운해할 입장은 아니었다. 헤어지자고 말한 건 그녀 쪽이니까. 나이가 어려서 그런지 명진은 소유욕과 질투심이 강했다. 윤경이 다른 남자와 스스럼없이 포옹하거나 손을 잡는 모습만 봐도 토라지기 일쑤였다. 아마도 초등학교 5학년이 되면서부터라고 생각되는데, 윤경은 어려서부터 여자에게 스킨십이란 사용하기에 따라서 큰 무기가 된다는 사실을 알고 있었다. 그래서 남자의 애를 태우는 일에 윤경은 일가견이 있었는데, 이십대에는 남자친구가 질투심에 얼굴이 벌겋게 타올라 안절부절못하면 그게 사랑인 것 같아 속으로 흐뭇하기도 하고 그가 사랑스럽기도 했다.

하지만 이제 그런 일들일랑 다 옛일이 되어버렸다는 걸 우리는 알고 있었다. 마흔 살 이후에는 완전히 다른 호르몬이 작용하는지 이전과 우리의 사고방식은 180도 달라졌고, 그건 윤경도 예외가 아니었다. 그렇게 어려운 과정을 거쳐서 확인하는 사랑이라는 게 과연 진짜 사랑일까, 윤경에겐 그런 의문이 들었다. 질투심에 사로잡힌 젊은 남자들은 한결같아서 이래도 다른 남자 생각이 나느냐고 묻는 듯이 하룻밤에도 몇 번이나 섹스를 해댔지만, 이제는 그런 방법말고 다른 식의 친밀함은 없는지 윤경은 궁금했다. 나는 단순히 지친 나를 안아주는 것만으로도 치명적일 수 있는 나이가 된 거야. 술에 취해서는 명진 앞에서 뭐 그런 식의 선언을 해버린 것 같은데……

항상 술기운에 취해서 크게 싸우더라도 다음날이면 언제 그랬냐는 듯이 안부 전화를 걸어오던 명진인데, 이번에는 좀 오래가고 있었다. 어쨌거나 젊은 남자의 지나친 사랑이 성가실 수 있는 나이가 됐다는 거, 그게 중요했다. 하지만 막상 헤어지고 나서 며칠이 지나니 그 성가심이 그리운 건 또 무엇이란 말인가? 적적함과 불안의 차이를 여태 윤경은 구분하지 못하는 것인지도. 어쨌거나 적적함, 혹은 불안과 성가심 사이의, 적당한 온기를 지닌 감정이란 존재하지 않는다는 말인가? 중용의 아름다움 같은 거 말이다. 편집회의에서 윤경이 '고독의 재발견'을 특집 기획안으로 제시한 배경에는 그런 속사정이 있었지만, 그걸 눈치챌 수 있는 사람은 없었다.

"명색이 십대 소녀들의 감성과 트렌드를 주도한다는 『세븐틴』인데, 고독의 재발견이라니까 무슨 학술잡지의 공맹사상 특집 같은 소리처럼 들리네요?"

수석기자이자 편집부의 청일점인 정수가 말했다.

"그건 네가 몰라서 하는 소리야. 디지털 기기가 발달하면서 다들 소통이니 연결이니, 이런 말들이 최고의 가치를 지닌 것 같지만 오히려 피로를 호소하는 사람들도 꽤 많다고."

"편집장님이라면 또 모를까, 요즘 애들은 디지털 네이티브인데 과연 피로감을 느낄까요?"

"그래도 유부남보다는 내 감각이 좀더 젊지 않을까? 내 말은 이런 뜻이야. 휴대폰이나 대형 마트나 DMB 따위를 없앤다면 뭐가 남을 것 같아?"

윤경의 목소리가 달라졌다는 걸 눈치챘는지, 기자들은 다들 대답이 없었다.

"책 같은 게 있을 것이라고 생각할 수도 있겠지만, 그게 아니야. 원래 그 자리는 고독의 자리였어. 혼자 존재하는 자리. 불과 이십여 년 전만 해도 고독은 흔했지만, 지금은 디지털 기기에 밀려 일상에서 고독이 사라지면서 고독의 의미가 완전히 달라졌어. 21세기에 우리에게 허용된 고독의 공간이란 산티아고 순례길이나 안나푸르나 베이스캠프 트래킹 루트, 혹은 코타키나발루 고급 리조트의 모래사장 같은 곳이지. 관광산업이 정교하게 관리하는 이 고독을 경험하려면 몇 달 월급을 쏟아부어도 모자랄 판이야. 시간이 지날수록 고독의 가치는 점점 더 커질 거야."

"값싸게 즐길 수 있는 고독도 많지 않나요?"

"예를 들면?"

그건 자신의 의견에 반대하는 기자들을 제압할 때, 윤경이 쓰는 도구였다. 준비가 안 된 상태에서 구체적인 예를 들어보라면 다들 유치한 소리를 하게 돼 있으니까.

"예를 들면······"

정수도 유치한 소리를 대놓고 할 만한 쑥맥은 아니어서 좀 생각하는 듯하다가 입을 다물었다. 예를 들면, 편집장님처럼 마흔 살이 넘어서도 혼자서 사는 여자들에게 고독은 흔하디흔한 게 아닐까요? 뭐, 그런 얘기를 하고 싶었는지도 모른다. 그의 속마음이야 알 바가 아니고, 윤경은 그가 복종적인 태도를 보이니 만족할 뿐이었다. 그래서 일단 정수를 향해 승자의 미소를 보여준 다음, 하지만 고삐를 늦추지 않고 계속 말했다.

"조금만 생각해보면 알겠지만, 요즘 세상에는 값싸게 즐길 수 있는 고독이란 게 없어. 돈을 지불하지 않은 고독은 사회 부적응의 표시일 뿐이지. 심지어는 범죄의 징후이기도 하고. 예를 들어 선생들은 무리에서 떨어져 혼자서 지내는 학생에게서 자살이나 학교 폭력의 가능성을 읽고, 이웃들은 친구나 가족의 왕래가 없이 살아가는 1인 가구의 세대주가 잠재적으로 범죄를 저지르는 사이코패스가 아닌지 늘 경계를 늦추지 말아야만 하잖아. 우리 시대의 고독이란 부유한 자들만이 누릴 수 있는 럭셔리한 여유가 된 거야. 고독의 재발견이란 바로 그런 이야기를 하자는 거지. 고독이란 단어에 어울리는 요가나 명상 같은 프로그램이나 오가닉 상품들이 뭐가 있는지 한번 알아봐."

윤경이 말하는 동안에도 기자들은 스마트폰을 손에서 놓지 않았다. 고독을 다시 발견하기 위해서 그들은 지금 당장 인터넷을 검색할 기세였다. 하긴…… 회의를 끝내고 자기 자리로 돌아가면서 윤경은 생각했다. 자신이 고립된 사람이 아니라는 사실을 스스로 증명해야만 하는 이런 사회에서 스마트폰이란 얼마나 요긴한 도구인가. 스마트폰 덕분에 우리는 고립에서 벗어나 24시간 누구에게든 연결될 수 있다. 스마트폰을 들고 검지를 왼쪽에서 오른쪽으로 몇 센티미터만 움직여도 놀라운 신세계가 눈앞에 펼쳐진다.

지금 누가 어느 맛집에서 어떤 음식을 먹는지, 막 무슨 소설을 읽었으며 별점은 몇 개인지, 여행지에서 자신이 맞닥뜨린 놀라운 풍경은 무엇이었는지 실시간으로 알 수 있는 그 신세계에 고독을 위한 자리는 없다. 홍합돌솥밥 따위를 찍어서 친구들을 위해 트위터에 올릴 때, 우리는 무의식적으로 이렇게 말하는 셈이다. 나는 혼자가 아닙니다. 당신들과 나는 이 사진으로 연결됩니다. 연결되므로 나는 무해합니다. 그러므로 '우리'는 친구입니다. 친분으로 연결되는 이 세계는, 그러므로 투명하다. 각자는 '우리'로 연결된다. '우리'는 기억도 공유하며, 판단도 함께 내린다. '우리'는 고립되지 않는다. '우리'는 절대로 자살하지도 않는다.

그렇게 자살이라는 단어를 떠올리자마자, 윤경의 머릿속으로는 누군가 물속으로 뛰어드는 소리 같은 게 울린다. 진남에서 나서 자란 여자에게, 더구나 진남여고를 다니면서 매년 열녀각에 참배를 올린 여자에게 자살이란 그런 것이니까. 그래서였나? 혼자뿐이어서 그 아이는 열아홉 살의 나이에 아이를 낳고 바다에 뛰어들었나? 윤경은 생각했다.

남해안이 제9호 태풍 나비의 영향권에 들어가던 8월의 첫번째 금요일이었다. 당장 시급하게 점검해야만 할 마감도, 며칠 전부터 잡아놓은 약속도, 퇴근 무렵에야 오늘 시간이 되느냐며 걸려오는 전화도 없는 금요일이라 어쩐지 이상한 마음까지 드는 귀갓길이라고 윤경은 생각했다. 퇴근 차량으로 꽉 막힌 강변 북로에서 막 시작하는 〈배철수의 음악캠프〉를 듣고 있노라니, 짜증은커녕 갑자기 퇴근시간이 끝나자마자 집으로 가는 사람들은 얼마나 외로울까 같은, 도무지 말도 안 되는 이상한 생각이 들었다. 그 사람들이야 기다리는 가족이 있으니까 그렇게 열심히 집으로 가는 것일 텐데, 왜 그런 생각이 들까? 그렇든 말든 시속 이십 킬로미터 미만의 속도로 정체된 자동차 전용 도로에서 대학 시절에 무척 좋아했던 라디오 프로그램의 시그널뮤직을 듣고 있노라니 평소에 느끼지 못한 이상한 기분이 들었는데, 아무래도 그건 외로움인 것 같았다.

텅 빈 아파트로 돌아온 윤경은 샤워한 뒤 TV를 켜놓은 채, 스마트폰을 들여다봤다. 메시지에 올라온 문자들을 보고, 메일을 읽고, 카카오톡으로 메시지를 보내고, 트위터의 타임라인을 업데이트했다. 그럴 때마다 윤경은 명진을 생각했다. 명진을 생각하니 그의 얼굴은 조금도 떠오르지 않고, 오직 그의 가슴만 생각날 뿐이었다. 얼굴이 생각나지 않는데도 나는 그를 원하니, 그가 아니라 남자라면 누구라도 상관없다는 얘기인가? 물론 그게 아니라는 걸, 그간의 연애를 통해서 잘 알고 있는 윤경이지만, 문득 그런 생각이 또 들었다. 지긋지긋한 욕망, 신물나는 외로움 따위. 마흔 살을 넘긴 사람들에게는 어쨌든 다른 호르몬이 작용한다면, 그따위 얼굴도 없는 욕망이나 대상도 모호한 외로움 따위는 이제 영영 느끼지 못하게 하는 호르몬이라면 얼마나 좋을까.

TV에서는 교육방송에서 방영하는 〈세계테마기행〉이라는 여행 다큐멘터리가 흘러나오고 있었다. 그날의 방문지는 필리핀의 최북단에 위치한 바타네스라는 섬이었다. 진행자로 출연한 덥수룩한 수염의 여행작가는 바람에 모자가 날아갈까봐 오른손으로 꼭 누른 채, 바타네스는 태풍이 하도 흔한 곳이라 시속 이백사십 킬로미터가 넘는 강한 바람만 태풍이라고 부른다고 말했다. 녹음된 소리의 반은 바람 소리였다. 태풍 속을 걸어가는 사람의 휘청거림이 고스란히 느껴졌다. 윤경에게도 그렇게 태풍 속을 걸어가는 듯한 시절이 있었다. 대학교 1학년 신입생 시절부터 사귀었던 남자친구와 헤어졌던 1995년의 마지막 석 달 동안이었다. 10월, 11월, 12월, 그 석 달 동안 윤경은 도합 네 명의 남자에게서 고백을 받았다. 다들 미친 게 아닌가는 생각이 들 정도였다. 그 남자들의 고백을 거절하고 돌아오는 길은 얼마나 쓸쓸했던지. 자취방으로 돌아가던 8번 버스 안에서, 가을볕 좋은 대학로 노천카페에서, 약속시간이 남아서 아무 시집이나 꺼내서 읽던 교보문고 문학 코너에서 문득문득 윤경은 눈물을 흘렸다. 윤경은 그 남자들 중 누구도 미치거나 발정이 난 게 아니라는 걸 알고 있었다. 인간은 가만히 있으면 저절로 고독해지는 존재니까.

웬일인지 자꾸 그 시절의 일들이 윤경의 머리를 스쳤다. 지금까지 연애하면서 윤경은 한 번도 주도권을 빼앗겨본 적이 없었는데, 역시 마흔 살 이후에는 완전히 다른 호르몬이 작용하는 것일까? 주도권은커녕 버티기도 힘들 만큼 윤경은 외로웠다. 자신의 생각과 달리 값싼 고독은 여전히 널려 있었다. 고독해지지 않기 위해서는 우리는 우리로서 행동했지만, 그 우리 안에서 각자는 저마다 고독했다. 고독한 인간은 반드시 다른 인간을 향해 손을 내밀게 돼 있다. 윤경은 오랫동안 다른 사람을 자기 뜻대로 움직이는 데 그 깨달음을 이용했다. 그리고 끊임없이 새로운 메시지가 올라오는 타임라인을 들여다보고 있노라니, 이제는 자신이 그 덫에 빠졌다는 걸 알 수 있었다. 좋아, 누가 이기나 해보겠어. 명진이 굴복할 때까지 연락을 하지 않을 거야. 윤경의 일부가 결심했다. 하지만 연락을 먼저 끊은 건 그쪽이야. 다른 일부가 서글픈 음성으로 속삭였다.

멍한 눈동자로 타임라인을 읽어가다가 윤경은 트위터에다 '그런데 난 잘 기억이 안 나서 그러는데, 지은이는 왜 자살한 거지? 외로워서 그런 건가? 누구 아는 사람?'이라고 썼다. 그날 밤이 깊어 윤경은 명진에게 전화했지만, 그는 전화를 받지 않았다. 다음날 아침에 눈을 뜨자마자 윤경은 스마트폰을 들어 명진에게서 온 메시지가 있는지 확인했지만, 여전히 그는 아무런 대꾸가 없었다. 대신에 트위터에는 열 시간 전에 유진이 보낸 멘션이 있었다.

'우리가 걔를 죽인 거잖아.'

그 멘션을 읽는 순간, 윤경의 머릿속으로는 불현듯 지금까지 까맣게 잊고 지내던 뭔가가 떠올랐다. 그건 1987년의 어느 여름날, 등교시간 무렵 교문 옆에 붙어 있던 대자보였다. 하얀색 전지에 검정색과 빨간색 매직펜으로 또박또박 써내려간 분노의 글자들. 그러고 보면 그 시절엔 분노가 외로웠지, 고독은 그다지 외롭지 않았다는 생각이 들었다.

날마다 하나의 낮이 종말을 고한다

우리가 중학생이던 1983년, 일요일 아침마다 MBC에서 〈천년여왕〉이라는 일본 만화영화 시리즈를 방영했다. 그 만화영화는 1999년 9월 9일 0시 9분 9초에 1000년을 주기로 한 유성이 지구와 충돌해 인류가 멸망한다는 종말론을 배경으로 깔고 있었다. 그때 우리는 이런 생각을 했다. 1999년이면 우리가 서른 살이 되는 해이니, 그 정도면 인생을 다 산 것인데 지구가 멸망한들 뭐가 아쉬울까? 〈천년여왕〉에서 말한 종말의 시간인 1999년을 넘기고 보니, 결코 인생이 쉽게 끝나는 건 아니었다. 그렇긴 해도 서른이 되면서 뜨겁고 환하던 낮의 인생은 끝이 난 듯한 기분은 들었다. 그다음에는 어둡고 서늘한, 말하자면 밤의 인생이 시작됐다. 낮과 밤은 이토록 다른데 왜 이 둘을 한데 묶어서 하루라고 말하는지. 마찬가지로 서른 이전과 서른 이후는 너무나 다른데도 우리는 그걸 하나의 인생이라고 부른다.

낮의 인생과 밤의 인생, 그 사이의 어느 지점에서 우리는 저마다 오래전부터 그렇게 하기로 예정된 사람들처럼 누군가를 만나고 사랑이라는 걸 한다. 그중에서 누군가와는 영영 이별하고, 또 누군가와는 평생 같이 살기도 한다. 그러는 동안 우리가 연애담을 늘어놓던 카페의 구석자리는 우리 다음에 태어난 여자들의 차지가 됐고, 대신에 우리는 깊은 밤, 전화를 붙들고 앉아서 인생에서 일어나는 갖가지 자질구레한 일들을 떠들어댔다. 시어머니의 잔소리에 대해, 무책임하고 이기적인 남편에 대해, 뱃살처럼 내 인생에 들러붙은 아이에 대해 우리는 불평을 늘어놓고 또 동의를 구했다. 하지만 삼십대의 중반을 넘기면서 그런 나날들마저도 지나가고 전화벨도 더이상 울리지 않으면서 하나의 인생이 서서히 빛을 잃어갔다. 그제야 우리는 깨달았다. 서쪽으로 오렌지빛 하늘이 잠기는 동시에 반대편에서 역청빛 물결이 밀려드는 어스름의 풍경이 우리의 마음을 사로잡는 까닭은 그게 종말의 풍경을 닮았기 때문이라는 것을. 날마다 하나의 낮이 종말을 고한다. 밤은 그뒤에도 살아남은 사람들의 공간이다.

그렇다면 우리에게 양관은 밤의 집이라고 말할 수도 있지 않을까? 시청 옆길을 따라 걸어가노라면 우리 학교인 진남여고 뒷산의 열녀각과 왼쪽 언덕 위의 양관이 비슷한 높이로 보였는데, 오전에는 잘 모르다가 이따금 하교하는 길에 뒤를 돌아보면 두 건물의 그림자가 학교에 드리워지는 듯한 느낌을 받았다. 물론 그다지 높지 않은 건물들이니 그림자가 그렇게 길게 드리워지는 일은 없었으리라. 그럼에도 해가 두 건물의 뒤편으로 넘어가는 오후 네시 이후 학교는 그늘의 공간으로 바뀌는 것 같았다. 학교가 그 정도였으니까 양관은 더 말해서 무엇하겠는가? 지금도 양관을 생각할 때면 어쩐지 기분이 좋지 않다. 십대 시절 우리는 양관을 떠올릴 때마다 오염, 불길, 타락 같은 단어들을 떠올렸다. 그건 아마도 식민지 말기 가족이 모두 떠난 양관을 혼자서 지켰다던 백인 소녀 앨리스의 저주가 그 집에 드리워져 있다던 소문 때문이었을지도 모른다. 1981년부터 시작된 진남조선공업 이선호 회장 일가의 몰락은 그 소문의 불길에 기름을 끼얹은 것이나 마찬가지였다.

소문에 따르면 세계대전이 끝나는 대로 딸의 유해를 찾으러 반드시 돌아오겠다던 매클레인 목사의 맹세가 지켜질 가능성이 적어지자, 이에 실망한 앨리스의 원령이 이선호 일가의 사람들을 차례대로 습격하기 시작했다는 것이다. 제일 먼저 1981년 이선호 회장이 노환으로 세상을 떠났다. 다들 이선호 회장이 잠든 동안 숨을 거둔 것으로 알고 있었지만, 사실은 아침에 일어나 보니 양관의 뒤뜰에 쓰러져 있었다는 말도 돌았다. 그 이듬해에는 며느리 홍신혜가 목을 매고 자살하는 일이 벌어졌다. 평소 우울증이 심해 그간에도 여러 번 자살 시도를 했던 터라 새삼스러운 일은 아니었지만, 결과적으로 봤을 때 그녀의 자살 역시 저주의 한 부분으로 봐야만 했다. 앨리스의 저주는 1987년 6월, 진남조선공업의 경영권을 빼앗긴 뒤 양관으로 돌아가지 않고 진남호텔에서 지내던 장남 이상수가 자신의 검정색 그라나다 승용차를 몰고 바다로 돌진하면서 막이 내려가기 시작했다. 그 승용차에는 그의 젊은 애인이 타고 있었다.

이상수가 죽은 뒤, 남은 가족들은 진남을 떠났고 양관에는 오랫동안 이상수 가족의 일을 도왔던 임규식이 집을 관리하면서 살았다. 그러다가 2005년 임규식이 암으로 죽으면서 마침내 양관은 빈집이 되었다. 그간 임규식이 거주하면서 관리했다고는 하지만, 사람의 숨결이 닿지 않는 곳부터 서서히 부서지면서 양관은 점점 흉가로 변해갔다. 그러자 진남에서는 보기 드문 근대식 건축물이라는 점을 고려해 시가 인수해 관광지로 보존하자는 주장이 여러 번 나왔다. 하지만 그때마다 시 당국에서 돌아오는 대답은 소유주와 연락이 닿지 않는다는 점이었다. 등기부 원본상의 소유주는 이희재로 돼 있었다. 진남에 살았던 우리 또래라면 이희재가 누구인지 기억하고 있으리라. 등기부 원본이 말하는 바는 두 가지다. 아무리 단기간에 몰락했다고는 하지만, 양관을 포함해 이선호 일가의 숨은 재산이 적지 않았을 텐데 그게 모두 이희재에게 상속됐으리라는 사실, 그리고 아직 이희재가 자살하지 않았다는 사실이었다. 이희재가 살아 있는 한, 양관의 비극은 마무리되지 않은 것이라고 사람들은 말했다.

그 막이 다시 올라간 것은 그로부터 또 십삼 년이 지난 2012년 여름의 일이었다. 우리 중에서 새로운 막이 올라간 양관을 제일 먼저 다녀간 사람은 정희였다. 정희에게는 초등학교 6학년 아들 하나가 있다. 진남의 여느 초등학생과 마찬가지로 진호 역시 학교 수업이 끝난 뒤 영재반, 태권도, 영어, 논술 등 다양한 종류의 학원에 들러야만 집으로 돌아올 수 있다.

아파트 현관문을 열고 들어온 진호는 책가방을 던지자마자 컴퓨터로 달려갔다. 손부터 씻으라 하니 영재반 숙제 때문에 검색해볼 게 있다며 컴퓨터부터 부팅시켰다. 어떤 좋은 의도를 지녔든 일단 컴퓨터를 켜고 나면 결국 진호는 인터넷 게임을 하게 됐다. 며칠 전, 현숙에게 들은 말에 따르면, 컴퓨터 앞에 앉은 아이에게 좀더 창의적으로 컴퓨터를 사용하라는 말은 변기에 앉은 아이에게 공부를 하라고 하는 것이나 마찬가지였다. "아이에게 변기는 똥을 누는 곳, 컴퓨터 앞은 게임을 하는 곳. 볼일 다 봤는데도 미적거리고 있다면 그만 일어나라고 얘기해주는 게 엄마가 할 일이야"라고 현숙은 말했다. 일리가 있는 얘기였다.

"이게 뭐하는 짓이야? 오자마자 컴퓨터부터 켜다니! 일어나, 아들! 어서 일어나!"

정희가 진호의 등짝을 때리며 말했다.

"아이 씨, 왜 그래? 영재반 숙제 때문에 검색할 거 있단 말이야."

진호가 억울하다는 듯 정희를 바라봤다.

"숙제가 뭐야? 알림장 꺼내봐."

"우리 고장에 전해오는 민담이나 전설을 기사체로 정리하기."

"열녀 이야기 써."

"엄마! 연못에 다이빙한 그 아줌마 얘기는 토 나올 지경으로 많이 썼거든. 다른 애들도 다 그거 써온단 말이야. 뭔가 새로운 게 필요해."

"쳇, 잘난 척하긴. 그래서 어떻게 할 건데?"

"저기 위에 이야기 박물관이 생겼대. 그래서 검색하는 거야. 잠깐만 기다려봐."

진호가 네이버 검색창에 '진남 이야기 박물관'이라고 쳤다. 그랬더니 맨 위 사이트에 '바람의 말 아카이브'라는 링크와 함께 '경상남도 진남시 사당동 위치, 이야기 박물관, 생활사 아카이브, 비밀의 정원'이라는 설명이 있었다. 사당동이라면 진남여고가 있는 곳인데, 그런 박물관 얘기는 처음이라 정희는 진호에게 위치 정보를 클릭하라고 말했다. 그랬더니 별점 8.7개와 함께 바람의 말 아카이브가 표시된 지도가 떴다. 상세 설명에는 '바람의 말 아카이브는 1925년 호주 장로회 선교부 소속인 매클레인 부부가 건축한 유서 깊은 서양식 저택을 리모델링해서 만든 진남 지역 이야기 박물관이자, 생활사 아카이브입니다. 아카이브 측은 2009년부터 그간 진남시를 중심으로 떠돌던 구전 이야기들과 관련 자료를 수집하기 시작했습니다. 자료의 형태는 영상 자료, 구술 자료, 인터뷰, 관련

물품 등으로 구성돼 관심 있는 학생들과 시민들에게 무료로 제공하고 있습니다'라고 적혀 있었다. 사진 정보에는 상세 설명에 나온 그 '유서 깊은 서양식 저택'의 외관이 나와 있었다.

"이상하네. 여긴 양관인데. 양관이 언제 이렇게 바뀌었지?"

정희가 고개를 갸웃거렸다.

"개관한 지 얼마 안 됐거든. 여긴 다른 애들도 모를 거야."

진호가 말했다.

"야, 넌 어떻게 이런 걸 다 아니?"

"내가 컴퓨터로 게임만 한다고 생각하면, 엄마의 오산이야."

진호가 어깨를 펴며 말했다.

양관에는 진남조선공업주식회사의 사주인 이상수 일가가 살았다. 이 집안은 1985년 눈 깜짝할 사이에 몰락했고, 진남조선공업주식회사는 법정 관리에 들어갔다가 대기업인 미래중공업에 매각된 뒤, 사호를 진남SNG로 바꿨다. 법정 관리에 들어가면서 사주 일가의 드러난 재산은 모두 채권단으로 넘어갔는데, 그중에는 사주 일가의 사택인 양관도 포함됐다. 하지만 양관은 몇 차례의 유찰 끝에 이상수의 자가용 운전기사인 임규식에게 넘어갔다. 이상수 일가의 갑작스러운 몰락과 관련해서 떠돌았던 수많은 말들 중에는 양관에 대한 것도 있었다. 양관은 원 소유주였던 호주 선교사의 죽은 딸과 관련해서 안 좋은 소문이 너무 많아 경매가 성사되지 않았고, 그래서 이상수가 운전기사를 통해서 다시 사들였다는 얘기였다. 그도 그럴 것이 파산한 이상수가 병에 걸린 젊은 애인과 함께 승용차에 탄 채로 진남 앞바다에 뛰어들어 마침내 그 집안이 완전히 몰락할 때까지 양관에는 그의 아들이 살았으니까.

양관의 비극에 관해 조사할 목적이라면 우리가 꼭 그 아카이브까지 찾아갈 필요는 없겠다. 각자 들은 이야기를 한데 모아서 비교하면 구체적인 부분은 조금씩 다르겠지만, 큰 틀에서 보자면 대동소이했으니까. 이를테면 이런 이야기다. 1922년 결혼한 뒤, 조선 선교에 나선 호주 장로회 소속 매클레인 부부는 순전히 전망이 좋다는 이유만으로 예전에 사당이 있던 그 자리에 서양식 주택을 짓기 시작했다. 지금까지도 많은 사람들에게 깊은 인상을 심어주는 외관의 화강암은 진남 북쪽 두륜산에서 구한 석재지만, 그 외의 내장재는 일본에서 수입한 것이고 특히 주방용품은 영국에 주문한 것이라고 한다. 덕분에 처음 양관이 다 지어졌을 때는 인근 지역에서도 구경 올 만큼 사람들의 관심이 많았다고 한다.

매클레인 부부는 그 집에서 살면서 2남 1녀를 가졌는데, 1939년 여섯 살이던 막내딸 앨리스가 실종되는 사건이 발생했다. 백인 아이라 어디 멀리 갔다면 다른 사람들의 눈에 띄었을 게 분명하므로 인근에서 사고를 당한 게 틀림없다는 게 당시 경찰의 추정이었고, 나중에 그건 사실로 드러난다. 양관에서 이백 미터도 떨어지지 않은 곳에 있는 연못의 물을 모두 빼자, 뻘 속에 머리를 처박은 아이의 시신이 발견됐던 것이다. 그 연못은 임진왜란 때 왜병의 능욕을 피해 성주 이씨가 자진한 곳이라 선교사의 딸이 거기서 죽었다는 사실이 알려지자, 소문은 눈덩이처럼 커졌다. 당연하게도 당시의 사람들은 성주 이씨의 귀신이 백인 선교사가 지은 서양식 저택에 노해서 그 딸을 데려간 것이라고 생각했다.

그 아이의 시신은 수습된 뒤, 양관 뒤쪽 야트막한 언덕에 묻혔다. 지금은 나무가 웃자라 작은 숲이 되었지만, 그때까지만 해도 사시사철 볕이 잘 드는 곳이라 선교사 부부는 마음이 놓였다. 거기라면 오랫동안 연못에 빠져 있었던 아이의 몸이 잘 마를 것 같았기 때문이다. 그들은 딸의 영혼을 위로하는 묘지석도 만들었다. 그로부터 이 년 뒤, 일제의 신사참배 문제와 정면으로 충돌하면서 경상남도 지역에 머물던 호주 장로회 선교사들은 본국으로 추방되기 시작했다. 매클레인 부부는 딸의 유해와 함께 돌아가기를 기도하고 기도했지만, 하나님은 그 기도를 들어주지 않으셨다. 모든 것은 하나님의 뜻대로 이뤄지는 것이니 두 부부는 그 뜻을 겸허하게 받아들이고 마지막 인사와 함께 낯선 타국에 딸의 영혼을 묻어둔 채로 진남을 떠났다.

그리고 해방이 될 때까지 호주 장로회 선교부의 재산이었던 양관에 사람들의 발길은 끊어졌다. 세계대전이 막바지로 치닫던 1941년부터 1945년까지의 진남에 대해서 기억하는 사람들은 많지 않았다. 기억나는 게 없기도 했고, 또 기억하고 싶지 않은 게 많기도 한, 말하자면 암흑기였다. 그렇지만 가족이 모두 떠난 저택에 혼자 남은 백인 소녀 앨리스의 모습이 가장 많이 목격된 시기가 바로 그때였다. 어둠이 내린 뒤, 양관의 창으로 하얀 옷을 입은 소녀의 모습을 보거나, 자정을 넘긴 깊은 밤 양관이 있는 언덕 쪽에서 빛이 나는 걸 목격한 사람들이 한둘이 아니었다. 해방 직후, 오사카에서 귀국한 이선호 일가가 교회로부터 양관을 사들여 입주한 것은 1946년의 일이었다. 그해는 이선호가 하야시조선소를 인수해서 이선호조선소를 창업한 해이기도 하다.

  '05:23'이라는 디지털 숫자를 보고 차에서 내렸는데, 바람의 말 아카이브의 유리문에 붙은 관람시간을 보니 폐관시간이 오후 여섯시여서 정희로서는 조바심이 나지 않을 수 없었다. 얼른 진호를 앞세워 유리문을 열고 안으로 들어갔더니 제일 먼저 벽에 '홀로 양관을 지키던 백인 소녀'라고 인쇄된 글자들이 보였다. 그 제목 아래에는 우리가 익히 아는 그 선교사의 외동딸 앨리스에 대한 이야기가 적혀 있었다. "내가 워낙 빠르잖아. 그제야 감을 잡았지. 바람의 말이라는 게 풍문을 뜻한다는 걸"이라고, 나중에 정희가 우리에게 말했다. 잔뜩 기대한데다가 들어가자마자 귀신 이야기가 나오니까 진호는 덮어놓고 좋아했다.
  "엄마, 엄마. 그 귀신 지금도 볼 수 있어?"
  진호가 물었다.

"귀신이든 뭐든, 보더라도 일단 너 숙제부터 다 하고 난 뒤에. 이 거라도 빨리 적어."

정희가 말했다. 진호가 가방에서 노트를 꺼내 벽에 썬 글들을 적기 시작했다. 그동안 정희는 관람 경로를 안내하는 화살표를 따라서 걸었다. 제1전시실에는 '몰락의 이야기'라는 주제가 붙어 있었다. 실내는 불이 꺼져 어두웠는데, 정희가 들어가자 센서가 작동해 조명이 들어왔다. 전시실에 들어가자마자 정희는 '몰락의 이야기'가 어떤 의미인지 금방 알아차릴 수 있었다. 거기에는 초창기 일제시대 진남 내항에 있었던 하야시조선소의 일하는 모습 등과 해방 이후 이선호조선소로 바뀐 뒤의 풍경 등을 담은 사진들과 함께 '진남의 토종 기업 진남조선공업의 영광과 좌절'이라는 제목이 붙어 있었다. 우리는 하야시조선소도, 이선호조선소도 잘 모른다. 하지만 주식회사 진남조선공업은 잘 알고 있으며, 이선호 회장 집안의 몰락에 대한 이야기도 익히 들었다. 벽에 붙은 글에는 이선호조선소가 진남조선공업으로 바뀐 건 1964년의 일이라고 돼 있었다.

우리는 이선호 회장이 살아생전에 어떤 좋은 일을 했는지, 착한 사람이었는지 나쁜 사람이었는지 모르지만, 그의 장례식만큼은 지금까지도 기억하고 있다. 벽에는 1981년 중앙로를 가득 메울 정도로 대단했던 그 장례 행렬을 찍은 사진이 전시돼 있었다. 꽃가마 뒤를 따르던 수십 개의 만장들이 일제히 바람이 부는 쪽으로 흔들리고 있었다. 제목에 나오는 진남조선공업의 영광이 무엇인지는 모르겠으나, 진남조선공업의 좌절이 그 만장의 물결과 함께 시작된다는 사실만은 우리도 알 수 있었다. 그런데 이상한 일이기도 하지, 그때의 일들을 떠올리면 어쩐지 한 개인의 장례식이 아니라 한 시대의 조종이 울리는 풍경으로 떠오르는 것이었다. 바람에 일제히 같은 방향으로 나부끼던 만장들은 어쩌면 우리 유년의 마지막을 고하는 이별사의 마지막 말줄임표 같은 것이었는지도 모르겠다.

그 전시실에는 그 밖에도 그간 진남에서 억울하게 죽거나 갑자기 몰락한 집안에 대한 이야기들과 그들의 유품이 전시돼 있었다. 얼룩이 묻은 중절모나 반쯤 부서진 기왓장 따위를 들여다보는데, 이게 다 무슨 짓인가 싶어서 정희는 약간 마음이 불안해졌다. 도대체 이따위 물건들을 관람하라고 전시까지 하다니…… 한쪽 벽에는 어떻게 모았는지 다양한 가족들이 찍은 흑백 기념사진을 빼곡하게 붙여놓았다. 옆에는 진남의 시골 농가를 돌아다니며 안방의 벽에 붙어 있던 기념사진들을 모은 것이라며 거기 찍힌 사람들은 2012년 현재 대부분 죽었다는 캡션을 달았다. 양 갈래로 머리를 땋고 하얀 깃이 달린 검정색 교복을 입은 여학생, 상투를 틀고 마고자를 입은 노인, 치마저고리를 입고 나란히 선 세 명의 여인 등 얼핏 봐도 오래전의 사람들이라 지금은 당연히 다들 죽었겠지만, 그걸 그렇게 써놓으니까 어쩐지 정희는 기분이 으스스했다.

진호가 앨리스 이야기를 다 적었는지 확인하고 집으로 돌아가야겠다고 정희가 생각하는데, 앞쪽의 어둠 속에서 몸집이 작은 사람이 자신을 향해 손짓을 하는 모습이 보였다. 순간 앨리스 생각이 나면서 정희의 온몸이 쭈뼛거렸다. 저도 모르게 정희는 뒤로 두 발 짝 정도 물러서다가 어둡던 전시실에 불이 들어오면서 그게 진호 라는 걸 깨달았다.

"야, 너 언제 거기까지 갔어?"

정희가 소리쳤다.

"엄마, 이리 와봐. 여기 더 재미있는 게 있어."

진호가 그녀에게 계속 손짓했다. 진호가 서 있는 전시실에는 '제2전 시실 사랑의 이야기'라는 제목이 붙어 있었다. 정희는 제2전시실 쪽으로 걸어갔다.

"아들! 숙제는 다 썼어?"

정희가 외쳤다.

"응. 백인 귀신 소녀 앨리스 이야기는 다 썼어. 그런데 엄마! 여기 엄마 이름도 있어. 진남여고 1학년 4반 서정희."

"뭐라고?"

정희는 깜짝 놀랐다. 자기 이름이 왜 거기에 있다는 것인가? 정희는 진호 쪽으로 걸어가서 벽을 바라봤다. 거기 할로겐등으로 조명을 환하게 비춘 벽에는 너무 확대하는 바람에 초점이 다 뭉개져 버린 컬러사진 한 장이 걸려 있었다. 컬러는 어딘지 모르게 생기를 잃은 듯 희미했다. 사진 속에는 다섯 명의 소녀들이 허리에 오른손을 올리기도 하고 팔짱을 끼기도 하는 등 저마다 폼을 잡고 서 있

었다. 아래쪽에 붙은 안내판을 들여다보지 않아도 정희는 그 소녀
들의 이름을 알 수 있었다. 왼쪽부터 김윤경, 조유진, 김미옥, 정지
은, 서정희 순서였다.

나한테는 날개가 있어,
바로 이 아이야

우리 사춘기의 전형적인 풍경 중 하나는 서울올림픽 개막일까지 며칠이 남았는지 보여주던 시청 건물의 숫자판이었다. 언제부터 그런 숫자판을 거기에 설치했는지 알 수는 없었지만, 디데이를 뜻하는 D라는 알파벳은 그대로 둔 채 뒤의 세 자리 숫자를 바꿀 수 있도록 만든 걸로 봐서는 999일이 남았을 때부터 카운트다운을 시작했을지도 모른다. 삼 년은 모두 1095일이니, 그렇다면 공교롭게도 고등학교 삼 년 내내 우리는 그 숫자판의 숫자가 날마다 하나씩 줄어드는 걸 지켜본 셈이다. 그걸 우리 소녀 시절의 종말을 알리는 카운트다운이라고 말해도 괜찮을 것이다. 그 숫자가 날마다 하나씩 줄어들던 그 몇 해 동안, 우리는 틈만 나면 시간이 너무나 더디게 흘러간다고 불평했으나, 그건 순진한 생각이었다. 알다시피 세상에 너무나 늦게 찾아오는 종말은 없다. 종말은 언제나 느닷없이 찾아온다. 저마다 늦든 빠르든 우리의 소녀 시절도 마찬가지였다. 하지만 미옥에게만은 너무나 늦었다.

바람의 말 아카이브의 제2전시실에 진열된 쪽지를 보는 순간, 미옥의 심장은 그대로 멈춰버릴 것만 같았다. 구겨진 그 쪽지에는 누군가 '선생님, 정지은은 걸레입니다'라고 휘갈겨 써놓았다. 그 쪽지를 보는 순간, 미옥은 자신의 소녀 시절이 아직도 끝나지 않았다는 사실을 깨달을 수 있었다. 그 깨달음은 초등학교 4학년 시절인가, 동네 오빠들을 따라 뒷산의 봉우리를 두 개나 넘어가서 캐 먹었던 칡뿌리의 맛을 연상시켰다. 흙이 묻은 그 보잘것없는 뿌리를 먹어볼 마음은 전혀 없었는데, 같이 간 아이들이 저마다 맛있다는 듯 먹어대기에 따돌림을 당하지 않을 생각으로 칡뿌리를 입에 물었다. 처음에 그 맛은 쓰라리기만 했다. 하지만 계속 씹으면 단맛이 난다기에 미옥은 꾹 참고 계속 씹었다. 하지만 아이들이 말하는 단맛이라는 게 자신이 아는 단맛과 같은 맛인지 확신이 서지 않았다. 천년만년 씹는다고 해도 그 뿌리가 설탕처럼 달콤해질 것 같진 않았다. 그럼에도 불구하고 아이들이 "어때? 이제 달아졌지?"라고 물었을 때, 미옥은 그렇다며 고개를 끄덕였다. 아이들의 암묵적인 기대를 배반하고 싶지 않았던 것이다. 하지만 더이상 아이들이 자신을 쳐다보지 않아 입안에 든 그것을, 흙과 침과 진액과 섬유질이 서로 뒤섞인 그 뭔가를 몰래 뱉어낼 때까지도 칡뿌리는 달콤해지지 않았다.

그토록 많은 나날들이 흘러갔고, 이제 이십사 년 전의 일들은 전생의 일인 양 아득하기만 한데도 그 시절의 일들을 떠올리면 미옥의 가슴은 여전히 쓰라렸다. 미옥은 자신이 언제 그 쪽지를 최성식에게 던졌는지 생각했다. 그건 아마도 실어증에 걸려 말을 잃어버렸다는 정지은이 처음으로 급우들 앞에서 시를 읊고, 그 모습을 최성식이 자부심에 가득찬 환한 표정으로 웃으며 지켜보던 날 이후의 어느 날이리라. 미옥이 최성식에게 던진 그 쪽지(하지만 그게 이십육 년 전 미옥이 던진 바로 그 쪽지일 리는 없고, 누군가 흉내내서 쓴 것이었다) 옆에는 그날 지은이 읊었던, 프레베르의 「열등생」이라는 시가 벽에 인쇄돼 있었다.

그는 머리로 아니라고 말한다
그러나 가슴으로는 그렇다고 말한다
그는 그가 사랑하는 것에게는 그렇다고 하고
그는 선생에게는 아니라고 한다
그는 자리에서 일어서고
선생이 질문을 한다
별의별 질문을 다 한다
문득 그는 폭소를 터뜨린다
그는 모두를 지워버린다
숫자도 단어도

날짜도 이름도
문장도 함정도
교사의 위협에도 아랑곳없이
우등생 아이들의 야유도 모른다는 듯
모든 색깔의 분필을 들고
불행의 흑판에
행복의 얼굴을 그린다

지은이 시를 읊고 나자, 최성식은 그동안 지은이 왜 실어증에 걸렸는지를 설명했다. 그때 미옥은 지은의 아버지가 이 년 전, 진남 조선소의 타워크레인에서 투신자살한 사람이라는 걸 알았다. 그날 저녁, 미옥은 집으로 돌아오자마자 사진 앨범에서 봄소풍 때 지은을 비롯한 친구들과 찍은 사진을 갈기갈기 찢어버렸다. 지은의 아버지가 아니었다면, 미옥의 아버지도 생활관에 들어가서 농성을 벌이지 않았을 것이다. 그랬다면 미옥이 아버지 없이 자라는 일도 없었을 것이고, 가난도, 엄마와의 불화도 없었을 것이다. 미옥은 자신의 인생을 완전히 바꿔버린 지은의 아버지가 진심으로 미웠다. 그러니 지은이 마음에 들 리는 없었다.

그럼에도 그때만 해도 지은을 혼자서 따돌리는 정도였달까? 미옥이 본격적으로 지은에 대해 악의적인 소문을 내기 시작한 건 1987년 2월 14일 토요일, 발렌타인데이가 지나고 나서부터였다.

그날 미옥은 최성식 선생에게 선물할 초콜릿을 사서 다시 학교로 올라갔다. 익명의 편지와 함께, 고민 끝에 고른 파란색 포장지로 정성껏 포장한 초콜릿 상자를 가방에 감추고 무슨 첩보 영화라도 찍듯이 좌우를 살피며 몰래 교무실로 들어갔다. 최성식의 자리에 초콜릿 상자를 올려놓는 동안, 당장이라도 누군가 교무실 문을 열고 들어올 것 같아서 미옥의 심장은 터질 것만 같았다. 아니나다를까, 당직 선생님이 문을 열고 들어왔지만, 그때는 미옥도 최성식의 책상에서 멀찌감치 떨어진 뒤였다. 미옥은 당직 선생님에게 주번 일지를 선생님 자리에 올려놓고 가는 길이라고 둘러대며 인사한 뒤, 교무실을 빠져나왔다. 휴우…… 본관 앞까지 나오자 저절로 안도의 한숨이 나왔다. 본관 앞 동백들이 하나둘 꽃봉오리를 피울 즈음이었다. 그 동백꽃 봉오리들은 얼마나 붉고 또 예뻤던지. 그리고 선생님의 책상 위에는 그 누구의 선물도 없었다는 것. 미옥의 기분은 너무나 좋았다.

그렇게 본관을 나와 걸어가다가 인기척이 느껴져 오른쪽을 봤는데, 도서실 건물로 들어가는 최성식의 뒷모습이 보였다. 그렇다면 초콜릿을 몰래 갖다놓은 처지에 그에게 들키지 않도록 얼른 나무 뒤나 본관 건물로 숨었어야만 했을 텐데, 미옥은 저도 모르게 "선생님!"이라고 그를 불렀다. 왜 불렀을까? 아마도 "거기 들어가지 마세요"라고 말하려고 그랬던 것인지도 모른다. 그즈음, 도서실에는 지은이 터줏대감처럼 언제나 죽치고 앉아 있다는 사실을 알고 있었기 때문이다. 안 그래도 둘 사이에 안 좋은 소문이 나고 있는데, 이런 상황에서 또 도서실에 둘이 있다가 누군가 보기라도 한다면 정말 힘들어질 것이라고 미옥은 걱정했던 것이다. 그때까지만해도 미옥은 자신의 눈을 보며, 자신은 정지은이 불쌍해서 도와주려고 했을 뿐, 절대로 이상한 마음을 먹지 않는다고 말했던 최성식의 말을 굳게 믿었다. 그래서 설사 소문대로 두 사람이 도서실에서 키스를 한 게 사실이라고 하더라도 그건 정지은이 그 젊은 선생을 유혹했기 때문에 어쩔 수 없이 한 것이리라고 미옥은 생각했다.

그래서 그를 불렀던 것인데, 불행하게도 그는 미옥의 목소리를 듣지 못했다. 그가 미옥의 목소리를 들었다면, 모든 건 달라졌을지도 몰랐다. 만약 미옥의 목소리를 들었다면, 그는 도서실로 들어가지 않았을 것이다. 그랬다면 미옥도 최성식을 쫓아 도서실로 들어가지도 않았을 것이다. 그랬다면 흥분을 이기지 못한 최성식이 지은을 안는 일은 없었을 것이다. 그랬다면 뒤이어 폐가식 서고로 들어갔다가 최성식과 정지은이 서로 뒤엉킨 광경을 보는 일도 없었을 것이다. 미옥은 얼른 손으로 입을 가렸다. 바닥에 뒤엉킨 두 사람은 미옥이 거기 있다는 걸 알지 못했다.

제2전시실의 한쪽 유리 벽면 안에는 일곱 개의 모니터들이 일렬로 놓여 있었다. 각 모니터마다 관련 자료 화면과 함께 편집된 약삼십 분 분량의 인터뷰를 보여주고 있었다. 미옥이 유진의 얼굴을 본 건 '그 마음을 알게 해주세요'라는 제목이 붙은 모니터에서였다. 미옥이 유진을 마지막으로 본 건 2002년이었다. 그때는 아직 첫 영화를 만들기 전이어서 유진이 시나리오와 조감독 일을 할 때였다. 지나는 길에 고향에 들른 것이었는지 노랗게 물들인 머리에 하얀색 민소매 티셔츠를 입고, 진남 여자는 아닌 것이 너무나 분명한 젊은 여자와 진남시장을 걸어가고 있었다. 지은이 자살했다는 소식을 들었을 때, 땅바닥에 주저앉아 발을 구르면서 눈물을 뚝뚝 흘리던 그 모습은 전혀 찾아볼 수 없었다. 그때도 미옥은 유진에게 알은척을 하지 않았다. 1988년, 밤이면 도서실 창으로 자꾸만 이상한 물체가 어른거린다며 학교측에서 도서실 자물쇠를 교체하는 소동을 벌이던 그해 여름방학 직후, 유진을 향해 "넌 이제 나하고는 끝이야, 이 미친년아!"라고 외친 뒤로 늘 그랬다시피. 하지만 모니터에 등장하는 유진의 얼굴에는 다시 살이 붙어서 고등학교 시절의 얼굴과 비슷했다.

처음에 미옥은 그 영상이 진남 출신 영화감독인 조유진의 작품 세계를 조명하는 것인 줄 알고 다른 전시물을 보려고 돌아서다가 그 이름을 들었다. 정지은. 미옥은 모니터 속 유진의 얼굴을 향해 돌아섰다. 유진은 마치 거기 미옥이 서 있다는 사실을 아는 사람처럼 그녀에게서 시선을 떼지 않았다. 미옥은 중간부터 영상을 봤기 때문에 십칠 분 정도 남은 분량을 모두 본 뒤에 다시 처음부터 한번 더 봤다.

"저는 지금 런던의 워털루 역에서 한 시간 정도 기차를 타고 가면 나오는 남서쪽 외곽의 킹스턴이라는 곳에 머물고 있습니다. 근처에는 한국인들이 많이 사는 뉴몰든과 테니스 대회로 유명한 윔블던이 있습니다. 아름다운 항구도시 진남이 고향이라 그런지 매일 템스 강변을 산책하면서 남해를 생각하고 있습니다. 반갑습니다. 제 이름은 조유진이고, 저는 영화감독입니다."

그렇게 자기소개가 끝나면, '내가 말하는 내 영화'라는 타이틀이 지나가고 그간 유진이 감독한 두 편의 영화에 등장하는 스틸 사진들을 배경으로 유진의 목소리가 들렸다.

"제 영화에서 중요하게 등장하는 상징은 날개입니다. 말하자면 이런 식이에요. 사람과 사람 사이에는 서로에 대한 이해를 가로막는 심연이 존재합니다. 그 심연을 뛰어넘지 않고서는 타인의 본심에 가닿을 수가 없어요. 그래서 우리에게는 날개가 필요한 것이죠. 중요한 건 우리가 결코 이 날개를 가질 수 없다는 점입니다. 날개는 꿈과 같은 것입니다. 타인의 마음을 안다는 것 역시 그와 같아요. 꿈과 같은 일이라 네 마음을 안다고 말하는 것이야 하나도 어렵지 않지만, 결국에 우리가 다른 사람의 마음을 알 방법은 없습니다. 그럼 날개는 왜 존재하는 것인가? 그 이유를 잘 알아야만 합니다. 날개는 우리가 하늘을 날 수 있는 길은 없다는 사실을 알려주기 위해서 존재하는 것입니다. 날개가 없었다면, 하늘을 난다는 생각조차 못했을 테니까요. 하늘을 날 수 없다는 생각도 못했을 테지요."

유진의 영화에 날개나 새가 나오는 장면을 연결해서 보여준 뒤, 가만히 앉은 유진의 상반신 아래로 다음과 같은 자막이 나갔다.

Q: 언제부터 사람과 사람 사이의 소통에 그토록 회의적이었나요?

"진남여고에 다니던 시절이었습니다. 지은이가 아이를 가졌을 때, 제일 먼저 난 소문은 그 아이의 아버지가 최성식 선생님이라는 것이었어요. 그전까지도 계속 최성식 선생님과 지은이의 관계에 대한 소문이 끊이지 않았기 때문에 다들 그럴 수도 있겠다, 뭐 그런 심드렁한 태도여서 꽤 놀랐던 기억이 납니다. 저는 그게 말이 안 된다고 생각했어요. 그래서 학교 앞 문방구에서 전지하고 검은색과 빨간색 매직펜을 사와서 제가 들은 내용을 바탕으로 대자보를 작성했어요. 방과후 도서실에서 제자와 불미스러운 일을 저질러 임신을 시킨 최성식 선생님을 규탄한다는, 뭐 그런 내용의 대자보였지요. 그 대자보는 교문 옆에 한 삼십 분 정도 붙어 있었나봐요. 동네 주민의 신고로 학교 수위가 당장 떼어버렸으니까요. 하지만 진남여고 재학생이 선생을 고발하는 대자보를 교문 옆 담벼락에 붙였다는 첩보를 접한 경찰이 최성식 선생님에 대해 내사에 착수했죠. 그러자 시 교육청은 징계위원회를 소집해서 최성식 선생님을 출두시켰고요. 그때 저는 할 수만 있다면 최성식 선생님을 정말 감옥까지 보낼 생각이었어요. 그런데 1차 징계위원회가 끝난 직후에 상황이 반전된 거예요. 지은이에게 낙태를 권유하려고 검모래까지 갔던 최성식 선생님이 돌아오다가 칼에 찔린 일이 벌어진 거죠. 그 일을 계기로 최성식 선생님의 부인인 신혜숙 선생님은 지은이의 오빠한테 모든 걸 다 뒤집어씌웠습니다. 그녀의 코치를 받아서 최성식 선생님은 징계위원회에 해당 일에는 도서실이 개방된 적이 없다는 내용이 담긴 도서관 일지와 학생 상담교사 신혜숙과 정지은의 녹취록이라는 것도 제출했어요. 테이프도 따로 없는 그 녹취록에는 오빠 문제 때문에 정지은이 불면증에 걸릴 정도로 고통스러워한다는 내용이 담겨 있었지요. 그 제출 자료라는 것들은 신혜숙이 이틀 만에 급조한 것이라 앞뒤가 안 맞았는데도 학교의 문제라면 무조건 덮어버리는 데 익숙한 장학사들은 그쯤에서 문제를 덮어버렸어요. 정말이지, 전 분노했습니다."

Q: 분노로 상황을 바꿀 수 있었나요?

"진남 같은 곳에서는 불가능하죠. 저는 교육청과 학교의 처사에 너무나 실망해서 검모래까지 지은이를 찾아갔어요. 저는 그때 지은이를 정상적인 애로 생각하지 않았던 것 같아요. 말하자면 무지하나 상처받은 어린 동물쯤으로 여겼던 게 분명해요. 이 아이에게 사랑이라는 건 뭔가? 도대체 무엇인가? 최성식에게는 없는 그것이 왜 이 아이에게는 이토록 중요한가? 그땐 그렇게 생각했어요. 무지하나 상처받은 어린 동물은 바로 나라는 걸 모르고 말이죠. 거기서 저는 지은이에게 아이를 낙태할 것을 요구했습니다. 예, '요구' 했어요. 그때까지도 나는 지은이가 최성식을 사랑해서 아이를 가졌고, 그래서 그 아이를 낳겠다고 고집을 피우는 줄 알았거든요. 그래서 말을 안 들으면 끌고 가서라도 아이를 떼게 할 생각이었어요. 그게 최성식 같은 인간의 아이라고 생각하면 지은이가 불쌍해서 견딜 수가 없었거든요. 그랬는데, 지은이가 그때 제게 말했어요. 너는 다른 사람의 마음을 다 알 수 있을 것이라고 생각하니? 사람과 사람 사이를 건너갈 수 있니? 너한테는 날개가 있니? 그렇게요. 저는 말문이 턱 막혔어요. 그런 제게 지은이가 나한테는 날개가 있어, 바로 이 아이야, 라고 말하며 자기 배를 만졌어요. 그때는 그게 무슨 말인지 전혀 모른 채, 무지하다고 해야 할까 순진하다고 해야 할까, 아무튼 지은이가 자기 상황을 전혀 인식하지 못한다고 생각해서 약간 질린 채 검모래에서 돌아왔지요."

Q: 누구도 날개 없이는 오해의 심연을 가로지를 수 없다?

"지은이의 오빠가 그 아이의 아버지가 될 수 없다는 건 신혜숙 선생님이 조작한 도서관 일지와 녹취록을 보면 알 수 있어요. 덕분에 지은이의 오빠는 동생을 범한데다가 그 동생을 도와주려는 선생님에게 흉기까지 휘두른 패륜아로 낙인이 찍혀 실형을 선고받았고, 지은이가 자살한 뒤 영영 진남을 떠나버렸죠. 최성식 선생님에게 검모래에 가서 아이를 낙태시키면 결백을 믿어주겠다고 말한 사람이 바로 신혜숙 선생님이지요. 그럼에도 신혜숙 선생님은 이 사건에서 가장 큰 피해자예요. 물론 지은이의 오빠가, 아니 지은이와 그애의 딸이 큰 피해자겠지만. 그때 신선생님과 최선생님은 신혼이었거든요. 뱃속에는 지은이와 비슷하게 임신 오 개월째인 아이가 있었죠. 결국 지은이가 아이를 낳았기 때문에 신선생님은 끝까지 최선생님의 결백을 믿지 않았어요. 대신에 그 아이를 진남에서 아주 멀리 떨어진 곳으로 보내기 위해 지은이를 오빠의 딸을 낳은 아이로 만들어버린 거죠. 무서운 모성이었달까. 그 아이의 입양은 엄마의 의사가 전혀 반영되지 않은 강제 입양이었어요. 엄연한 범죄행위였는데도 오빠의 딸이라는 그 말에 질려 누구 하나 그걸 지적하지 못했죠. 오히려 신혜숙 선생님이 빨리 그 아이를 처리해주기만을, 그리고 그 모든 일들이 잊히기만을 기다렸죠. 그 일이 아니었다면, 지은이가 자살하는 일은 없었을 거예요. 그렇지만 신혜숙 선생님이 지은이를 죽였다고 말할 수는 없어요. 사실은 불편하다는 편견 때문에 진실을 외면함으로써 우리 모두가 지은이를 죽인 거지요. 하지만 진실은 불편하지 않아요. 진실은 아름다워요."

Q: 그럼 그 아름다운 진실에 대해서 말해볼까요?

"처음에 학생회장으로서 나는 최성식 선생님을 반드시 감옥에 보낼 생각이었어요. 도저히 용서할 수가 없다고 생각했어요. 그래서 교감 선생님 입회하에 학생 대표로 최성식 선생님과 면담했을 때에도 할 수 있는 모든 질문을 다 던졌습니다. 그때 선생님은 처음에는 도서실에서 지은이와 입을 맞춘 건 사실이지만, 그 이상의 일은 없었다고 말했습니다. 하지만 그 장면을 본 학생이 있으며 징계위원회에 출석해서 증언할 예정이라고 말하자, 선생님은 무척 당황하더니 지은이를 안다가 넘어진 적은 있지만 넘지 말아야 할 선을 넘지는 않았다고 말하더군요. 그 말을 듣고 나니 더더욱 나는 선생님의 말을 믿을 수가 없었지요. 우리에게 최성식 선생님과 지은이 사이에 어떤 일이 벌어지는 것을 봤다고 말한 사람은 김미옥이었습니다. 그래서 나는 미옥이를 징계위원회에 내보내려고 설득하고 또 설득했어요. 그런데 막상 징계위원회에 나간 미옥이는 도서실에서 두 사람이 정사를 벌이는 장면을 봤다는 건 거짓말이라고 말했어요. 두 사람의 사이를 시기해서 지어낸 말이라고. 충격이었습니다. 그 거짓말의 대가는 실로 엄청났습니다. 아이의 아버지가 최성식 선생님이라는 소문이 돌자, 신혜숙 선생님은 자신의 아이를 지키기 위해 필사적으로 그 소문을 막으려고 했죠. 그러다가

지은이의 오빠가 최성식 선생님을 찌르는 사건이 벌어졌고, 결국 그 아이의 아버지를 지은이의 오빠로 몰고 갈 수 있었죠. 그 결과는? 아시다시피. 그렇다면 왜 그런 거짓말을 한 것일까요? 나로서는 이해할 수가 없었습니다. 그러다가 나중에 지은이가 건네는 사진 한 장을 보고서야 그 사연을 이해할 수 있었습니다."

Q: 어떤 사진이었나요?

"바로 이 사진입니다. 1983년 지은이의 아버지가 진남조선공업에 근무할 때, 동료들과 함께 찍은 사진입니다. 나보다 더 잘 알겠지만 그해는 진남조선공업의 경영권을 둘러싸고 사주 이상수 일가와 미래중공업 사이의 갈등이 심각해지던 상황이었습니다. 그러다가 그다음 해에 직원식당의 국통에서 쥐의 사체가 나오는 일이 발생했습니다. 그게 계기가 돼 그간 군대를 방불케 하던 혹독한 상명하복의 작업 문화에 반기를 든 노동자들이 처우 개선을 요구하며 농성을 벌였지요. 이때 주주총회에서 외부 세력의 공세에 맞서 가까스로 경영권을 방어한 경영진은 이 농성에 불순한 의도가 있다고 보고 진남의 깡패들을 동원해서 노동자들을 강제 진압하는 무리수를 둔 거죠. 식구라는 말이 있잖아요. 조선소의 노동자들은 한솥밥을 먹으면서 일하는 사람들이니까 다들 식구인 셈이에요. 용접이나 도장 등 하루종일 몸 쓰는 일을 하니까 다들 힘이 장사입니다. 성격도 다혈질입니다. 그런 사람들을 용역 깡패들이 마치 시장에서 좌판 깔고 장사하는 노인네 다루듯 하니까 당장 산소통이 굴러가고 멍키스패너가 날아다녔지요. 경험 없는 시골 깡패들은 오히려 자기들이 당할 것 같으니까 회칼을 들고 난동을 부렸구요. 그 와중에 젊은 노동자 한 명이 과다 출혈로 사망하게 됐습니다. 계속 얘기할까요? 좋아요. 일이 이렇게 돌아가자 해산은 불가능해졌고, 노동자들은 생활관을 점거한 뒤 장기 농성에 대비하기 시작했어요. 그때 지은이의 아버지를 중심으로 임시 지도부를 형성한 사람들이 바로 이분들이에요. 그중에서도……"

　유진이 그 사진을 꺼내는 순간부터 미옥은 심장이 터질 것만 같았다. "여기에 있는 이분이 바로……"라고, 모니터 속에서 유진이 말했다. 미옥은 화면을 꺼버리고 싶었으나, 모니터는 유리벽 안에 들어 있었다. 유리벽 아래에 설치한 스피커에서 유진의 말이 흘러나왔다. "김미옥의 아버지입니다. 생활관에서 화재가 났을 때, 돌아가신 네 명의 노동자들 중 한 분입니다. 저는 이 사실을 나중에 본관 앞에서 지은이와 딸의 모습을 카메라로 찍다가 지은이에게 처음 들었습니다. 두 사람의 아버지는 이처럼 가까웠는데, 왜 미옥이는 그토록 지은이를 싫어했는지…… 그 이유가 짐작은 가지만, 꼭 그랬어야만 했는지 그건 저도 잘 모르겠습니다"라고 유진이 말했다. 그 말을 듣는 동안, 미옥의 얼굴이 붉게 물들었다. 오랫동안

혼자서 간직해온 비밀 하나가 그렇게 풀리면서 미옥의 소녀 시절
이 마침내 종말을 고했다.

저기, 또 저기,
섬광처럼 어떤 얼굴들이

그가 소년 시절에 살던 집으로 돌아왔다는 소식을 들었을 때, 우리가 제일 먼저 떠올린 것은 양관의 비극이었다. 거기에 어른이 되지 못하고 죽은 아이가 매장됐다는 사실. 그때 연못에 익사하지 않았더라면 백인 소녀 앨리스는 목사 부부를 따라 호주로 돌아갔겠지. 그랬다면 이 세상에는 진남보다 더 크고 너른 도시가 수없이 많다는 사실도, 자신이 살아온 인생의 몇 갑절보다 더 많은 나날들이 기다리고 있다는 사실도 알았으리라. 그렇게 세월이 흐르고 흘러 20세기 후반의 어느 오후에 앨리스는 인간은 어린 시절, 자신이 예상했던 것보다 훨씬 오래 산다는 사실을 깨달았을 것이다. 그애도 우리와 다르지 않다면. 그러니까 바람의 말 아카이브의 벽에 걸린 사진에서 젊은 아버지를 발견한 미옥처럼 말이다.

그 사진을 보고서야 미옥은 진남조선소에 다닐 당시 아버지가 얼마나 젊었는지 알 수 있었다. 실제로도 이제 우리 나이는 돌아가실 무렵 미옥의 아버지보다 더 많아졌다. 그런데 왜 인생은 이다지도 짧게 느껴지는 것일까? 그건 모두에게 인생은 한 번뿐이기 때문이겠지. 처음부터 제대로 산다면 인생은 한 번으로도 충분하다. 하지만 단번에 제대로 된 인생을 살아가는 사람이 몇이나 될까? 단 한 번뿐인 인생에서 우리가 저지르는 실수는, 그게 제아무리 사소한 것일지라도 돌이킬 수 없다는 점에서는 모두 결정적이다. 한 번뿐인 인생에서 우리는 그런 결정적인 실수를 수없이 저지른다는 걸 이제는 잘 알겠다. 그러니 한 번의 삶은 너무나 부족하다. 세 번쯤 살 수 있다면 얼마나 좋을까. 한 번의 삶은 살아보지 않은 삶이나 마찬가지다.

매일 밤, 아무도 없는 양관에서 홀로 밤을 보내면서 그는 그 오래된 집에서 들리는 온갖 소리에 귀를 기울였다. 바람에 문이 덜컹거리고 멀리 도로로 자동차가 지나갔다. 부두에 정박한 배에서 울리는 기적 소리는 진남의 밤하늘을 길게 반으로 잘랐다. 마당에서는 벌레들이, 뒷산에서는 부엉이들이 울었다. 난 최선을 다할 거야. 그런 소리들 사이에서 한 소녀의 목소리도 들렸다. 한 번의 인생으로는 너무나 부족하기 때문에 들리는 목소리인 셈이었다. 난 최선을 다할 거야. 그건 그날 새벽, 조선소 사장에게 부탁하면 아버지를 살릴 수 있을지도 모른다고 생각하며 양관으로 달려가면서 지은이 수없이 읊조렸던 말이라는 걸 이제 우리는 알게 됐다.

그 말을 생각하면 우리라는 존재는 한없이 하찮아진다. 한 소녀가 최선을 다하기 위해 어둠 속을 달리던 그 새벽에 우리는 숙면에 빠져 있었으니까. 깨어난 뒤에야 우리는 거기에 붉은 불길과 검은 연기가 치솟았다는 사실을 알았지만, 그 불길은 우리를 태우지 못했고 그 연기는 우리를 질식시키지 못했다. 거기 고통과 슬픔이 있었다면, 그것은 그 아이의 고통과 슬픔이었다. 우리의 것이 될 수 없는 고통과 슬픔은 고통스럽지도 않고, 슬프지도 않다. 우리와 그 아이의 사이에는 심연이 있고, 고통과 슬픔은 온전하게 그 심연을 건너오지 못했다. 심연을 건너와 우리에게 닿은 건 불편함뿐이었다. 우리는 그런 불편한 감정이 없어지기를 바랐다. 그럴 수밖에. 그때 우리는 고작 열여덟 살, 혹은 열아홉 살이었으니까. 우리는 저마다 최고의 인생을 꿈꾸고 있었으니까.

하지만 우리는 이제 더이상 검모래로 봄소풍을 가서 단체로 사진을 찍는 여고생들이 아니다. 우리는 질투심에 불타서 일어나지도 않은 일을 거짓말로 지어내는 십대 소녀들이 아니다. 우리는 이제 안다. 이 세상에는 아무리 최선을 다한다고 해도 이룰 수 없는 일들이 수두룩하다는 사실을. 아니, 거의 대부분의 일들이 그렇다는 걸. 그렇다면 꿈꾸었으나 이루지 못한 일들은, 사랑했으나 내 것이 될 수 없었던 것들은 모두 어디로 간 것일까? 바람의 말 아카이브에 그가 수집하고 싶었던 것들이 바로 그런 것들이었다. 일어날 수도 있었던, 하지만 끝내 이뤄지지 않은 일들을 들려주는 이야기들, 사람과 사람 사이의 심연을 건너오지 못하고 먼지처럼 흩어진 고통과 슬픔의 기억들, 어떤 일들이 있었는지 말하지 않고 빛바램과 손때와 상처와 잘못 그은 선 같은 것만 보여줄 뿐인 물건들.

농부가 풍년을 기원하듯이, 두루미가 습지를 찾아가듯이, 이야기는 끝까지 들려지기를 갈망한다. 이따금 그는 초인종 소리에 잠에서 깨어나곤 했다. 대개는 새벽이고, 깨고 보면 침실의 창은 짙은 군청색이었다. 한번 깬 잠은 다시 이어지지 않았다. 그는 이불 속에서 빠져나와 창문을 열어놓은 채 담배를 피웠다. 좀체 담배를 피우지 않지만, 그렇게 새벽에 깼다가 다시 잠 못 든 채 담배 생각만 하다가 아침해를 맞이한 이후로 그는 늘 머리맡에 담뱃갑을 두고 잤다. 창문을 열면 차가운 새벽 공기가 한류처럼 밀려들었다. 새벽 공기는 파란색으로 느껴졌다. 파란색 공기 속으로 그는 천천히 하얀 연기를 내뿜었다. 한 대를 다 피우는 동안, 밤새 켜둔 대문 앞의 보안등 불빛은 가만히 그 자리를 비추고 있었다. 조금 더 기다리면 바다 쪽부터 날이 밝기 시작했고, 보안등의 오렌지 불빛도 조금씩 희미해졌다. 그 불빛을 한참 바라보다가 그는 창문을 닫고 외투를 챙겨 입은 뒤, 현관문을 열고 밖으로 나갔다. 몽유병자처럼 파란색 공기 속을 걷노라면 바짓단이 이슬에 젖었다. 대문까지 걸어간 그는 심호흡을 한 뒤, 문을 열었다. 물론 거기에 어떤 소녀가 기다리고 있는 경우는 없었다. 모든 건 한 번뿐, 두 번 다시는 없으니까.

얼굴들. 그는 저기, 또 저기, 섬광처럼 어떤 얼굴들이 진남 내항의 불빛들 위로, 혹은 어두운 숲에서 차가운 유리창에 서리는 입김처럼 나타나는 것을 보고, 또 이내 그 얼굴들이 흐려지는 것을 봤다. 얼굴들은 금세 나타났다가 금세 사라졌다. 이 세상에 태어났다가 사라지는 게 불꽃처럼 빨랐던, 모든 죽은 아이들의 얼굴들이 그렇듯. 어둠 속에서 섬광처럼 어떤 얼굴이 나타났다가 사라지는 걸 그가 언제 처음 봤는지는 그가 카밀라를 만난 뒤 개최한 바람의 말 아카이브의 특별전인 '가장 차가운 땅에서도'의 두꺼운 도록에 상세하게 적혀 있었다. 그 이야기와 관련된 전시물은 거꾸로 뒤집어 벽에 붙인 한반도 지도였다. 도록에 적힌 이야기에 따르면, 그 지도는 1986년 겨울, 양관의 서재에 붙어 있었다고 한다. 이야기는 그가 아버지를 만나러 진남호텔로 찾아가던 1986년 봄부터 시작했다.

"난 모든 걸 다시 시작하고 싶다. 처음부터 한 계단 한 계단 밟아서 예전처럼 집안을 일으킬 작정이다."

그의 아버지가 말했다.

"정말 그럴 마음이라면, 절대로 양관을 다른 사람한테 팔아서는 안 돼요. 할아버지도 그 집에서 시작한 거잖아요. 모든 걸 다시 시작하고 싶다면, 거기서 시작해야만 해요."

그가 아버지를 찾아간 목적을 그런 식으로 밝혔다.

"이미 채권단의 손에 넘어갔기 때문에 곧 경매될 거야. 내가 어떻게 할 수 있는 일이 아니야."

귀찮다는 듯 그의 아버지가 쉽게 말했다. 그 표정을 보고 그는 모든 게 끝났다고 생각했다.

하지만 그의 아버지는 운전기사의 명의를 빌려 경매에 나온 양관을 다시 사들였는데, 그건 그의 말 때문이 아니라 신점을 보는 어떤 점쟁이 여자의 점괘 때문이었다. 임진왜란 때 큰 활약을 펼친 불교 선사의 영매가 된 그녀는 그의 아버지에게 북쪽에 운이 있다고 예언했다. 그의 아버지는 그녀가 신병을 앓고 난 직후인 열다섯 살 때부터 중요한 결정을 내리기 전이면 그녀를 찾아가서 점을 봤다. 처음 십 년 동안, 그러니까 경영권을 물려받은 직후에는 진남 조선소가 무서운 기세로 성장했으니까 신의 효험을 본 셈이었다. 하지만 그뒤 오륙 년은 오판의 연속이었다. 대표적인 게 식당의 음식과 위생을 개선해달라는 노동자들의 정당한 요구를 폭력으로 무참하게 짓밟는 데 일조한 일이었다. 그런데도 여전히 그녀의 점괘에 의지한다니 한심하기 짝이 없는 일이었으나 그로서는 덕분에 양관을 다른 사람에게 팔지 않은 데 만족했다.

그는 아버지가 이미숙이라는 이름의 젊은 여자를 데리고 양관에 들어오던 날을 아직도 기억했다. 그녀는 부엌 찬장에 쌓인 로열 덜튼 그릇을 보고 찬사를 아끼지 않았고, 계란 모양의 화장대 거울에 자기 얼굴을 비춰 보며 머리를 매만졌다. 다행이라면 그해에 그는 대학에 입학했기 때문에 곧 양관을 떠날 수 있다는 점이었다. 그는 이제 영영 작별이라는 생각으로 양관을 떠났다. 그 집을 떠나기 전에 그는 아버지가 일층 로톤다 서재의 벽에 거꾸로 붙인 한반도 지도를 봤다. 그것 역시 점쟁이의 조언 때문이었다. 조선업을 포기한 그의 아버지는 인맥을 동원해 투자금을 모은 뒤 해양 리조트 사업으로 재기할 계획이었다. 그런데 운은 북쪽에 있는데 새로운 사업은 남쪽 바다에서 이뤄지니 궁여지책으로 지도를 거꾸로 붙인 것이었다.

지도를 그렇게 붙이니 진남 앞바다는 꼭 북해처럼 보였다. 북해라고 발음하니 그건 어쩐지 이 세상에 없는 바다, 가장 낯선 바다를 지칭하는 단어 같다고 그는 생각했다. 지도를 뒤집어 남해가 북해가 되면, 양관은 진남의 북쪽이 아니라 남쪽에 있는 셈이니 결과적으로 그의 아버지는 불행의 집에서 살게 된 셈인가? 그해 11월이 되자, 그의 아버지와 여자는 양관을 나와 시내의 삼십이 평 아파트에서 생활하기 시작했다. 전화를 걸어 그가 이유를 물었더니 아버지는 여자의 건강 때문에 잠깐 나와서 지내기로 했다고 대답했다. 그의 아버지의 말에 따르면 양관에 들어간 직후부터 여자는 밤마다 심하게 기침을 하더니 결국 증상이 폐렴으로 발전했다는 것이었다. 그는 여자의 폐렴이 나으면 다시 양관으로 들어가라고 아버지에게 말했다. 그러자 그의 아버지는 건방진 소리를 지껄인다며 화를 내더니 전화를 끊었다. 그는 아직 동전이 팔십원이나 남은 공중전화 앞에 서서 엄마를 생각했다.

그다음날, 그는 아홉 달 만에 진남행 고속버스에 올라탔다. 여섯

시간이나 걸려 진남에 도착하자마자 그는 택시를 잡아타고 양관으로 가자고 말했다. 택시 운전수는 룸미러로 그의 눈을 바라보면서 양관에서 죽은 백인 소녀 앨리스의 유령이 다시 나타나기 시작했다는 소문이 자자한데 그게 사실이냐고 물었다. 그는 그런 이야기는 처음 듣는데다가 자신은 거기 살지 않아서 잘 모르겠다고 대답했다. 하지만 택시 운전수는 그 말을 믿지 않는 눈치였다. 양관 앞에서 내린 그는 택시가 유턴해서 떠날 때까지 가만히 서서 지켜봤다. 대문은 닫혀 있었다. 초인종을 누르고 소리를 질러도 나와 보는 사람이 없었다. 그는 담장을 넘었다. 정원의 나뭇잎은 모두 떨어지고, 잔디는 말라 모든 게 황량했다. 그는 집 뒤로 돌아가 부엌으로 통하는 문 옆의 화분을 들었다. 식모가 쉽게 드나들 수 있게 거기에 늘 열쇠를 놔뒀는데, 그대로였다. 그는 부엌문을 열고 안으로 들어갔다.

며칠째 난방을 하지 않았는지 실내의 공기는 싸늘하게 식어 있었다. 그는 집안을 둘러봤다. 찬장에는 로열 덜튼 그릇도 없었고, 엄마의 화장대와 소파, 그리고 엄마가 벽에 붙인 반 고흐의 그림들도 없었다. 엄마의 손길이 닿은 물건들은 하나도 남아 있지 않았다. 대신에 뒤집힌 그 지도만이 그대로 벽에 붙어 있었다. 그는 그 지도를 바라봤다. 어쩌면 우린 지금 북해에 있는 것일지도 몰라. 가장 차가운 땅, 가장 낯선 바다에. 그가 중얼거렸다.

"도대체 왜 엄마의 물건들을 다 없애버린 거죠?"

아홉 달 만에 시내의 아파트에서 다시 만난 그의 아버지는 마흔
세 살이라고는 믿기지 않을 정도로 늙어 있었다. 그의 질문에 아버
지는 인상을 찌푸렸다.

"그딴 식으로 말하지 마. 없애버린 게 아니라 없어진 거니까."

담배를 꺼내 물면서 그의 아버지가 말했다.

"없어지다뇨? 그럼 엄마 화장대가 발이라도 달려서 저 혼자 도
망갔다는 말씀인가요?"

"없어질 만하니까 없어진 거라고. 일부러 없앤 게 아니라."

연기를 내뿜으면서 아버지가 그에게 말했다.

"그게 무슨 말인가요?"

"어차피 다 없어질 거야. 이 모든 게 다 없어질 거야. 그깟 화장
대 따위야. 내 인생은 끝났어. 완전히 끝났단 말이야. 나는 모든 걸
다 잃었어. 내 말 잘 들어. 나는 저 여자를 사랑해. 너는 나를 증오
하고 찢어 죽이고 싶겠지만, 내게도 진심은 있어. 어쨌든 내게는
소중한 여자야. 저 여자 하나 남았어. 그런데 저 여자가 지금 아파.
왜 그런지 알아?"

그는 아버지를 빤히 쳐다봤다. 어떤 대답도 원치 않는 질문이라
는 걸 잘 알고 있었기 때문이다.

"그 집에 있을 때, 저 여자가 밤마다 어떤 여자애를 봤기 때문이
야."

그는 그 시절의 아버지를 떠올렸다. 재기에 실패하고 파산한 채, 밤마다 기침을 하는 젊은 여자와 삼십이 평짜리 아파트에서 살던 시절의 아버지. 술에 취한 아버지는 말할 때마다 조금씩 몸을 떨었다. 지금은 그때만큼 아버지를 증오하지 않았다. 그러니까 그 집에서 나와 "권총이 있다면, 내게 권총 한 자루만 있다면……"이라고 중얼거리며 어두운 거리를 달려갈 때만큼은. 이제 그는 그때의 아버지보다 세 살이나 더 많았던 것이다. 보좌신부님의 말처럼 그 어떤 잘못을 저질렀다고 해도 이제 그는 받아들일 수 있을 것 같았다. 아버지는 물론이거니와 아버지의 죄 역시.

그 여자가 밤마다 봤다던 여자애를 본 건 그렇게 진남에 내려가 아버지를 만나고 이틀 뒤였다. 그날 오후, 양관에서 내려다볼 때 해무는 심사숙고한 침략군처럼 순식간에 부두를 덮친 뒤 중앙로를 따라 시청 방향으로 곧장 밀려들었다. 신속하게 점령해야만 하는 곳은 거기까지라는 듯, 해무의 진군은 그쯤에서 멈췄다. 대홍수가 일어나는 세상이 그런 모습일까? 모든 것은 하얀 물결 속에 잠기고 방주처럼 양관만 남아 세상 위를 떠가는 듯한 느낌이었다. 해무는 해가 저물 때까지 거기 머물다가 어스름이 깔리자 서서히 양관을 덮치기 시작했다. 그는 창밖으로 안개가 밀려드는 광경을 바라봤다. 그리고 그는 그 안개 속에 뭔가가 있다는 걸 깨달았다.

뭔가는 에밀리 디킨슨의 시가 숨겨진 숲속에 있었다. 숲은 어둡고 또 안개가 밀려들고 있었으므로 움직이지 않았다면 거기 뭔가가 있다는 사실을 몰랐을 것이다. 처음 그 움직이는 것을 봤을 때, 그는 심장이 그대로 멎는 줄 알았다. 멀리서 봤을 때, 그건 오래전에 죽었다던 백인 소녀 앨리스 같기도 했고, 긴치마에 파란색 파카를 아무렇게나 걸쳐 입고 한 손에 담배를 든 채 비틀거리며 걸어가던 엄마 같기도 했기 때문이다. 과연 어느 쪽인지 그는 확인하고 싶었다. 그는 집에서 나와 안개 속으로 들어갔다. 눈물도 가깝지 않고 이별도 멀리 있으니 세세토록 평안하리라던 그 나라 속으로.

"정지은!"

그가 외치자, 그 뭔가가 안개 속에서 그대로 멈췄다.

"너, 정지은 맞지? 거기서 뭐하는 거야? 또 돌 던지려고 온 거야?"

하지만 대답이 없었다. 침묵만 흘렀다. 안개는 점점 짙어지고 있었다. 그는 걸음을 멈추고 섰다. 그는 가만히 귀를 기울였다. 마침내 어떤 소리가 들릴 때까지. 앨리스…… 앨리스…… 앨리스……

"앨리스, 잘 있는지 보러 왔어요."

하얀 숲속에서 목소리가 들렸다. 그는 안개 속으로 조금 더 들어갔다.

\ 특별전 \

:

가장 차가운 땅에서도

1.
1985년 6월 무렵,
금이 간 그라나다의 뒷유리창

언제부터인가, 돌멩이들이 날아들기 시작했다. 집을 나서다가 얼굴에 정통으로 맞아서 이마가 찢어진 적도 있었다. 나는 뒤로 넘어졌다. 도대체 무슨 일이 일어난 것인지 영문을 알 수 없어 가만히 누워 있었다. 한 일 분 정도? 이마가 점점 욱신거리기 시작해서 손으로 만졌더니 따갑고 손끝에 뭔가 묻어났다. 눈을 뜨니 어떤 얼굴이 나를 내려다보고 있다가 도망쳤다. 그 얼굴을 보니까 붙잡을 마음도 나지 않았다. 그렇게 누워서 하늘에 대고 손끝을 살펴봤다. 파란 하늘을 배경으로 빨갛게 피가 묻은 손이 보였다. 그 여자애는 내가 돌에 맞고 기절이라도 한 줄 알았던 모양이었다. 그런 뒤에도 몇 번 더 돌멩이가 날아왔다. 저녁에 뜰에 있으면 어둠 저편에서 돌멩이가 날아올 때도 있었다. 나는 그 여자애에게 아버지는 벌써 일 년째 집에 들어오지 않고 있다고 말해주고 싶었다. 돌멩이는 둔

탁한 소리를 내면서 양관의 벽에 부딪혔다. 그 소리를 들을 때마다 나는 그 여자애의 얼굴을 떠올렸다. 어떨 때는 분명하게 떠올랐고, 어떨 때는 전혀 기억나지 않았다.

토요일 저녁이었다. 아버지의 호출을 받고 진남호텔로 가려고 대문 밖으로 나서는데, 임기사가 어떤 사람의 머리채를 잡아 땅바닥으로 팽개치는 게 보였다. 쓰러진 사람을 보니 바로 그 얼굴이었다.

"무슨 일인가요?"

"이년이 사장님 차에 돌을 몇 번이나 던졌는지 몰라요. 머리 위로 주먹만한 돌멩이가 휙 지나가는데, 정통으로 맞았으면 죽었을 겁니다."

이미 몇 차례 손으로 때린 모양인데, 그러면서 임기사는 발을 들어 그 여자애의 등짝을 걸어찼다.

"그만하세요!"

내가 소리쳤다. 담장 위 쇠 울타리로 장미꽃이 만발한 현충일 무렵이었다. 발에 걸어차인 그 여자애의 몸이 앞으로 휙 쓰러졌다. 두 팔에 얼굴을 묻고 앞으로 엎어진 채, 여자애는 움직이지 않았다. 팔꿈치와 팔뚝에 상처가 생겨 금세 피가 맺혔다. 푸른색 티셔츠에 검정 치마를 입은 단정한 차림이라 누군가에게 돌을 던질 아이로 보이진 않았다. 치마 아래 종아리가 수수깡처럼 가늘고 하얬다. 푸른색 실핏줄이 강물처럼 흔들렸다. 고개를 돌리다가 임기사와 눈이 마주쳤다. 마음을 들킨 것 같기도 하고 그 눈빛이 야비하다는 생각도 들었지만, 시선을 피하고 싶지는 않았다. 나는 당신과 달라. 그런 태도를 보여주고 싶었다. 나는 그 여자애를 향해 턱짓을 했다.

"일으키세요."

임기사는 고개를 살짝 숙이더니 그 여자애의 어깨를 잡았다. 다리를 버둥거리나 싶었는데, 그 여자애가 몸을 일으키며 임기사의 손을 뿌리쳤다. 그 여자애가 자기 손을 치자, 임기사가 욕설과 함께 오른손을 들었다. 내가 그의 손목을 잡으며 앞을 막았다. 둘이 엉거주춤 서 있는 사이, 그 여자애는 벌떡 일어나 몇 걸음 뒤로 물러서더니 오른손을 휘둘러 뭔가를 우리 쪽으로 던졌다. 돌멩이였다. 돌멩이는 우리 옆에 있던 검정색 그라나다의 뒷좌석 유리창에 가서 부딪쳤다. 하지만 유리창은 멀쩡했다. 우리가 놀라서 바라보자, 그 여자애는 바닥에 침을 뱉더니 골목 끝으로 뛰어갔다. 임기사가 진남여고 앞까지 쫓아갔지만, 결국 잡지 못했다. 여중생이었는데 움직임이 날랬다.

뒷좌석에 앉아 진남호텔로 가면서 나는 언젠가 고해성사를 하러 보좌신부님을 찾아갔던 일을 생각했다. 학생 미사에서 보좌신부님은 강론을 통해 진남조선소에서 네 명의 노동자가 불에 타 죽고, 한 명의 노동자가 타워크레인에서 투신자살한 사건을 거론하면서 죽은 이들의 영혼을 위해 기도해줄 것을 학생들에게 부탁했다. 미사가 끝난 뒤, 나는 사제관으로 보좌신부님을 찾아가 하느님은 자

살한 영혼도 구원하느냐고 물었다. 신부님은 아무런 대답 없이 창
밖만을 바라봤다. 창밖에는 오동나무가 한 그루 서 있었고, 꼭 사
람의 목소리처럼 들리는 새소리가 반복적으로 들렸다. 신부님은
오른손으로 주먹을 한 번 쥐었다가 풀더니 자살한 사람들은 죽어
서도 구원을 받지 못하는 존재니까 우리는 그들을 불쌍히 여겨야
만 한다고 말했다. 신부님의 목소리는 떨렸다. 사제관의 공기는 무
더웠고, 또 무거웠다. 창문을 열면 좋겠다는 생각이 들었지만, 신
부님은 그냥 닫아둔 채로 앉아 있었다. 이마에서 땀이 흘러내렸지
만, 나는 닦을 마음도 먹지 못했다.

　며칠 뒤, 고해성사를 하러 가서 갈색 나무 벽의 작은 틈으로 말
했다.

　"아버지를 죽이고 싶었습니다."

　"살부를 생각했단 말인가요?"

　무덤덤한 목소리가 들려왔다. '살부殺父'라는 말이 낯설게 느껴졌
다. 그 목소리의 주인공이 보좌신부님이라는 걸 나는 알고 있었다.
고해소에 보좌신부님이 들어가는 것을 보고 따라 들어간 것이니까.
보좌신부님 역시 아버지를 죽이고 싶다는 사람이 나라는 걸 알고
있었다. 왜냐하면 그러고 나서 신부님은 이렇게 덧붙였으니까.

　"지난달에 노동자들이 죽은 일 때문에 그러는 건가요?"

　"아닙니다."

　내가 말했다.

"아버지가 어떤 사람이든 아들은 그 아버지를 받아들여야만 할 것입니다. 그런데 오히려 아버지를 죽이겠다니, 그건 이만저만한 대죄가 아닐 수 없습니다."

"아버지의 죄는 제가 받아들일 수 있는 게 아닙니다."

"오직 주님만이 죄를 심판한다는 걸 잘 알 텐데?"

신부님이 부드러운 음성으로 말했다. 나는 뭐라고 더 말하려다가 고개를 숙였다. 주일 미사에서 자신을 불쌍히 여겨달라고 말할 때, 아버지는 엄마에게 저지른 죄까지 용서해달라고 말하는 것일까? 그럼 그 기도를 들은 주님은 아버지의 죄를 사해주실까? 아버지는 이미 용서받은 것일까? 그런저런 생각들이 머리를 스치는데, 신부님은 내 죄를 사했으니 나가서 보속을 하라고 명했다. 나는 아버지를 죽이겠다고 마음먹은 죄가 그렇게 쉽게 사해질 수는 없다고 생각했다. 주님은 내게 죄를 사해주는 분이 아니라 복수할 권한을 빼앗는 분이었다. 나는 갑자기 무력해졌다. 그때처럼 무력한 마음으로 창 너머로 노을이 저무는 진남항의 풍경을 바라보는데, 갑자기 돌에 맞은 유리창에 금이 갔다.

진남호텔의 레스토랑에 갔더니 늙은 친척들 사이에서 아버지는 그리스의 아크로폴리스를 오가는 철학자나 입을 것 같은 튜닉 스타일의 원피스를 걸친 젊은 여자와 나란히 앉아 있었다. 그 여자는 젊고 다정했다. 말할 때면, 진남의 여인들과 달리 마치 노래하는 것처럼 들렸다. 가끔씩 오른손으로 옆에 앉은 나의 왼손을 잡고는 눈을 찡긋하면서 손에 힘을 줬다. 그럴 때면 갓 뭍으로 나온 물고기 같다는 생각이 들었다. 그녀는 잠시도 몸을 가만히 두지 못했다. 몸은 뜨거웠고 숨결은 거칠었다. 가만히 놔둬도 스스로 위태로워지는 여자였다. 어쩌면 아버지는 그 위태로움에 끌렸던 것인지도 모르겠다. 아버지는 족장처럼 와인 잔을 들고 건배를 제의했다. 아버지의 말에 다들 잔을 높이 들었다. 아버지는 내게도 잔을 들라고 말했다. 나는 앞에 놓인 잔을 바라봤다. 포도주는 피처럼 붉었다. 나는 이마에서 흐르던 피를 생각했다.

조선소에서 파업이 시작되자, 그 핑계를 대고 아버지는 거처를 진남호텔로 옮겼는데, 그게 벌써 일 년 전의 일이었다. 나와는 열 살밖에 차이나지 않는 그 여자와 함께 지냈다. 나는 두 사람의 미소가 역겹다고 생각했지만, 그걸 한 번도 티낸 적은 없었다. 티내지 않고 얌전히 저녁 식사를 먹으면 아버지는 내게 용돈을 줬다. 보통은 십만원짜리 자기앞수표였지만, 생일이나 시험 성적이 좋다거나 뭐 그런 특별한 날에는 백만원짜리 수표를 건넸다. 하지만 그날은 별다른 일도 없었는데 아버지는 백만원짜리 수표를 내밀었다. 어쩌면 너무 빨리 술을 마셨기 때문일지도 몰랐다. 수표를 바지 앞주머니에 넣고 나는 화장실로 가서 손을 여러 번 씻었다.

레스토랑에서 나와 집으로 돌아가려고 임기사를 기다리는데, 좀체 나타나지 않았다. 주차장에 차가 없다기에 유리창을 교체하러 간 줄 알았는데, 한참 만에 나타난 그라나다의 유리창은 금이 간 채 그대로였다.

"왜 사람을 기다리게 하는 거죠?"

죄송하다고 할 뿐, 임기사는 별다른 말이 없었다. 그라나다는 천천히 부두를 지나 오르막길을 따라 시청 앞 로터리를 향했다. 나는 백만원으로 무엇을 할까 생각했다. 아무리 생각해도 하고 싶은 게 없었다. 로터리를 돌아 진남여고 입구로 접어들면서 임기사가 말했다.

"다시는 그년이 돌 던지는 일 없을 겁니다."

"그게 무슨 말인가요?"

내가 물었다.

"아까 그년 말이에요. 제가 뭐 딴짓하겠습니까? 그년 집에 갔다 오느라 늦은 거예요. 지깐 년이 도망가봐야 부처님 손바닥이지."

임기사가 룸미러로 내 눈을 바라보면서 말했다.

"어떻게 집을 알았나요?"

"타워크레인에서 뛰어내려서 죽은 사람 딸이라서 다들 잘 알죠. 불에 타서 죽은 근로자들도 다들 그 사람 말만 믿고 나섰다가 그렇게 됐다고 해서 진남에서는 눈엣가시가 된 집안이니까. 죽은듯이 숨도 쉬지 말고 바짝 엎드려 지내도 모자랄 텐데 그런 짓을 하고 다니니. 사장님한테도 돌을 던진 적이 있었어요. 아까 그 진남호텔 앞에서요. 다행히 형편없이 빗나갔지만, 결국 경찰서까지 끌려갔죠. 돌 같은 거 그렇게 던진다고 바뀌는 거 하나도 없어요. 나 같으면……"

그렇게 말하다가 임기사는 입을 다물었다.

"가서 어떻게 했나요?"

그가 다시 내 눈을 바라봤다. 나는 그 시선을 피해 창밖을 내다봤다. 문방구, 철물점, 양장점, 화장품가게, 농약가게 등 작은 가게들이 불을 밝히고 나란히 서 있었고, 그 앞으로 많은 사람들이 걸어가거나 자전거를 타고 집으로 돌아가고 있었다.

"저한데 너무 그러지 마세요. 그냥 돌을 던지지 말라고 타일렀을 뿐이니까. 그 여자애를 어떻게 할 생각은 원래 없었어요. 다만 따끔하게 말하지 않으면 못 알아들으니까 그런 거지요."

"그애는 뭐라던가요?"

"할말이 뭐 있나요? 알겠다고 하지요."

"알겠다고요?"

그때 갑자기 짧았던 금이 내가 왼손을 올리고 기댄 손잡이 바로 위쪽까지 길게 이어졌다. 나는 반으로 나뉜 유리창을 바라봤다. 그런 줄도 모르고 임기사는 계속 얘기했다.

"한 번만 더 돌을 던지면 가만히 두지 않겠다고 단단히 얘기했어요. 이제 돌 안 던질 겁니다."

임기사가 말했다.

"차 돌려서 그 집으로 가주세요."

"예?"

임기사가 다시 룸미러로 내 쪽을 쳐다보는 듯 고개를 들었다. 나는 룸미러를 바라보지 않았다.

"그 여자애 집으로 가달라고요. 방금 다녀왔다면서요."

"거긴 가서 뭐하려고요?"

"나도 할말이 있어서 그럽니다. 어서 차 돌리세요."

임기사는 비상등을 켜더니 도로 오른쪽에 차를 세웠다.

"거긴 왜 가려고요?"

임기사가 다시 물었다.

"그건 아저씨가 알 필요 없어요. 가기나 하세요."

내가 말했다.

"혹시 저를 못 믿어서 그런 거라면 말입니다……"

그의 목소리가 떨렸다.

"아버지가 어딜 가자고 해도 이렇게 나옵니까?"

나를 돌아보는 임기사를 쳐다보며 내가 물었다. 그도 나를 바라봤다. 그가 몸을 앞으로 돌렸다.

"알겠습니다."

임기사는 핸드브레이크를 내리고 다시 출발하기 시작했다.

그 여자애의 집은 조선소에서 멀지 않은 동네에 있었다. 들어가는 입구에서 어둠 속 타워크레인과 건조중이던 선박들의 모습이 한눈에 들어왔다. 지방 건축업자가 조선소 직원들의 수요를 보고 좁은 부지에 앞뒤 전망도 없이 닭장처럼 일렬로 세운 삼층 연립주택이었다. D동까지 있었는데, 임기사는 B동 앞에 차를 세웠다. 여자애의 집은 201호라고 말한 뒤, 그는 거기서 기다리겠다고 말했다. 나는 자동차에서 내렸다. 어느 집인가 창이 열린 모양인지 텔레비전 쇼 프로그램에서 흘러나오는 음악 소리가 요란하게 들렸다. 나는 바지 앞주머니에 손을 넣어 수표가 잘 있는지 확인한 뒤, 입구를 향해 걸어갔다. 계단을 밟고 이층으로 올라간 나는 201호 앞에 서서 초인종을 눌렀다. 나는 여전히 앞주머니에 손을 넣고 백만원짜리 수표를 만지작거리면서 거기 서서 문이 열리기만을 기다렸다.

2.
1986년 3월 무렵,
에밀리 디킨슨의 시

모든 일이 끝난 뒤에야 우리는 그 일이 언제부터 시작된 것인지 알 수 있다. 모든 균열은 붕괴보다 앞선다. 하지만 붕괴가 일어나야만 우리는 균열의 시점을 알 수 있다. 그렇다면 마지막 붕괴가 일어난 뒤에야 최초의 균열이 발생하는 것이라고 말해도 되지 않을까? 그렇다면 최초의 균열은 어디에 있었을까? 식당의 국통에서 죽은 쥐가 나온 뒤, 처우 개선을 요구하며 조업을 거부하던 노동자들에게 아버지가 자전거 체인과 알루미늄 야구 배트로 무장한 깡패를 투입할 때였을까? 아니면 이 미숙한 대처의 와중에 미혼의 한 노동자가 숨질 때였을까? 멍청하나마 아버지의 의지가 미친 곳은 거기까지였고, 그다음부터는 운명의 물결에 일방적으로 휩쓸렸을 뿐이다. 그 사고 이후 더욱 격렬해진 파업을 진압하면서 경찰이 무리수를 둔 결과, 화재로 네 명의 노동자가 숨지고 파업을 주동한 노동자가 동료들의 죽음에 대한 죄책감을 이기지 못해 타워크레인에서 투신자살하는 일이 벌어졌다. 그 참사로 우리 집안의 운은 전복된 배처럼 한번 뒤집어졌고, 다시는 바로 서지 못한 채 종말의 심연을 향해 침몰하기 시작했다.

그해 봄의 어느 토요일, 우리집이 다른 사람들의 손에 넘어갈 수 있다는 사실에 충격을 받은 나는 발길이 닿는 대로 무작정 걷기 시작했다. 그 집은 일본 오사카에서 귀국한 할아버지가 백 년을 내다보고 구입한 집이며, 서울에서 이 머나먼 남쪽 지방까지 시집 온 엄마가 이층 창가에 앉아 향수에 젖은 눈으로 바다를 바라보던 집이며, 엄마가 죽고 아버지가 젊은 여자와 호텔 생활을 시작한 뒤에는 나 혼자 지내면서 밤이면 밤마다 집안 구석구석에서 어떤 얼굴들과 마주치던 집이었다. 한때는 야망의 집이었고, 또 한때는 고독의 집이었다. 그러다가 엄마가 죽은 뒤부터는 침묵의 집이 됐는데, 이제 그 집이 다른 사람의 손에 넘어가려고 하는 것이었다. 나는 아버지의 명청함에, 그 불운에, 한심한 비겁에 분통이 터져서 견딜 수가 없었다. 권총이라도 있었다면 당장에 아버지를 쏘고 나도 자살했을 것이다. 하지만 그해 봄, 내게는 무엇도 없었다. 권총도 없었고 아버지도 없었다. 그저 화를 참지 못하고 봄의 거리를 걸을 뿐이었다.

바람이 서늘한 3월 중순이었다. 구름 한 점 없이 맑은 날들이 이어졌지만, 나의 하늘로는 먹구름이 몰려들고 있었다. 내 인생은 이제 엄청난 폭풍 속으로 들어가려던 참이었으니까. 그렇게 어두운 얼굴로 걷고 또 걸어 다섯시 무렵에는 연진동 로터리를 지나 제3부두까지 걸어가고 있었다. 그러다가 맞은편에서 다가오던 그 여자애를 만났다. 마지막으로 그 여자애를 본 건 반년도 더 전이었지만, 나는 먹구름 속에서 번개를 알아보듯이 그 얼굴을 바로 알아봤다. 뒤로 묶은 머리, 눈썹과 이마, 작고 오뚝한 코, 그리고 입술 옆의 점. 그때 왜 그런 생각이 들었는지 모르겠다. 진남에서 지금 내 마음을 이해할 수 있는 사람은 그 여자애 하나뿐이라는 생각이, 그리고 지금 그 여자애에게 나의 이야기를 들려주지 않으면 내가 무슨 짓을 저지를지 알 수 없다는 생각이. 나는 다짜고짜 그 여자애에게 걸어갔다. 그 여자애 역시 나를 알아봤다.

"아직도 말을 못하니?"

역시 대꾸가 없었다. 나는 그 여자애 앞에 서서 잠깐 망설였다.

"너 이름이 지은이라고 했지? 내 이름은 알아?"

내가 말했다. 그 여자애, 그러니까 지은이 고개를 끄덕였다. 하지만 나는 한번 더 말했다.

"내 이름은 희재야. 이희재."

나는 오른손을 내밀려다가 한번 더 망설였다. 지은은 내 눈을 빤히 쳐다봤다. 이 세상에 그 눈밖에 없는 것 같았다. 가슴이 마구 뛰었다. 갑자기 죽을지도 모르겠다는 생각이 들었다. 오른손이 떨렸다. 그다음 순간, 나는 지은의 왼팔을 잡았다. 불을 잡는 기분이었다.

"너한테 보여줄 게 있어. 같이 가자."

그 팔을 잡아끌면서 내가 말했다. 나는 지은의 손을 잡고 왔던 길을 되짚어 걸어가기 시작했다. 지은은 별다른 저항 없이 나를 따라오기 시작했다. 우리는 빠른 걸음으로 시내를 가로질렀다. 프라모델 상자를 잔뜩 쌓아둔 문방구의 쇼윈도와 하얀 김이 솟아오르는 만둣가게의, 군데군데 알이 빠진 플라스틱 주렴과 제과점 입구 위에 붙여놓은, 하얀색 바탕에 거대한 빨간색 '빵'이라는 글자를 지나 우리는 계속 걸었다. 거리를 걸어가는 동안, 내게는 맞잡은 손, 오직 그 손만 느껴질 뿐이었다. 그 손은 너무 뜨겁고 또 부드럽고 또 매끄러웠다. 이따금 내 손안에서 그 손이 움직였는데, 그럴 때면 마치 손바닥과 심장이 직결된 것 같았다. 내 심장은 왜 이토록 격렬하게 뛰고 있는가? 나는 자문자답했다. 이 아이의 손이 지금 내 심장에 닿았기 때문에. 우리는 지금 어디로 가고 있는 것일까? 죽음의 집으로. 이 기쁨은 어디에서 비롯하는가? 마침내 아버지가 몰락했기 때문에? 그럼 동시에 이 슬픔은 또 어디에서 비롯하는가? 역시 아버지가 몰락했기 때문에? 아니, 누군가의 손이 처음으로 내 심장을 잡고 놔주지 않기 때문에 나는 기쁘고도 또 슬픈 것이다.

마침내 우리집에 도착할 때까지 나는 지은의 손을 잡고 있었다. 사랑이 끝난 뒤에야 나는 언제 그 사랑이 시작됐는지 알 수 있었다. 그때 내가 잡고 있던 게 정말 불이라면, 그게 첫사랑의 불꽃 같은 게 맞다면, 집에 도착했을 때 내 어린 심장은 완전히 불타올라 잿더미로 바뀌었으리라. 그리고 씻은 듯, 전혀 새로운 눈동자로 나는 우리집, 양관을 바라봤다. 나는 양관의 벽을 따라 길게 이어진 회색 빗물받이와, 그 빗물받이의 모서리에 부착된 담쟁이덩굴 모양의 장식을 올려다봤다. 진남은 비가 많은 고장이라 사람을 사서 지붕과 빗물받이 홈통에 쌓인 지난가을의 낙엽을 제거하는 것으로 여름 맞이를 시작했다. 그래서 해마다 5월이 끝나갈 무렵이면 지붕 위에 인부들이 아슬아슬하게 서 있는 모습을 볼 수 있었다. 집은 텅 비어 있었다. 아무도 없는 빈집에 둘만 남은 우리는 비탈진 지붕 위에 서 있는 사람들 같았다.

"잘 봐. 이제 이 집은 완전히 망했어. 네가 매일 돌멩이를 던지면서 그토록 원했던 것처럼 말이야."

내 말을 들은 지은은 손을 빼내려고 했다. 그러나 나는 그 손을 놓을 수가 없었다. 대신에 나는 지은을 데리고 집으로 들어갔다. 지은은 따라가지 않으려고 버텼다. 나는 그애의 눈을 바라봤다.

"괜찮아. 아무 짓도 하지 않을 거야. 너한테 보여줄 게 있어서 그래."

내가 말했다. 지은은 내 말을 믿지 않는 눈치였다.

"날 믿어줘. 우리집이 망했다고 해서 난 널 미워하지 않아. 너한테 말할 게 있어서 그러는 거야. 제발 날 믿어줘."

내가 지은의 두 팔을 잡고 애원했다. 나도 모르게 눈물이 나올 것만 같았다. 나는 고개를 돌리고 지은의 손을 잡아끌었다. 이번에는 저항이 없었다. 샹들리에가 달린 응접실을 지나 삐걱대는 마루를 밟고 우리는 이층 내 방까지 올라갔다. 문을 열자, 벽에는 조난을 당해 반쯤 기울어진 섀클턴의 남극 탐사선 인듀어런스호와 허버트 바이어의 흑백사진과 시인 이상의 초상이 붙어 있는 게 보였다.

"여기가 내 방이야. 태어나서 지금까지 한 번도 떠난 적이 없는 방인데, 나에게는 껍질과도 같은 방인데, 이제 이 방과 영영 작별하게 된 거야."

거실을 지나 이층까지 올라가는 동안에도 잘 참았는데, 그 말을 할 때부터 눈물이 쏟아지기 시작했다. 그건 7월의 오후, 친구들과 농구하고 난 뒤에 흘리는 땀 같은 것이어서 그저 그치기를 기다릴 뿐, 지나가기만을 기다릴 뿐, 그 눈물을 어떻게 할 수 없었다. 나는 마침내 지은에게서 손을 떼고 침대에 앉았다. 내가 울음을 그칠 때까지 지은은 거기 가만히 서 있었다. 달팽이가 지나간 자리에 희미하게 진자리가 남듯이 어쩔 수 없는 울음이 지나간 뒤에는 부끄러움이 남았다.

"네게 보여줄 것이 있어서 온 거야."

내가 다시 말했다. 지은의 손을 다시 잡고 싶었지만 엄두가 나지 않았다. 따라오라고 지은에게 손짓했다. 우리는 다시 일층으로 내려갔다.

"아버지는 무서운 야심가야. 하지만 그런 아버지보다 더 무서운 건 사랑에 빠진 아버지야. 그건 사랑이 아니라 끔찍한 재앙 같은 것이었지. 왜 그럴 필요가 없는 사람들까지도 사랑을 하는 것일까? 그냥 수전노처럼 돈이나 벌면 행복에 겨울 사람들까지도 사랑을 해야만 하는 것일까? 아버지를 볼 때마다 나는 사랑이라는 건 전염병과 같다고 생각했어. 전염병이 사람을 가리지 않듯이 사랑도 모두에게 가능하니까. 아버지가 엄마를 처음 만난 건 1966년의 일이었어. 아버지는 첫눈에 그 여자 후배에게 반했는데, 거기에는 사랑만 있을 뿐 사랑을 둘러싼 것들이 하나도 없었지. 태양만 있고 햇살은 없는 것처럼. 온기가 없는 불꽃처럼. 결국 엄마는 대학을 중퇴하고 이 집에서 나를 낳았지. 사 년 전, 돌아가시기 전까지 이 집에서 단 한 발자국도 벗어나지 못했어. 나는 엄마의 얼굴을 지금도 기억해. 어때? 고통이 어떤 표정을 짓는지 너는 잘 알겠지? 우린 그런 점에서 서로 꽤 닮았으니까."

우리는 다시 마당으로 나왔다. 해는 공단지구 너머로 저물고 있었다. 내가 그 해를 가리켰고 지은이 쳐다봤다. 우리는 노랗게 물드는 양관의 벽을 돌아 뒤뜰로 걸어갔다.

"사랑했지만 가지지 못한 것만이 진짜야. 몇 년이 흐르자 아버지의 사랑은 정체를 드러냈지. 그건 사랑이 아니라 소유욕이었어. 아버지는 결혼한 뒤에는 엄마를 거들떠보지도 않았으니까. 언제나 집밖으로 나돌면서 다른 여자들을 만났지. 엄마는 아버지 때문에 죽은 거야. 나는 너만큼이나, 아니, 너보다도 더 아버지를 저주해. 그 점도 우린 닮았어. 그래서 너와 이 기쁨을 나누고 싶었던 거야. 드디어 몰락해버린 이 집을 보여주고 싶었던 거야. 그런데 이상한 것은……"

내가 말을 끊었다. 지은이 나를 바라봤다.

"엄마는 왜 이 집을 떠나지 않았을까? 몇 번이나 기회가 있었고, 또 실제로 다시 돌아오지 않을 생각으로 떠난 적도 있었는데 왜 번 번이 이 집으로 다시 돌아왔을까? 나는 그 점이 늘 의아스러웠지. 그래서 한번은 엄마에게 직접 물은 적도 있었어. 그러자 엄마는 내 손을 잡고 거기로 데려갔어. 거기, 지금 우리가 가는 곳. 아직 봄이 찾아오려면 여러 날이 지나야만 하는 겨울이었지. 언덕으로 올라가는 좁은 길로는 그늘이 드리워 군데군데 눈이 쌓여 있었지. 걸어가노라면 이따금 그 눈이 밟혔는데, 눈은 단단하고도 매끄러웠어."

나는 서른일곱 살의, 아직은 젊은 엄마가 걸어가는 것을 바라본다. 집에서 입는 긴치마에 파란색 파카를 아무렇게나 걸쳐 입고 한 손에는 담배와 성냥을 든 채로 엄마는 비틀거리며 눈 쌓인 산길을 걸어간다. 언젠가 화장대의 첫째 서랍에 들어 있던 엄마의 은하수를 몰래 꺼내 피운 적이 있었다. 몇 번의 호흡이면 흔적도 없이 사라지는 그 붉은 불빛에 그토록 많은 별들의 이름을 붙인 사람은 누구였을까? 아무리 노력해도 깊은 밤, 진남 시내를 바라보던 엄마처럼 멋있게 담배를 피울 수는 없었다. 야트막한 둔덕을 다 올라간 엄마는 길에서 벗어나 나뭇가지를 손으로 잡아 밀면서 주저하지 않고 숲속으로 들어간다. 어디까지 가느냐고 내가 묻자, 엄마는 거의 다 왔다고 말한다. 그러다가 엄마는 오줌을 누려는 사람처럼 바닥에 쪼그리고 앉는다. 내가 서 있자, 엄마는 담배를 꺼내 불을 붙이더니 자기 옆에 앉으라고 손짓한다. 시키는 대로 나는 엄마 옆에 쪼그린다.

"여기 흙을 걷어봐."

거기, 엄마가 가리키는 곳에 흙과 낙엽들 사이로 뭔가가 보인다. 나는 엄마가 시키는 대로 두 손으로 바닥에 쌓인 것들을 걷어냈다. 잔돌들은 차가웠다. 내 손은 금방 식었다. 누렇게 말라버린 잎들과 부서진 나뭇가지와 검은 흙들 사이로 묘지석이 보였다. 거기에는 'Alice McLean 1933~1939'라는 글자가 씌어 있었다. 그 글자가 보이자, 지은이 내 옆에 쪼그리고 앉았다.

"여기에 앨리스의 묘지석이 있다는 사실은 엄마와 나밖에 몰라. 엄마는 이 묘지석 때문에 이 집을 떠나지 못한다고 했어. 앨리스를 지켜야 한다며."

"여기 희망이 숨어 있네요."

지은이 묘지석을 가리키며 말했다. 거기에는 매클레인 목사 부부가 낯선 땅에서 죽은 어린 딸을 위해 새긴 에밀리 디킨슨의 「Hope is the thing with feathers」라는 시가 있었다. 우리는 함께 그 시를 읽었다.

Hope is the thing with feathers
That perches in the soul,
And sings the tune without the words
And never stops at all,

And sweetest in the gale is heard;
And sore must be the storm
That could abash the little bird
That kept so many warm.

I've heard it in the chilliest land,
And on the strangest sea;
Yet, never, in extremity,
It asked a crumb of me.

희망은 날개 달린 것

희망은 날개 달린 것,
영혼에 둥지를 틀고
말이 없는 노래를 부른다네,

끝없이 이어지는 그 노래를,

드센 바람 속에서 가장 감미로운 그 노래를.
매서운 폭풍에도 굴하지 않고
그 작은 새는 수많은 이들을
따뜻하게 지켜주리니.

가장 차가운 땅에서도,
그리고 가장 낯선 바다에서도 나는 들었네.
그러나 최악의 처지일 때도, 단 한 번도,
그 새는 내게 먹을 것을 달라고 하지 않았네.

3.
2012년의 카밀라,
혹은 1984년의 정지은

이윽고 택시의 전조등 불빛이 마치 춤을 추듯 양관 입구에 서 있는 사철나무 푸른 이파리 위에서 흔들린다. 나는 어둠에서 시선을 돌려 그 불빛을 바라본다. 차에서 내린 사람들의 실루엣을 비추던 전조등 불빛이 왼쪽으로 선회하면서 사라지고, 다시 어둠과 빗소리만 남는다. 그들은 호텔 벨보이가 들고 있던 것과 똑같은 우산을 들고 바람의 말 아카이브의 대문까지 걸어온다. 두 사람은 마치 하나의 몸인 것처럼 꼭 붙어서 움직인다. 바람은 그런 너희를 떼어놓겠다는 듯 기세등등하게 몰아친다. 나는 그들이 대문의 초인종을 누를 때까지 창가에 서서 기다린다. 잠시 뒤, 초인종 소리가 집안을 울린다. 나는 초인종 소리가 한번 더 울릴 때까지 기다린다. 이십사년을 기다렸기 때문에 조금 더 기다리는 건 그다지 어렵지 않으니까. 그러나 이번에는 좀체 초인종이 울리지 않는다. 나는 눈을 감는다. 십여 초가 더 흐른 뒤, 다시 초인종 소리가 들린다. 이번에는 내가 현관문을 열고 바깥으로 나간다. 나는 우산을 펼치고 입구까지 뛰어간다. 억수같이 쏟아지는 비라 금세 바짓단이 젖는다. 나는 크게 심호흡을 한 뒤, 대문을 연다. 거기 문밖에 네가 서 있다.

"관람시간이 지났습니다."

내가 말한다.

"죄송합니다. 내일까지 기다릴 수 없어서 이렇게 찾아왔습니다."

네가 말한다.

나는 너를 쳐다본다.

"부탁이 있습니다."

"누구신가요?"

내가 물었다.

깊은 밤이었다. 아직 동이 트려면 시간이 남아 있었다.

"저는 정지은이라고 합니다. 지금 우리 아빠가 진남조선소의 타워크레인 위에 계십니다. 제발 우리 아빠를 살려주세요. 제발."

나는 지은을 바라봤다. 지은도 나를 바라봤다. 벌써 오래전부터 서로를 응시하고 있었다는 듯이.

사람과 사람 사이에는 심연이 존재한다. 깊고 어둡고 서늘한 심연이다. 살아오면서 여러 번 그 심연 앞에서 주춤거렸다. 심연은 이렇게 말한다. "우리는 서로에게 건너갈 수 없다."

나를 혼잣말하는 고독한 사람으로 만드는 게 바로 그 심연이다. 심연에서, 거기서, 건너가지 못한 채, 그럼에도 뭔가 말할 때, 가닿을 수 없다는 사실을 알면서도 심연 저편의 당신을 향해 말을 걸 때, 그때 내 소설이 시작됐다.

나의 말들은 심연 속으로 떨어진다. 그래서 나는 다시 써야만 한다. 깊고 어두운 심연이, 심연으로 떨어진 무수한 나의 말들이 나를 소설가로 만든다. 심연이야말로 나의 숨은 힘이다.

가끔, 설명하기 곤란하지만 나의 말들이 심연을 건너 당신에게 가닿는 경우가 있다. 소설가는 그런 식으로 신비를 체험한다. 마찬가지로 살아가면서 우리는 신비를 체험한다. 두 사람이 서로 손을 맞잡을 때, 어둠 속에서 포옹할 때, 두 개의 빛이 만나 하나의 빛 속으로 완전히 사라지듯이.

희망은 날개 달린 것, 심연을 건너가는 것, 우리가 두 손을 맞잡거나 포옹하는 것, 혹은 당신이 내 소설을 읽는 것, 심연 속으로 떨어진 내 말들에 귀를 기울이는 것.

부디 내가 이 소설에서 쓰지 않은 이야기를 당신이 읽을 수 있기를.

2012년 여름

김연수

문학동네 장편소설
파도가 바다의 일이라면
ⓒ 김연수 2015

1판 1쇄 2015년 10월 3일
1판 27쇄 2024년 9월 13일

지은이 김연수
책임편집 김내리 | 편집 정은진 이성근 황예인 김필균
디자인 윤종윤 유현아 | 저작권 박지영 형소진 최은진 오서영
마케팅 정민호 서지화 한민아 이민경 왕지경 정경주 김수인 김혜원 김하연 김예진
브랜딩 함유지 함근아 박민재 김희숙 이송이 박다솔 조다현 정승민 배진성
제작 강신은 김동욱 이순호 | 제작처 영신사

펴낸곳 (주)문학동네 | 펴낸이 김소영
출판등록 1993년 10월 22일 제2003-000045호
주소 10881 경기도 파주시 회동길 210
전자우편 editor@munhak.com | 대표전화 031) 955-8888 | 팩스 031) 955-8855
문의전화 031) 955-2696(마케팅) 031) 955-8864(편집)
문학동네카페 http://cafe.naver.com/mhdn
인스타그램 @munhakdongne | 트위터 @munhakdongne
북클럽문학동네 http://bookclubmunhak.com

ISBN 978-89-546-3780-0 03810
* 이 책의 판권은 지은이와 문학동네에 있습니다.
  이 책 내용의 전부 또는 일부를 재사용하려면 반드시 양측의 서면 동의를 받아야 합니다.

잘못된 책은 구입하신 서점에서 교환해드립니다.
기타 교환 문의 031) 955-2661, 3580

www.munhak.com